一笑

古龍自署

盛期之風貌

俠壇三劍客諸葛青雲作品歷久不衰

諸葛青雲是新派武俠創作小說大家，為早期最有號召力的武俠巨擘之一。與臥龍生、司馬翎並稱俠壇「三劍客」。諸葛青雲的創作師承還珠樓主，詠物、敘事、寫景，奇禽怪蛇及玄功秘錄等，均與還珠樓主創作酷似，其作品熔技擊俠義和才子佳人於一爐，遣詞用句典雅。《紫電青霜》為諸葛青雲的成名代表作，內容繁浩，情節動人，氣勢恢宏，在當時即膾炙人口，且歷久不衰，對於武俠創作的總體發展表現、趨向影響甚大。

《紫電青霜》一書文筆清絕，格局壯闊。該書成於1959年，內容主要以少俠葛龍驤和柏青青、魏無雙、冉冰玉三女之間的愛情糾葛為經，以「武林十三奇」的正邪排名之爭為緯，交叉敘述老少兩輩英雄兒女如何冒險犯難、掃蕩妖氛的傳奇故事，名動一時。

諸葛青雲全盛時期，坊間冠以「諸葛青雲」之名，出版的武俠小說多達七八十部，其中參雜不少由他人代筆或託名偽冒之作，幾乎與臥龍生的情形如出一轍，由此可見他當時的高人氣。

與

武俠小說

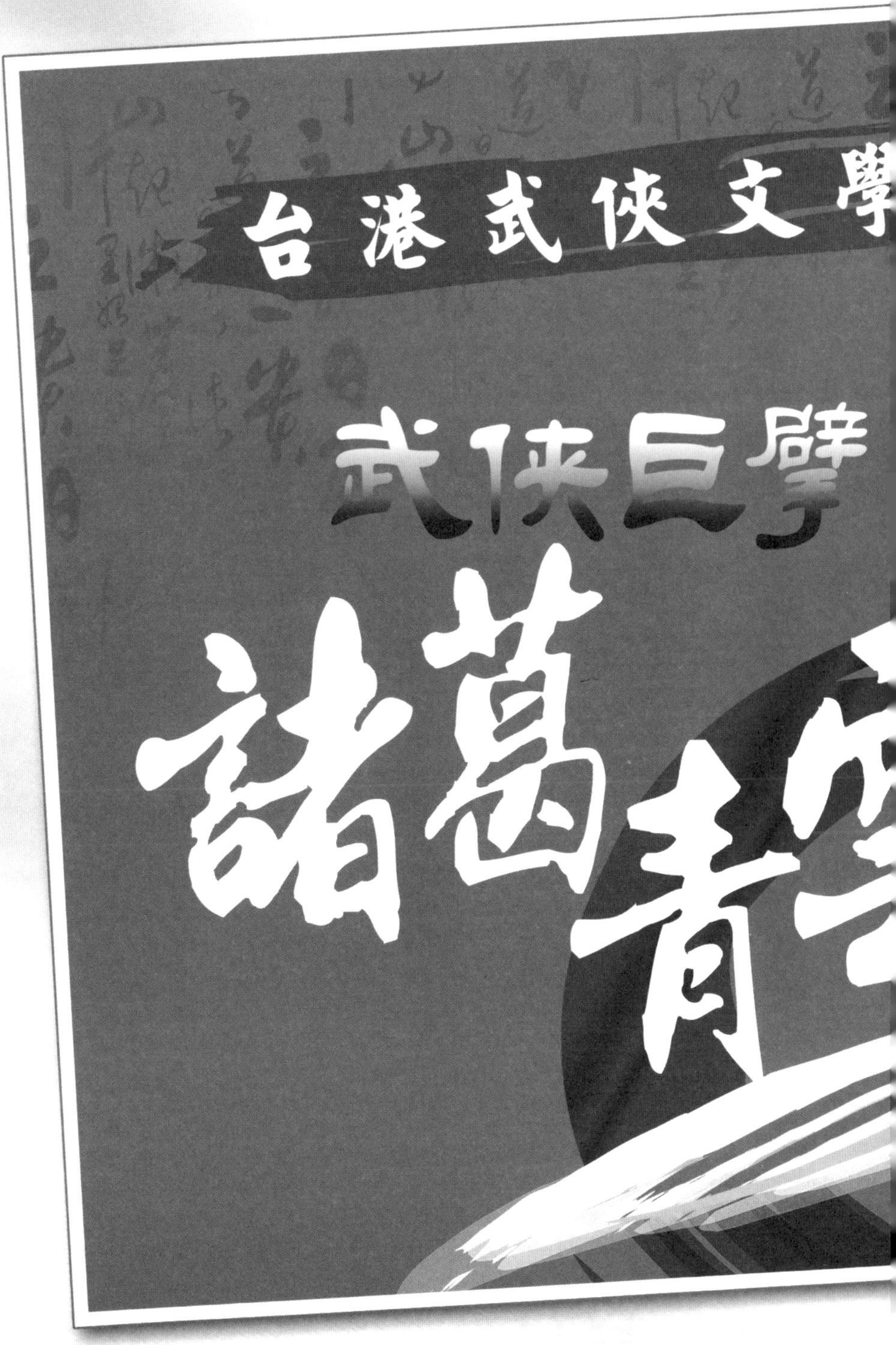
台港武俠文學
武俠巨擘
諸葛青

諸葛青雲牽引武俠風潮

諸葛青雲是華人最著名的武俠小說作家之一，自然也是海外新派武俠小說家中的重要一員。

在武俠小說界，諸葛青雲、司馬翎、與臥龍生並稱俠壇的「三劍客」。那時候古龍還默默無聞。後來古龍名氣漸大，躋身高手之林，與「三劍客」合稱「武俠小說四大家」，但諸葛青雲仍是深受讀者歡迎的武俠小說作家。

陳墨

諸葛青雲武俠經典復刻版7

江湖夜雨十年燈

（上）

諸葛青雲——著

諸葛青雲 精品集 07

江湖夜雨十年燈（上）

目錄

【導讀推薦】

台灣武俠創作史上的一部奇書：且看《江湖夜雨十年燈》

著名文學評論家 秦懷玉

在台灣武俠小說創作史上，《江湖夜雨十年燈》是一部承載了諸多意外與因緣的奇書。首先，它是本來以文筆華麗、敘事規整爲公認特色的武俠名家諸葛青雲忽而變異風格之作，儼然改以詭怪、冷血、懸疑、殘酷爲訴求，書中情節每每出人意料，甚至令人有匪夷所思之感；這與他先前那些主力作品所營造的俠義事蹟與情操反差極大，一時間在武俠寫作圈引起轟動。其次，本書從起筆開始，即充斥著滄桑、無奈與悲愴的氛圍，與一般武俠小說中習見的江湖意氣、英雄情懷大異其趣，顯見它所訴求的是較爲成熟、較有反思傾向的讀者，而非只以武俠爲娛樂消遣的讀者；這與人們對武俠小說的刻板印象，顯亦迥然有異。

更重要的是，本書的創意設定、佈局大綱及敘事調性雖出自諸葛青雲，但後來更有古龍、倪匡、司馬紫煙加入筆陣；因此，本書實際上是四大武俠名家的集體創作，且由此而開創了一種可稱之爲「接續協作」的武俠書寫模式，不失爲當年在台灣武俠創作鼎盛時期的一股新風潮。其時古龍尚屬懷才待時的新秀，但其筆下靈氣已然呼之欲出；若以起、承、轉、合的視角來看，則《江湖夜雨十年燈》開篇不久，古龍即出手承接，故而此書由「起」到「承」一直顯得新意盎然，爲後來倪匡的「轉」、司馬的「合」奠定了無往不利的基礎。

也正因如此，本書結合了以下的四種風格與特色：起先，是諸葛展示他所擅長的詩情畫意，卻以頗具蒼涼況味的筆調呈現，爲全書設定了猶如瀟湘夜雨的淒迷底色。隨後，才華煥發的古龍以奇魅而迷人的筆觸，將相關情節推向撲朔迷離的境界。接著，其時正著迷於推理和解謎的倪匡出手，將已經埋下的伏線再作進一步的鋪陳，並在原已渲染過的諸般懸疑之外，另行設置新的疑竇，使得全書主軸出現大逆轉。最後，則由司馬紫煙以平淡中見出奇崛的筆調，在萬花撩亂中不慍不火地收束全書。「接續協作」得以煥發異彩，實因諸作者皆投注心力之故。

本書的另一特色是：一反傳統武俠小說、乃至一般通俗類型小說約定俗成的寫作套路，竟然不設定主角。表面上，矢志爲父報仇雪恨、出場時尚屬青澀稚嫩的少年韋明遠勉強算得上是男主角；然而，若從全書情節的推展與矛盾張力的產生來看，老奸巨猾的「鐵扇賽諸葛」胡子玉（**胡老四**）才是不可或缺的主角；若再仔細思量，則始終不曾正式出場，但以其深情和怪癖隱隱籠罩全局的「幽靈」姬子洛才是真正的主角。甚至有人認爲，若以引致許多衝突、貫穿許多情節的「天香三寶」作爲主角，亦無不可。

至於女主角，究竟是對韋明遠一往情深的「五湖龍女」蕭湄，抑或因師門淵源而自然結合的梵淨山女傑杜素瓊，又或是著墨不多、天真無邪，卻不惜爲愛而死的湘兒，亦著實難以究詰。事實上，諸位作者所要表述的，本來就是隱喻世道險惡、人心叵測的「江湖夜雨」，而不是英雄兒女成名立萬的傳奇故事。

而世道險惡、人心叵測，歸根究柢言之，則不外乎是因爲世人爭權奪利、貪慾無度之故。由於爭權奪利，所以江湖上不時出現意圖壓服群雄、一統武林的野心人物，出面進行爭奪「盟主」的戰役。人在江湖，身不由己，即使用心純正、旨在行俠仗義的人物，一旦刀下濺血，與人結仇，亦常不免遭到對方報復。像韋明遠之父「飛環鐵劍震中州」韋丹，因鋤暴安良而爲雪海雙凶等邪派高手害死，韋明遠當然要排除萬難，學藝復仇；然而，韋丹生前曾因故刺傷胡子玉，致其跛足，乃被胡銜恨終身，亟欲在韋明遠身上報復。然則韋明遠何辜，亦遭株連？

再深一層言之，胡子玉雖然心胸狹隘，狡計多端，但對自己在江湖道上的結義兄弟，卻亦頗有真情。當發現曾有結義之誼的「飛鷹」裘逸遭到慘殺，他不顧對手的功力顯然遠非自己所能企及，矢誓要追查兇手，與其一拚。及至發現行兇者應是與裘逸齊名的「白鷹」白沖天，而白沖天竟已攫取了「幽靈」姬子洛的奇功絕技「太陽神抓」，進而奪得「天香三寶」中極具殺傷力的「拈花玉手」，已足以橫行天下，殊非自己與義弟「鐵掌金鉤」許狂夫二人所能對抗；於是，胡老四竟下定決心爭奪「天香三寶」，不惜身冒鋒鏑，親歷險厄，甚至一再參與主導武林盟主的奪位之役。則其人雖落旁門左道，亢盛的權力意志卻不可輕估。

韋明遠要報仇，胡子玉要報仇，白沖天要報仇，而在情節的推進中，一個又一個被捲入尋仇或奪寶漩渦的江湖人物慘遭殺戮，他們的至親好友或門人弟子又何嘗不要報仇？「天香三寶」作爲殺敵致勝、威懾天下的利器，是所有暗懷野心的武林中人不擇手段也要奪取之物，但三寶暗藏玄機，迴環互剋，其本身何嘗不是引來不測之禍的淵藪？在本書中，循環報復的情節與迴環互剋的利器，儼然形成了一個生生不息、無休無止的「貪慾輪迴」……而傳統武俠小說中著意描繪的那些名門正派中人，在這個「貪慾輪迴」中都只淪爲可有可無的邊緣性角色。這是本書刻意凸顯的情節，其隱含的寓意似乎頗有顛覆正統武俠書寫之企圖。

於是，隨著整個「貪慾輪迴」的呈現，開篇所設計的那個看似恐怖詭異、不近人情的「幽靈」，反而成爲最耐人尋味的、自我救贖的典型。原來「天龍」姬子洛之所以裂變爲乖戾可怖的「幽靈」，乃是因爲愛侶「天香娘子」不幸喪生，姬子洛的種種反常行爲，皆是由於不堪愉殤之毒煎熬，傷心人別有懷抱之故。相形之下，一代又一代爭權奪利的江湖人物，從雪海雙凶、白沖天、胡子玉，直到新冒起的野心家如任共棄、文抄侯……，無非都是身不由己被捲入「貪慾輪迴」的可憐人而已。

至於飽經憂患的韋明遠，將來是效法師父「天龍」姬子洛，完全不理世間名利誘惑，終身守護心中的摯愛；抑或超脫不了紅塵孽海的恩怨糾纏，終究還要在「貪慾輪迴」中再翻騰起伏？這是一個有待未來分解的懸念，但已超出本書的範圍。

「桃李春風一杯酒，江湖夜雨十年燈」。春風拂面，快意恩仇，是武俠人物奮揚、歡悅的一面；然而，浩浩江湖，森森劍氣，這人世間的詭譎與險惡，蒼涼與悲情，又豈是夜雨秋燈下的三卷書冊所能涵蓋？

一 江湖夜雨

燈的境界很多，也很美，尤其是在詞客詩人的筆下！

「錦帳燃花好，羅幃照夢醒」，是旖旎之燈；「活火明千樹，香鹿動六街」，是富貴之燈；「灘頭誰斷蟹，萍面認飛螢」，是打魚燈；「紅裳經幔詠，青焰梵宮寒」，是佛前燈；「十年窗下影，一點案頭心」呢？應該是讀書燈了。

「落月澹孤燈」，清能有味；「花落佛龕燈」，淡欲無言；「茶鐺影裏煮孤燈」，是風雅逸士；「靜參禪語看傳燈」，是方外高人。

至於英雄老去，白髮催人，壯士窮途，天涯潦倒，尤其是在淒淒夜雨，黯黯昏燈，獨倚客窗之下，定然會把如夢如煙的往事，一樁樁幻起心頭，強者撫髀興感，拔劍高歌；弱者舉酒澆愁，低徊太息。這種情況，用簡短的詞藻，極難描述得深刻動人，但宋代的大詩人黃山谷卻做到了，他有七字好詩，「江湖夜雨十年燈」，傳誦千古！

大別山，在皖、豫、鄂三省邊境，已經是很有名的大山，但山中還有一條形勢奇險、名稱更淒厲懾人的峽谷，叫做「幽靈谷」！

「幽靈谷」名稱的由來，是因爲每逢淒風苦雨之夜，這條險山難行的峽谷以內，便有一盞綠熒熒、鬼火似的孤燈，在風雨中飛來飛去，所以一般山民，都認爲谷中住著一位「幽靈」！何況谷口又時常發現一具具的死人白骨？久而久之，「幽靈谷」的名氣，幾乎比大別山還大，但獵戶山民，卻對這條奇異的峽谷，望而生畏，不敢妄入谷內半步！

遙對幽靈谷口的山路右側，倚著峰壁，建有一座兩層竹樓。竹樓的主人，是個七、八十歲、瞎了一隻左眼的跛足老頭，他就靠這座竹樓，賣些淡酒粗餚度日，偶爾也留住一、兩位錯過大站食宿的旅人遊客。

但一連兩夜以來，「幽靈谷」中，突然發生極為怪異的、令人驚詫之事！

每一夜的三更至五鼓之間，總有人提著一盞盞奇形怪狀的各色花燈，走進「幽靈谷」，但進去的卻未再見出來！

瞎眼跛足老頭，手裏拿著他那根旱菸袋，倚著竹樓數道：「一個，兩個，三個，……七個！」

跟著第二日由樵夫獵戶口中，傳告左近山民的驚人訊息，那便是「幽靈谷」外，發現了頭顱不知被何物抓得稀爛的七具屍體！

第一夜七個，第二夜四個，如今是第三夜了，瞎眼跛足的胡老頭，在三更剛打之際，又見從東南方馳來一條黑影，黑影手中，彷彿是提著一盞八角形的綠紗宮燈，進入「幽靈谷」內！

他不由輕喟一聲，回頭向在自己竹樓上，業已住了一夜，如今還帶著滿面愁容、獨飲悶酒的年輕英俊客人，說道：「我胡老四在此設這間小小酒樓，已有足足五年，這五年以內，每年的七月初十到七月十五之間，『幽靈谷』總要發現一些遠近來此的江湖朋友所遺屍骨！今年彷彿更怪，今天才七月十二，連方才手提八角紗燈進谷的，已有十二人之多！邢客人，我看你這一日一夜以來，糊了又拆、拆了又糊地費盡苦心，不知想做什麼奇形花燈？難道也是想要冒險進那『幽靈谷』內一遊麼？」

邢姓邢的青年客人，約莫只十八、九歲，星目劍眉，極為英俊！但自入店以來，臉上始終罩著一層愁雲，此時拈杯眼望幽靈谷口，但見又自東方投入一條手提紅燈的人影，不由眉頭越發蹙皺，向店家胡老四說道：「胡老人家，這些事不要提它，來來來，你把醬牛肉再替我切上半斤，酒也加上一小罈，我請你喝酒！」

胡老四眼望東面山口，又現出兩點流動的燈光，嘴中不覺喃喃自語說道：「連這兩個，是十五個了。對，還是喝酒最妙！萬事不如杯在手，一生幾見月當頭！又道是：人生有酒須當醉，一滴何曾到九泉？像這幾條提燈的人影，此時不來我竹樓之內，喝上兩杯，等明天躺在幽靈谷口，便想喝也喝不成了！」

一面嘟囔，一面切來半斤牛肉，捧出一小罈自釀白酒。向那邢姓青年說道：「邢客人，你這一日一夜，在我店內花費已多，胡老四你看人窮，卻好交朋友，這半斤牛肉和五斤白酒，算我作東請你！」

邢姓青年慘然一笑，回手自懷中摸出十兩黃金，目注這位風塵滿面、瞎眼跛足的店主人胡老四說道：「胡老人家，你猜得不錯，我至遲在七月十五的三更至五鼓之間，要進『幽靈谷』內一行，但此去生死不知，禍福難卜，也許能遂我的苦心孤詣？也許便與其他江湖人物一般，埋骨大別山中！這錠黃金，送與老人家，去向城鎮以內，設肆謀生，不必再在這等深山古道之中，與幽靈蛇獸爲伍！」

胡老四目光並未注視邢姓青年送給他的那錠黃金，卻在他右手中指所戴的一枚黑鐵指環之上，停留了片刻，然後毫不客氣地接過黃金笑道：「邢客人如此好心，那住在『幽靈谷』內的『幽靈』，或許不會難爲你，也說不定？但邢客人有何要事，非進那鬼氣森森的『幽靈谷』不可呢？」

邢姓青年苦笑搖頭，胡老四也不再問，提壺替他斟了一杯酒道：「邢客人，你手上這枚黑鐵指環，式樣很好，是哪裏買的？」

邢姓青年眼望幽靈谷口，彷彿又投入一點紫色燈光，他眉頭緊蹙，漫不經意地答道：「這枚鐵指環，是我家傳之物！」

胡老四仰頭喝乾一杯白酒，忽然狂笑說道：「邢客人，你雖然年紀輕輕，倒是久走江湖，懂得『逢人只說三分話』！我看你大概不姓邢吧？」

邢姓少年聞言一驚，雙手按桌，霍然站起，但見這位年老殘疾的店家，神色安詳，毫無敵意，遂又緩緩坐下，詫聲問道：「胡老人家，你……你此話何意？」

胡老四哈哈笑道：「我胡老四壯年之時，也在武林中舔過刀頭鮮血！直到被人弄瞎一隻左眼，打跛一條右腿，才退出那步步荊棘的險峻江湖！所以武功雖然不高，見識卻是不淺，你手上所戴的這種指環，是當年『飛環鐵劍震中州』韋丹大俠的成名暗器，既稱家傳，當然不應該姓邢了！」

少年被胡老四一言揭開真實面目，竟然眼內淚光亂轉，長歎一聲說道：「老人家既是武林同源，晚輩韋明遠不敢再復相瞞，先父臨終之際，命晚輩持他老人家這枚『二相鋼環』……」

韋明遠話猶未畢，胡老四猛然瞠目問道：「『飛環鐵劍震中州』韋大俠何時棄世？」

韋明遠淒然垂淚答道：「三月以前！」

胡老四眉頭一皺，又復問道：「聽韋老弟言中之意，令尊竟似不是善終？」

韋明遠方一點頭，胡老四獨眼之中，精光微閃，跟著問道：「仇家是誰？『飛環鐵劍震中州』韋大俠一身內家絕藝，普通人……」

韋明遠切齒恨聲答道：「當然不是普通人物，西崑崙『歐陽老怪』師徒，與北天山『雪海雙凶』，聯合攻擊先父一人，先父在掌震歐陽老怪的弟子遊仙羽士以後，終於中了雪海雙凶大凶玄冰怪叟司徒永樂的『玄冰神芒』，雖仗那柄無堅不摧的古鐵劍，施展兩儀八卦劍術，突出重圍，但仍告毒發不治！」

胡老四獨眼凝光，眉道深蹙說道：「西崑崙歐陽老怪，北天山雪海雙凶，果然是當世邪道之中的頂尖人物，稍差一點的武學，根本不足以向他們尋仇，難怪老弟想起了大別山『幽靈谷』內，所住的這位幽靈！」

韋明遠聞言忙向胡老四問道：「胡老前輩知不知道『幽靈谷』中的那位奇人底細？」

胡老四乾了兩杯白酒說道：「老弟既然對我說了實話，胡老四也未便相瞞，我與谷中那位幽靈，做了五六年的鄰居，難道還摸不清他一些脾氣？」

話音到此略頓，又啜了一口白酒說道：「老弟手上帶著這枚『二相鋼環』，雖與谷中所住那位幽靈，淵源甚深，但他近十年來，因爲被一件意外傷心之事，刺激得理智半昏，狂性大發，不等你現出這枚『二相鋼環』，說明來歷，便會中了他『太陽神抓』，屍橫谷外！」

韋明遠聽得愁聚眉稍，苦笑說道：「照老前輩如此說法，只有甘冒奇險，在每年七月初十到十五之間，提燈進谷，一試命運！」

胡老四點頭答道：「對了，非燈不可，又非在七月初十至十五的每夜三更到五更之間，提燈進谷不可！但這多年橫屍『幽靈谷』外的屈死冤魂，他們只知幽靈性情的一點皮毛，所作的燈，完全叫『送死燈』，頂多能使他們上鬼門關的一段路途之中，不太黑暗，並爲獵戶山民，留傳一點神話而已！」

韋明遠自胡老四語氣之中，聽出幾分微妙，慌忙問道：「胡老前輩隱居『幽靈谷』接近多年，總該知道谷中那位奇人，所喜愛的是何種式樣，及甚麼顏色的燈了？」

胡老四獨眼一睒，向韋明遠點頭笑道：「我不但知道幽靈所喜歡的是甚麼顏色？何種式樣的燈，並且會做！你要不要我替你做上一盞？」

韋明遠立時站起身形，長揖稱謝！

胡老四搖手笑道：「我胡老四如今是生意人，生意人講究報酬，我……」

韋明遠神色昂然地接口答道：「只要老前輩能令我習成絕藝，報卻殺父深仇，任何赴湯蹈火之事，無不應命！」

胡老四臉上現出一種奇異的神色笑道：「我所要的報酬，只是交給你三封密柬，你在藝成出谷，每殺卻西崑崙『歐陽老怪』、北天山『雪海雙凶』以內一人之時，便拆開一封密柬，照我密柬上所說的行事！」

韋明遠雖然不知道胡老四要在柬上命自己去做何事，但人家是叫自己每殺一個仇人之後，才拆閱一封，他當然點頭應允！

胡老四聽他答應，臉上頓時又復現出得意的笑容，因樓外村雞已唱，曙光微透，遂與韋明遠各自安寢，等到他們一覺醒來，果然樵夫獵戶，業已議論紛紛，「幽靈谷」外又復橫屍五具！

午飯過後，胡老四便開始替韋明遠紮燈，但他所紮的，只是極普通的一盞紅紙圓燈，韋明遠想起七月初十、十一、十二、十三日的每日夜間，提著各型各式玲瓏燈盞，闖進「幽靈谷」，而結果全變成暴露谷外的十六具遺屍之人，不由皺眉問道：「胡老前輩，難道『幽靈谷』內那位奇人，所喜歡的就是這種燈麼？」

胡老四點頭笑道：「你只要在一個風雨淒淒之夜，手提這盞紅燈，慢慢走進『幽靈谷』，最好在口中再低吟一首纏綿悱惻的歌詞，則谷中那位幽靈，決不會對你驟下辣手，只要他容你獻出這枚『二相鋼環』，學藝復仇之事，大半即可如願！」

話完以後，又取過一罐黑漆，在那盞圓形紅燈之上，加漆了「十年」兩個大字！

韋明遠相信這位看來頗似江湖隱跡異人、足跛目眇的胡老店主，不會哄騙自己，但聽到燈雖做好，還須等一個淒淒風雨之夜，才可提燈進谷！心中不覺愁思，萬一這十三到十五的三日之間，天不下雨，豈非要錯過機緣，等到明年七月初十，才能再到這大別山「幽靈谷」內，一試命運？

胡老四彷彿江湖閱歷極深，竟然看出韋明遠心內所思，他哈哈笑道：「韋老弟不必發愁，常言道得好：『近山知鳥性，近水識魚情！』我胡老四在這大別山中住了多年，還看得出這『幽靈谷』一帶的風雲變幻！昨日黃昏，西南有虹，今夜不到初更，必然降雨！」

韋明遠聽他這樣說法，也只好將信將疑，獨自以酒澆愁，但胡老四卻興匆匆地，寫了三張柬帖，密密封妥。

夜來月色，特別昏黃，蕭索西風，逐漸加強，打過初更之後，果然降雨！

韋明遠心頭狂跳，坐待三更，胡老四忽似想起一事，向他含笑問道：「韋老弟，你家傳的那柄無堅不摧『古鐵劍』呢？怎麼不曾帶在身旁？」

韋明遠臉上一紅，囁嚅答道：「晚輩因『幽靈谷』求藝之事，幾乎萬死一生，遂把先父所遺的那柄千古神物，交與我一位世交好友，代爲保管！」

胡老四點頭一笑，側耳細聽遠遠的山村梆鼓，正打三更，遂把那三封密柬，註上先後開閱次序，交與韋明遠，神色異常凝重地說道：「韋老弟，武林中人最講究的是一諾千金，篤守信義，你本來已有極好根基，若再獲谷內『幽靈』傳藝，最多不到兩年，必然成就一身絕學，出谷報復親仇。但對我這三封密柬，卻不可遺忘食言，必須在每殺掉西崑崙『歐陽老怪』、北天山『雪海雙凶』之中一人，便打開一封密柬，照柬上所說行事！」

韋明遠劍眉雙揚，朗然答道：「胡老前輩對我這番成全之德，刻骨難忘，粉身難報！韋明遠也是熱血男兒，怎會食言背信？」

胡老四拊掌笑道：「但願你能如此！幽靈谷口，先後已投進四點燈光，加上如今雨細風微，正是最佳的進谷時機，我敬祝老弟此去，無險無凶，稱心如願！」

韋明遠霍然起立，自胡老四手中，接過那盞紅紙圓燈，向他深施一禮，飄身躍出竹樓，便往「幽靈谷」趕去！

離谷口約有十丈左右，韋明遠便覺血腥刺鼻，發現四具天靈蓋被人抓得稀爛的屍體，不由心中一凜，毛髮悚然，抬頭看時，只見淒風苦雨之中，「幽靈谷」內，竟有一點綠熒宛如鬼火似的燈光，漫空飛舞！

這種情況之下，極易令人心膽生寒，但韋明遠父仇懸念，難顧本身安危，想起胡老四曾經說過，進谷之時，最好口中低吟纏綿悱惻的歌詞，遂把手內紅紙圓燈一舉，淒聲吟著元好問的〈雁丘辭〉道：

問世間，情是何物？直教生死相許！
天南地北雙飛客，老翅幾回寒暑？
歡樂趣，離別苦，就中更有癡兒女，
君應有語，渺萬里層雲，千山暮雪，隻影向誰去？
橫汾路，寂寞當年簫鼓，荒煙依舊平楚，
招魂楚些嗟何及？山鬼暗啼風雨！
……

韋明遠吟至此間，人已走進幽靈谷口！他身後遠遠暗隨的胡老四，看得極其分明，「幽靈谷」內，那點漫空飛舞、鬼火似的綠燈，不但隨著韋明遠的吟聲，越飛越慢，還發出一種感觸傷懷的悲涼歎息！

等到韋明遠紅燈人影，在谷口消失，那闋〈雁丘辭〉也唱到尾聲：

天也妒，未信與，鶯兒燕子俱黃土。
千秋萬古，為留待騷人，狂歌痛哭……

餘音嫋嫋，漸漸成爲游絲飄渺、由有而無，「幽靈谷」內，遂成一片死寂！韋明遠手中的紅紙圓燈，與漫空飛舞的綠色鬼燈一齊消失，聽不見半聲輕語，看不見半點微光，所有的只是颯颯淒風，絲絲苦雨！

胡老四看了谷口的四具遺屍一眼，眉梢微軒，臉上浮起半絲淡笑，身形閃處，哪裏還像是七、八十歲的跛足老人？簡直快捷得宛如一縷輕煙，向自己那座竹樓撲去！

回到樓中，自行斟了一杯白酒，倚窗遙望「幽靈谷」，只見韋明遠手內所提的那盞紅紙圓燈，就這片刻之間，竟已高高掛在幽靈谷口！

胡老四心內一寬，飲盡手中白酒，喃喃自語說道：「幽靈谷口，到今日才見懸燈，我……」話猶未了，忽然內勁一發，把掌內酒杯，捏成七、八碎片，以「倒灑滿天星」手法，向竹樓東口，用反掌陰把甩出，並沉聲喝道：「老夫不涉江湖，已約十年，哪位道上同源，夤夜來此，有何見教？」

話音方落，樓口一陣哈哈大笑，飄進一位五十來歲，一身青色勁裝，肩插雙鉤的瘦削老者，向胡老四抱拳笑道：「胡四哥雖然一隱十載，但這手暗器之中隱含真力，卻絲毫未弱，更勝當年！若非小弟近來亦有寸進，光這一把見面禮，就有點承受不住呢！」

胡老四看見來人竟是昔年好友，「神鉤鐵掌」許狂夫，不由欣然笑道：「許賢弟別來可好，想煞你這懦弱無能的胡四哥了。」

「神鉤鐵掌」許狂夫，臉上現出一種急切的神情，向胡老四說道：「四哥，我們且慢敘闊，你可知道『東川三惡』業已尋得『天香仙子』的昔年故物，來找這『幽靈谷』內『幽靈』，再有片刻光陰，便將到達了麼？」

胡老四聞言，獨目之中精光一閃，突然聲震屋瓦，掀眉狂笑道：「『東川三惡』，總算費盡苦心，居然尋得『天香仙子』的昔年故物！但許賢弟你看，他們來遲半步，幽靈谷口，業已高掛紅燈，三惡縱然膽量包天，恐怕也不敢擅進此谷！」

說到此處，突然眼珠略轉，露出一種得意的笑容說道：「許賢弟，我倒想起一條妙策，來個將計就計，借刀殺人，讓這平素極其凶狠毒辣的『東川三惡』，白白尋得『天香仙子』

故物，千里遠來，而一齊死在谷內『幽靈』的『太陽神抓』之下！」

話完，飄身出樓，向「神鉤鐵掌」許狂夫，把手一招，又往幽靈谷口趕去！

二 武林秘訊

「神鉤鐵掌」許狂夫，不明胡老四怎樣用計，只得隨後緊跟。

胡老四到了離谷口七、八丈遠，便駐足向許狂夫盡量低聲道：「許賢弟，我們小心潛進，到了離谷口三丈左右，便施展你的『無風燕尾針』把高高掛起的那盞紅燈悄悄擊滅，然後急行縱退！」

「神鉤鐵掌」許狂夫也知道谷內「幽靈」習性，谷口既已掛起這盞紅燈，即表示此谷已封，任何進谷者死！

他業已明瞭胡老四要把這盞紅燈打滅之意，是使馬上趕來的「東川三惡」，不知「幽靈谷」業已封關，定然倚仗他們身旁帶有谷內「幽靈」已死愛侶「天香仙子」的昔年故物，硬闖谷中而遭毒手！

他不由暗讚這位胡四哥，自從慘遭鎩羽，一隱十年，但機智武功，絲毫未減，遂點頭一笑，搖手暗示胡老四不要跟來。慢慢走進四丈，屈指彈出三根自己威震江湖的暗器「無風燕尾針」，谷口高懸的紅燈，果然應指而滅！

谷口紅燈一滅，遠遠的山道以上，即已現出三盞流動極快的紅色燈光，向著「幽靈谷」方向，電疾馳來。許狂夫急忙悄悄退回，與胡老四一同躍上一株巨樹，藏身枝葉叢中，靜觀其變！

來人身法奇快，不多時已到近前，三個身穿同式玄衣的矮瘦之人，手內所提也是與胡老四替韋明遠所紮一模一樣的紅紙圓燈，互相略打招呼，便若有所恃地闖進幽靈谷口。

剎那之間，谷內忽起慘嚎，胡老四與許狂夫相視一笑，便見谷中凌空飛出三條黑影！

這三條黑影，仍與先前那些遺體一般，均是頭頂「百會」重穴，被人抓裂斃命！「神鉤鐵掌」許狂夫一見死屍拋出，正待有所動作，胡老四把他拉住，搖手示意，再候片刻。

果然隨著「東川三惡」的屍體以後，又自谷中閃出一條快得簡直不似人類的黑影，在懸那紅燈的崖壁之間，上下飛騰好一大會兒，才隱入谷中不見！

胡老四自那條黑影隱沒以後，又等了一盞茶的時間，遂與「神鉤鐵拳」許狂夫，躡足輕身地在「東川三惡」遺體身畔，搜出了一枚黃銅圓筒、一只白玉小盒！

這時五鼓已敲，風停雨住，天空中的濃雲，亦已漸漸消除，僅有星月微光，依稀可以辨出幽靈谷口，先前高懸紅燈的崖壁之上，竟被人用一種罕見的絕世神功，鐫出了八個盈尺大字：「此谷已封，妄入者死！」

胡老四看清這八個大字以後，與「神鉤鐵掌」許狂夫，相顧一笑，便即各展輕功，回轉酒樓以內！

許狂夫見自己這位胡四哥，精神煥發，笑逐顏開，不由地自笑道：「胡四哥，難怪你這樣高興，今夜不但假手谷內『幽靈』，抓死與你夙仇甚深的『東川三惡』，並又復得了『天香仙子』的昔年故物……」

胡老四正自安排酒菜，欲與這位久別好友暢飲，此時，突然打斷了許狂夫的話頭，接口笑道：「許賢弟，你只把我高興的事，說對一半，除了這兩件以外，還有兩件，你猜得出麼？」

許狂夫舉杯飲了一口，搖頭笑道：「胡四哥昔年有『鐵扇賽諸葛』之稱，小弟怎會猜得出你的心事！」

胡老四也就座，用箸夾了一片牛肉，一面入口咀嚼，一面笑道：「第一件好猜，我胡子玉遁跡大別山，幾近十年，今日才與昔年舊友重逢，怎會不喜？第二件則比較複雜，賢弟可還記得你老哥哥這隻左眼與這條右腿，是殘廢在何人手下麼？」

許狂夫飲乾杯中餘酒，目注這位當年威震江湖的綠林俠盜「鐵扇賽諸葛」胡子玉，詫然問道：「你我生死至交，四哥的當年恨事，小弟怎會忘懷？你左眼是被『東川三惡』暗中設伏，以無數石灰包飛擲所傷，右腿則是殘廢在『飛環鐵劍震中州』韋丹那柄無堅不摧的『古鐵劍』下！」

胡子玉好似勾起當年恨事，眉梢略蹙，但瞬即恢復了滿臉得意的笑容，又復向許狂夫問道：「許賢弟，這幽靈谷口，爲何高掛紅燈？」

許狂夫點頭笑道：「這段故事，小弟知悉甚詳，谷內『幽靈』，雖極怪僻，實在確係性情中人！自愛侶『天香仙子』十年前七月初十得病，病了六日，突然去世，早就悲痛得不欲獨生！不過一身絕藝，未獲傳人，所以才在『幽靈谷』內，偷生十載，年年七月初十至七月十五的淒淒風雨之夜，嘗盡人間天上的刻骨相思！如今谷口紅燈一懸，即表示已獲傳人，但等一身驚世駭俗的奇特武學，完全教會門徒以後，即行追隨愛妻於九泉之下！」

「鐵扇賽諸葛」胡子玉聽得不住點頭，含笑說道：「賢弟說得一點不錯，但你可知道，谷內『幽靈』的那位傳人，是我教他進谷之法，並且他也正是用『古鐵劍』殘我右腿，『飛環鐵劍震中州』韋丹的獨生愛子麼？」

許狂夫聞言不由愕然問道：「四哥這種舉措，小弟實在莫名其妙！傷你左眼的『東川三惡』，被你略施巧計，業已横屍『幽靈谷』外！但傷你右腿的韋丹之子，卻被你助他進谷，學習足以睥睨武林的蓋世絕學！同是一樣仇人，竟施以『以怨報怨』及『以德報怨』兩種截然相反的手段，到底用意何在？」

胡子玉獨目之中神光一閃，朗聲答道：「『東川三惡』，淫凶殘酷，孽債如山，横屍幽靈谷口，猶嫌太晚！但『飛環鐵劍震中州』韋丹卻有大俠之名，何況他已死在西崑崙歐陽老怪及北天山雪海雙凶的聯合攻擊之下！我如對他懷恨待復的獨生愛子韋明遠立下辣手，豈非將不爲武林人物所諒？所以只得運用心機，另做比較合理的巧妙安排！」

說到此處，遂將留給韋明遠三封柬帖之事，對許狂夫敘述一遍，然後得意地笑道：「我不殺韋丹之子，則殘腿之恨難消！若殺韋丹之子，則天下之論難諒！所以決心先助他習成絕藝，報復親仇，然後與他約定，每除去雪海雙凶、歐陽老怪三個著名凶邪以內一人，即拆閱我一封柬帖，而韋明遠的一條小命，就會在不知不覺之中，喪失了三分之一！等到把這三名武林大害除完，韋明遠也必中了我三封柬帖以內的巧妙安排，撒手人寰！我則既假手韋明遠，替江湖造了不少功德，又復雪了當年『飛環鐵劍震中州』韋丹的殘腿之仇，豈非面面俱到，天理人情，兩皆不悖嗎？」說完，獨目之內，神光連閃，把杯中美酒，一傾而盡，得意已極，縱聲長笑！

許狂夫也佩服得五體投地，一翹右手拇指大聲讚道：「胡四哥，你這『鐵扇賽諸葛』的神機妙算，果然足可直追當年的『臥龍先生』！但不知那柄『七巧鐵扇』，是不是雄風依舊？」

胡子玉又是一陣震天狂笑，自襟底解下一柄長約二尺的鐵骨扇，軒眉答道：「我胡老四雖然在韋丹的古鐵劍，以及『東川三惡』的埋伏之下，眇目跛足，慘遭鎩羽！但十年遁跡，並未擱下武功，有朝一日，頗想仍仗這柄『七巧鐵扇』，會會當年一干江湖友好！」

許狂夫靜靜聽完，突然撫掌大笑說道：「小弟知道胡四哥老驥伏櫪，雄心不死，我且告訴你一件武林秘訊！」

胡子玉獨目內精光連閃，覷定許狂夫笑道：「許賢弟果然還是有爲而來，你不必再繞圈子，且老實說出，想打你胡四哥甚麼主意？」

許狂夫搖頭說道：「胡四哥千萬不能這樣想法，這樁秘聞，只是『天香仙子』昔年三件異寶，突然全現江湖！『駐顏丹』及『奪命黃峰』，爲『東川三惡』所得，另一件威力極強的『拈花玉手』，卻落在當世黑道奇人，『三絕先生』公冶拙手中！」

胡子玉神色一驚說道：「公冶拙名拙心巧，加上一身奇詭武功，確實是位難鬥的人物！」

許狂夫點頭說道：「就因爲『三絕先生』公冶拙自視太高，才想獨佔『天香仙子』所遺三件異寶！下帖邀約『東川三惡』於八月中秋，到他『丹桂山莊』之中，參加『丹桂飄香賞月大會』，所有赴會群雄，並以『拈花玉手』、『奪命黃峰』及『駐顏丹』等『天香三寶』，歸諸武功第一之人！」

胡子玉聽得「哦」了一聲問道：「既然如此，『東川三惡』爲何身帶『天香重寶』，趕來大別山的『幽靈谷』內！」

許狂夫吃了兩片牛肉，含笑答道：「『東川三惡』明知若赴這『丹桂飄香賞月大會』，絕鬥不過『三絕先生』公冶拙！倘拒不赴約，則不僅貽笑武林，且『天香三寶』出世之訊，一經傳揚，也決逃不過這位極其眷念亡妻的谷內『幽靈』之毒手！所以再三商議，不如索性把『奪命黃峰』及『駐顏丹』，送還谷內『幽靈』，既可避免畏怯『三絕先生』而不敢赴約之名，或許能得到谷內『幽靈』一些甚麼好處！」

胡子玉聽到此處，舉杯問道：「那麼賢弟此來，是想邀我參加『三絕先生』公治拙的『丹桂飄香賞月大會』？」

許狂夫點頭說道：「我們到會以後覓機宣告，『東川三惡』已死在谷內『幽靈』之手，『奪命黃峰』及『駐顏丹』等『天香三寶』，已歸原主，則所有赴會群雄的目標，必然專注在公冶拙所得的那件『拈花玉手』之上，四哥與小弟，觀察實地情形，度德量力，若能藝壓群雄，則出手奪取『拈花玉手』，否則亦必決無所損！尤其如今幽靈谷口業已懸過紅燈，谷內『幽靈』，絕不會再履塵世，只要『天香三寶』能夠全得到手中，四哥大可重振昔日雄風，與宇內群豪，逐鹿武林盟主了！」

這位昔日不可一世的「鐵扇賽諸葛」胡子玉，確實被老友「神鉤鐵掌」許狂夫說得雄心勃發、豪氣如雲！舉起手中鐵扇，刷地一開，哈哈狂笑說道：「好好好，我就聽從賢弟之策，跑一趟九華山下的『丹桂山莊』，但『飛環鐵劍震中州』韋丹已死，幽靈谷口又封，屈指略數當世豪雄，足與我胡子玉做對手的，恐怕也不過僅有『三絕先生』公冶拙、『歐陽老怪』、『雪海雙凶』，以及住在峨嵋金頂、從來不問世事的『清心神尼』等幾位人物罷了！」

許狂夫搖頭說道：「胡四哥有所不知，就在你這十年歸隱之間，江湖中又出了幾位風雲人物！包括『黔南一鳳』、『塞北雙龍』，以及另一位窮家幫內的『酒丐』施摘，一身武學，均頗不俗……」

胡子玉聽得眉梢一挑，許狂夫知道自己這位老友，性情極傲，忙又笑道：「俗語雖然有『長江後浪推前浪，塵世新人換舊人』之說，但生薑似是老的才辣！不然小弟怎會千里迢迢地找到大別山中，希望胡四哥一振昔日雄風，爲我們兄弟露露臉呢？」

話完，二人相視縱笑，「鐵扇賽諸葛」胡子玉，也收拾了自己這座小小竹建酒樓，結束隱士生涯，恢復了江湖豪客的本來面目！

兩人雖然離開大別山，但因「三絕先生」公冶拙所居的「丹桂山莊」，就在皖南九華山下，並不甚遠，而時間距離「丹桂飄香賞月大會」的八月中秋期，卻尙有一月出頭，胡子玉遂與許狂夫商議，決定先到鄂南幕阜山中，探望另一位多年不見的知交好友，「飛鷹」裘逸，邀他一同赴會！

但才入幕阜山不久，便即遇上了一樁從來未有、慘絕人寰，並奇異到了極點的怪事！

雖已七月，秋色尙未染至長江以南，幕阜山中，千峰聚青，萬水簇碧，丹花翠水，白雲青天，仍是一派仲夏景色。

山麓近側，茅屋三楹，秋日的驕陽，將屋頂映得一片金黃，日影漸移，斜陽入窗，臨窗的一張白楊木桌之上，杯盤狼藉，卻無人影，店主人午睡方醒，卻不知道由正午逗留至此刻的兩位客人，竟已不告而別，若不是桌上那半錠官寶的銀光，閃開了他惺忪的睡眼，只怕他立刻便要頓腳扼腕地失聲長歎了。

幕阜山雖非峰秀山青、松奇石怪的勝境名山，但山嶺綿亙，臥牛眠象，樵歌牧笛，時相可聞，山腰以下，一坡迤邐，宛轉延入山深處，坡右一石岸然，凌空向人欲落。

就在這山石之上，一個眇目跛足的灰衣老者，此刻正披襟當風，指點著山下林木掩映處露出的一角茅屋，向身側一個手提奇形長包、青衣黑履的瘦削老者，微微笑道：「賢弟，你看這間荒郊野店以內，是否有著幾分奇異之處？」

青衫老者雙眉微皺，垂首沉吟半晌，方自展眉含笑說道：「依小弟所見，這間野店除了和胡四哥幽靈谷口的隱居之地，無論情況地位，都有幾分相似之處外，別的就似沒有什麼了。」

那灰袍眇目跛足老者，自然便是十載隱姓埋名，淡泊生涯，但還未能消磨去他的雄心壯志，此番重入江湖，更想在武林中逐鹿王座的「鐵扇賽諸葛」胡子玉胡老四了。

此刻他聞言微微一笑，搖首道：「這又怎能算做奇異之處，賢弟錯了。」

他身側的「神鉤鐵掌」許狂夫，沉吟接道：「那麼難道胡四哥說的是，那店家也和幽靈谷外隱居時的胡四哥一樣，是個隱姓埋名、潛心養性的武林健者、江湖奇人麼？」

「鐵扇賽諸葛」胡子玉哈哈笑道：「那店主人一身癡肥，兩目無光，三陽不挺，四肢呆笨，哪裏有半分武林健者的樣子，更別說是什麼江湖異人，賢弟，你又錯了。」

許狂夫左思右想，實在想不出它有什麼奇異之處，不禁搖頭苦笑道：「胡四哥神目如電，事無鉅細，俱都看得清清楚楚，小弟是一向望塵莫及的，實在看不出那野店的奇異之處來。」

胡子玉獨目一張，雙眉微揚，突地正色道：「江湖之中，風波詭譎，世上人心，更多險惡，賢弟，不是愚兄責備於你，行走江湖間，若不觀人於微，處處留心，那真太過危險。你看那荒郊野店，平平無奇，我看那野店，卻是異處頗多，說不定這幕阜山中，此刻已是風雲動盪，高手雲集，是以愚兄為了觀察仔細，方在山下逗留那般長久，你當我真的被十年隱居生涯，消淘得不能吃苦，連在這區區七月秋陽以下，都不願趕路了麼？賢弟，那你便是大大的錯了！」

這一連三句「錯了」，真說得這年過知命、在江湖中闖蕩已有半生的「神鉤鐵掌」許狂夫，不禁為之俯首垂目，默默無言。

「鐵肩賽諸葛」胡子玉雙眉微皺，微喟一聲，接口又道：「賢弟，你且試想，這幕阜山既無名傳遐邇的勝境，更無香火鼎盛的寺觀，遊人定必不多，那間小小野店，做的無非是一些樵夫牧子、十文八文的生意，此刻盛暑之下，食物容易酸壞，他平日準備的酒肉菜食，定必不會很多，這本是普天之下，所有荒村小店的常例，愚兄入店之時，本想如能有些雞子豆干之類的東西下酒，就已心滿意足，但賢弟你且看你我今日吃的是什麼？牛腩豬首、黃雞白魚，一要就來，連等都無需等待，這如不是那店主人存心準備蝕本，便一定是近日來，有著不少外來人經此上山，在他店中歇腳，是以他特別準備多些。」

他娓娓道來，俱是日常生活中極爲平凡普通之事，但卻不但觀察得極爲仔細，而且分析得更是貼切無比，許狂夫不禁心中暗歎：「難怪江湖人稱胡四哥有『諸葛臥龍』之能，如今看來，當真是名下無虛！」

卻聽胡子玉又道：「起先愚兄還不能斷定究竟爲何，但後來卻聽見後園中有馬嘶之聲傳來，而且還不止一匹，這等山店，怎會養馬？此奇一也！」

許狂夫愧然笑道：「那馬嘶之聲，小弟也曾聽得，只是未曾注意罷了。」

胡子玉微微一笑，接道：「進門靠左那張白楊木桌，右側桌沿之上，有一條長達一尺、深達寸許的刀痕，那木桌油垢甚多，刀痕中卻絲毫沒有，顯見是新近留下的，這等刀痕乍見雖無什麼異處，但仔細一看，你就可發現刀鋒極薄、刀身卻極厚，不但絕非柴刀、菜刀，而且還不是普通一般兵刃！」

許狂夫雙眉一皺，道：「難道這小店之中，不但新近有武林中人經過，而且還曾有人動手麼？」

胡子玉搖首道：「這個我還不能確定，但近日有著不少武林人物經此上山，卻是再無疑議之事。」

語聲突頓，沉吟半晌，沉聲道：「賢弟，你可知道，近年來幕阜山除了裘二弟外，還有什麼武林人物落腳麼？」

許狂夫皺眉道：「自從十七年前，裘二哥以傳自天山的『飛鷹七十二式無敵神掌』，以及掌中一對『銀花卍字奪』、囊中一條『飛鷹神抓』，獨踹『七靈幫』，將『鄂中七煞』趕到大河以北，在此落腳安身之後，就未曾聽過有人敢到這幕阜山來，與裘二哥爭一席之地！」

「鐵扇賽諸葛」胡子玉那兩條微帶花白的長眉，聞言皺得更緊，沉聲又道：「如此說來，這班武林人物來到此間，就必定與裘二弟有關，但他們來此之目的是為了訪友？抑或尋仇？卻又頗為費人猜疑了！」

俯首沉思半晌，突地微微一笑，道：「不瞞賢弟說，愚兄自從洞庭傷足、峨嵋傷目之後，遇事確已比先前加了三倍小心，其實裘二弟將昔年『七靈總舵』改建的『飛鷹山莊』，就在不遠山上，你我前去一看，便知分曉，又何苦在這裏花這些不必要的腦筋呢？」

三 飛鷹山莊

許狂夫其實心中早有此意，只是一直悶在心裏，未曾說出來，聞言笑道：「是極，是極，我們此刻趕去，正好還可趕上晚飯，裘二哥窖藏多年的美酒，少不得又要忍痛拿出來，殺殺我的酒癮了。」

笑語聲中，肩頭微晃，已向石下縱去，胡子玉方自含笑答道：「人還未去，先已要打別人輕易不捨待客的美酒主意，我看你這『神鉤鐵掌』四字，不如改做『惡客人』還來得……」

語音未了，突見許狂夫身形方自落地，卻雙臂一揚，擰身上掠，嗖地一聲，又竄了上來，目光遙視山道上坡，沉聲道：「有人來了！」

胡子玉雙眉微皺，獨目之中，精光暴射，四望一眼，突地背向山道，盤膝坐下，向許狂夫打了個眼色，哈哈笑道：「快哉此風！快哉此風！你我不如先在這裏涼快一陣，再到山下酒家，喝上四兩老酒，然後回家高臥，豈非樂事！」

許狂夫目光一轉，已知他這位素來以足智多謀、機警過人飲譽江湖的胡四哥的心意，便也盤膝坐了下去，一面笑道：「這樣一來，回去晚了，今日應打的二十斤山柴，又未交代，只怕嫂夫人難免又要發一次河東之獅吼了吧！」

一面說話，一面仰天長笑起來，只是一雙目光，卻不住地偷偷往山下路瞟去，只見上坡密林深處，果已緩緩走出一個人來，衣冠形狀，遠處看不甚清，只聽他隨意作歌道：「勸君莫惜金縷衣，勸君惜取少年時，美酒堪飲直須飲，莫待杯空悔已遲！」

歌聲清越，嫋嫋四散，胡子玉頭也不回，沉聲道：「此人話音清越，中氣十足，你且看看他是何形狀，是否相識？」

許狂夫口中微應一聲，只見那人一面高歌，一面漫步而來，身上一襲及膝藍衫，雖然補綴甚多，而且已經發白，但洗得乾乾淨淨，一塵不染，腳下白襪烏履，亦自陳舊不堪，道髻烏簪，面目清癯瘦削，卻帶著七分懶散之態，雙目似張未張，似合未合，懶洋洋地望了石上胡、許二人一眼，又自一面高歌，一面向山下走去，歌道：「勸君飲酒莫須遲，勸君惜取少年時，但能一醉千愁去，楚漢興亡兩不知……」

人行漸遠，歌聲漸渺，等他走到山石以下，許狂夫方看到此人背後，竟還斜繫著一個漆做朱紅的貯酒葫蘆，不禁失笑道：「看來此人不但是個酒中同道，而且嗜酒之深，還似在我之上，胡四哥若說他也是個武林高手，小弟看來，卻有些不似！」

胡子玉直到此刻，方自轉過頭來，目送這高唱勸酒之歌的落拓道人的藍衫背影，漸遠漸消，微「哼」一聲，沉聲道：「賢弟你難道還未看出，此人雖然佯狂避世，遊戲風塵，但高歌時中氣極足，行路時雙肩不動，腳下卻如行雲流水，實在是個隱跡風塵的異人，只是我十載閑居，對江湖俠蹤，已然生疏得很，是以不識此人究竟是何人物罷了。」

這一番話，直說得「神鉤鐵掌」許狂夫面上的笑容，又自盡斂，默默無言地垂下頭去。

胡子玉見狀倒也不願使這位多年故友太過難堪，展顏笑道：「只是此人與你我井水不犯河水，我們也犯不著深查他的底細，賢弟，你我還是快些趕到『飛鷹山莊』，去喝裘老二的美酒去吧！」

許狂夫抬頭一笑，兩人齊地躍下山石，此刻空山寂寂，田野無人，雖因白日之下，不便施展輕功，但兩人腳步之間，行走仍甚迅快。

約莫頓飯不到光景，許狂夫當前帶路，轉過數處山彎，山行便已極深，坡石崎嶇，人跡漸漸難至。

胡子玉朗聲笑道：「我已十餘年未到此間，若非賢弟帶路，我只怕連『飛鷹山莊』的大門都找不到哩。」

許狂夫回首笑道：「裘二哥這『飛鷹山莊』，本是『七靈幫』總舵舊址，『鄂中七煞』昔年橫行湘鄂，滿手血腥，建舵之地，自然選得極爲隱秘難尋，不知到頭仍被裘二哥找到，『七靈幫』終於風消雲散，可見天網恢恢，是疏而不漏哩！」

胡子玉面色一沉，獨目之中，突地閃過一絲無法描繪的光芒，垂首微唱一聲，似乎因這「天網恢恢，疏而不漏」八字，引起了他心中的不少感慨。

只見許狂夫又自朗聲含笑說道：「地頭已到，胡四哥可還記得入口之處麼？」

胡子玉抬目望去，只見前面峰崖突起，峰腳一帶，俱是壁立如削，放眼望去，只見平可羅床，削可結屋，古樹修篁，遠近青蔥，似乎一無通路，只有離地三、四丈處，微微內凹，但亦被壁上山藤雜樹之屬所掩，乍看並不明顯。

目光轉處，微微一笑，道：「我雖只十五年前，七夕乞巧佳節，正值裘二弟愛女周歲，大宴群豪之時，來過一次，但你老哥哥人雖已老，腦筋卻還未失靈，上面山壁的那微凹之處，不就是『飛鷹山莊』的入口之地麼？」

笑語聲中，身形突起，有如灰鶴沖天，一躍竟過三丈，暗調一口真氣，右腿微曲，雙臂一飛，「一鶴沖天」化爲「魚鷹入水」，凌空一翻，便輕輕地落在那壁間凹處之上！

許狂夫見他雖已殘廢，但身形之輕巧靈快，不但絲毫未消，比之十餘年前闖蕩江湖之際，彷彿尤有過之，不禁脫口讚道：「胡四哥好俊的身法！」

就只這短短八字之間，他身形亦已離地而起，雙掌接連虛空下按幾下，便已上升三丈開外，飄然落到胡子玉身側。

胡子玉哈哈笑道：「賢弟這一手但憑一口真氣，沒有絲毫取巧，正宗已極的『旱地拔蔥』，不比愚兄那些花招，還要強過多多麼？」

許狂夫微微一笑，順口謙謝，只見立足之處，果是峰腹間的一片平坦危崖，大只畝許，但前面峰腹中空，卻有一個高約丈許的長洞，近口一段，雖然寬約三丈，但裏面深暗黝黑，彷彿不知有著多少蛇蠍毒蟲潛伏洞中，隨時都會傷人。

胡子玉含笑道：「若非我已來過一次，還真不敢相信，這裏便是『飛鷹山莊』的入口，賢弟路比我熟，還是當先帶路吧！」

一面伸手入懷，取出兩個比平常江湖通用略大、形狀也略有差異的火摺，隨手交與許狂夫一個。

許狂夫微微笑道：「想不到胡四哥昔年稱雄江湖時，巧手所製的『七巧火摺』，今日囊中還有……」一面說話，一面已自己打開火摺，向洞中走去，說到這裏，話聲突斷，「咦」了一聲。

胡子玉雙眉微皺，箭步掠去，沉聲道：「有何異物？」

許狂夫抬手一指，胡子玉隨之望去，只見洞內側石頂之上，竟一排懸著四個巨型紮綵紅燈，只是此刻不但燈光早熄，而且燈紙已殘破不堪，胡子玉雙眉微皺，縱身躍上，取下一看，卻見燈籠紅紙，色彩仍極鮮豔，似乎新懸未久！

查看半晌，眉峰皺得更緊，沉聲道：「從此燈看來，新懸絕不超過兩日，但燈紙、燈架並已如此殘落，顯見是被人掌風暗器所毀，我看『飛鷹山莊』，此刻必已有異變，你我此去前行，定要加倍留意才是。」

隨手拋去燈籠，當頭前行，三兩起落，便已掠出五、六丈，火光映影中，只見前路尚深，時有鐘乳下垂，又有四個和洞口一模一樣的紮綵紅燈一排高懸，亦是燈紙鮮豔，燈形已毀。

許狂夫本已將方才提在手中的奇形包袱，斜懸背後，此刻腳步微頓，沉聲道：「此刻看來，果似已有變故，我且將兵刃拿出，以防萬一。」

伸手一觸胸前搭扣，隨手一扯，反手接過包袱，取出包中雙鉤，一手並持，一手持火，搶先掠去，火摺本是「鐵扇賽諸葛」特運巧思所製，不但不畏山風，而且火光特強，只見入洞愈深，前面鐘乳越多。四下林列，瓔珞下垂，五光十色，光怪陸離，景物之奇麗，端的不可方物。

但兩人此刻心中有事，哪有心情觀賞景物，只見每行四、五丈處，便有四個紮綵紅燈，全都被毀，許狂夫忍不住低聲問道：「我來此間數次，都未見過此種紅燈，此次……」

語聲未了，胡子玉便已接道：「今日何月何日，你難道忘記了麼？」

許狂夫微一沉吟，恍然道：「是了，七夕乞巧，是裘二哥愛女生辰，今日方自初九，這些綵燈，想必就是裘二哥爲其愛女祝生時慶賀所懸的了。」

胡子玉微哼一聲，目光動處，神色突地大變，沉聲叱道：「風緊！撚短！」

他大驚之下，竟將少年時「上線開扒」所用的江湖暗語，都脫口說出，許狂夫心頭亦不禁爲之一凜，刷地後掠七尺，抬目望去，只見地洞兩旁，前行約莫五丈之處，竟一邊站著一排黑衣漢子，火光雖強，但亦不能及遠，這些黑衣漢子低垂雙手，肅立陰影之中，不言不動，默無聲息，生像是兩排猛獸，伏於暗中，待人而噬。

一陣風由後吹來，許狂夫但覺一陣寒意，自背脊升起，凝神卓立，厲聲喝道：「前面朋友是誰？但望代爲通報，『鐵扇賽諸葛』胡子玉、『神鉤鐵掌』許狂夫，不遠千里而來，拜候『飛鷹山莊』裘大莊主！」

喝聲過後，前面那兩行黑衣大漢，竟仍不言不動，垂手肅立，但聽四下呼喊「裘大莊主……裘大莊主……」之聲，此響彼落，回應不絕，只是許狂夫自己呼喝的回聲而已。

許狂夫驚疑交集，左手火摺，右掌神鉤，俱都握得死緊，只要這些黑衣大漢稍有妄動，他便要先施殺手，制敵死命，一面又自厲喝道：「朋友是誰？再不答話，莫怪許某要得罪了！」

哪知胡子玉突地又陰惻惻一聲冷笑，冷冷接口道：「你要他們答話，只怕也休想了！」

許狂夫微微一愕，詫聲道：「怎地？」

胡子玉鼻孔中重重「哼」了一聲，身形突起，一掠三丈，微一起落，便已到了那班黑衣漢子身前，許狂夫隨後跟去，目光一掃，他縱然久歷江湖，兇殺之事，見得極多，到此刻也不禁機伶伶地打了個寒戰！

原來這兩排黑衣大漢，雖俱垂手肅立，卻已死去多時，只見一柄看來似槍非槍、似戟非戟的精鋼短刃，貫喉而入，竟牢牢釘在身後石壁之上，喉間紫血凝固，面上雙睛突出，肌肉扭曲，被四下鐘乳垂瓔反射的火光一映，更是面目猙獰，淒厲絕倫！

最怪的是，這兩排一共十六個黑衣勁裝大漢，死狀竟都完全一模一樣，像是在刹那之間，便都被人一齊制死，連掙扎還手的餘地都沒有，胡、許二人雖都俱爲江湖老手，但幾曾見過此等慘厲絕倫的奇事！

兩人面面相覷，呆立半晌，胡子玉雙眉微剔，一言不發地掠到右側當頭的一個黑衣漢子身前，伸手握住尙留喉外的五寸刃柄，暗調真氣，力貫右臂，悶「哼」一聲，那精鋼短刃，便自應手而起，許狂夫跨前一步，右手鋼鉤一橫，緩住這大漢筆直倒下的屍身，將之輕輕放於地面，只聽一向鎭靜的「鐵扇賽諸葛」突地一聲，脫口呼道：「『穿楊神戟』，這難道是『八臂二郎』楊鐵戈所施的毒手！」

許狂夫心頭一凜，轉目望去，只見胡子玉掌中，此刻正橫持一柄長約尺五、通體純鋼、精光雪亮的奇形短戟！正是以掌中一對「鑌鐵戟」、囊中十支「穿楊神戟」成名於川陝之間的武林大豪「八臂二郎」楊鐵戈之物，驚疑之下，隨手又將掌中鐵鉤，插於背後，亦自拔起貫穿大漢咽喉的一柄「穿楊神戟」，俯首凝視半晌，方自恨聲道：「果然是他！想不到他與裘二哥數十載相交，竟會在『飛鷹山莊』之前，施下這般毒手！」

胡子玉目中精光流轉，突地右掌一揚，掌中短戟，竟自脫手飛出，只聽「錚」地一聲巨響，火花迸射，這柄精鋼短戟，竟亦自穿石而入，戟頭深沒石內，卻留下尺許一截戟杆，猶在石外不住震動！

「鐵扇賽諸葛」胡子玉目光動處，面色越發陰沉，皺眉半晌，方自長歎了一聲，緩緩道：「我雖素知『八臂二郎』之名，但與此人卻無交情，只知他手下頗硬，囊中獨門暗器『穿楊神戟』，雙手連發，連珠不絕，更有特別的手法、特別的準頭，是以才有『八臂』之稱，不知他內家勁氣，竟已到了登峰造極之境。」

語聲微頓，手指沒入石壁以內的「穿楊神戟」，又自沉聲說道：「你看，我以八成功力發出的這支短戟，沒入石壁，不過才只四寸至五寸之間而已，而此人在剎那間，發出的十六支短戟，支支貫人咽喉，而且入石亦有四寸餘，這準頭尚且不去說它，單論功力、氣勁，不但非我能及，只怕在當今武林中，亦是屈指可數的了！」

許狂夫雙眉深皺，沉思半晌，突地身形微扭，閃電般地向這地洞盡頭處竄去。

洞口盡頭處，石頂雖逐漸高起，但離地亦只一丈三、四，平若鏡面，一道鐘乳結成的瓔珞流蘇，宛如天花寶幔一般，自洞頂垂下，被火光一映，只覺精光閃映，幻彩流霞，眩人心目！

鐘乳西側，各有一道僅容人過的通道，許狂夫身形微閃，便已掠出。

眨眼之間，但見漫天夕陽彩霞，伴著依依山風，撲面而來。

洞內彷彿山窮水盡，轉出洞外，便又柳暗花明，四面危峰央峙中，竟是一片平陽之地，芳草漫漫，好花正開，迎面一峰巍然，絕壁矗立，勢若霞裘褰，秀山層巒，罩絡群山之表，無數亭台樓閣，依山而建，一眼望去，但見曲榭飛台，纓巒帶阜，爲夕陽一映，更是金碧輝煌，耀人眼目，一道火紅磚牆，自左而右，圍樓而建。

許狂夫目光四轉，腳下不停，胡子玉緊隨身後，只見他身形方自掠入莊門，腳步突地一頓，「嗆啷」一聲，手中精鋼短戟，筆直地落在莊門之前石階以上！

「鐵扇賽諸葛」胡子玉目光望處，便知道「飛鷹山莊」之內，必定又出了什麼驚人詫事！身形微伏，嗖地掠入，但目光一轉之下，這位素來足智多謀、深沉機警的「鐵扇賽諸葛」，亦不禁心頭一凜，血脈凝結，身形爲之倏然頓住！

時已黃昏，夕陽如血！

漫天夕陽影映之下，這「飛鷹山莊」大廳前的前院以內，竟然亦是一片血光！而就在這滿地鮮血之上的景象，更令鐵石之人亦不禁爲之心寒掩目。

數十個髮髻蓬亂、鮮血淋漓的頭顱，在這一片血光的山石地上，整整齊齊地排列出四個見之心悸、聞之鼻酸的大字——「欺人者死！」

一時之間，許狂夫及胡子玉二人，但覺心胸之間，鮮血翻騰，又被一方巨石，當喉堵住！

良久良久，許狂夫突地大喝一聲：「裘二哥！」闖入大廳。

胡子玉呆立當地，只聽許狂夫大喝之聲，在這一片亭台莊院以內，由近而遠，自遠而近，前前後後，左左右右，急繞一周，然後大廳廳門，「砰」地一聲，四散震落，許狂夫身形遲滯，腳下有如拖著千斤重鏈，一步一步地自廳內走出，漫天夕陽，將他的身影，長長地印在地上，就在這刹那之間，他似乎老了許多！

胡子玉面寒如冰，眉峰緊皺，心中仍抱萬一的希望，沉聲問道：「裏面可還有人？」

許狂夫緩緩抬目，茫然搖頭，他兩人方才都不敢細辨地上這些頭顱的面目，直到此刻，方自硬起心腸，垂目望去。

只見這一片頭顱，有男有女，有老有幼，個個面帶驚恐、怨恨之色，胡子玉獨目一閃，渾身一寒，垂目顫聲道：「欺字頭上，便是裘二弟！」

許狂夫緩緩走前兩步，緩緩走落廳前石階，緩緩走落滿地血泊之中，口中喃喃低語道：「裘二哥……裘二哥……你……你死得……好慘……」

雙膝一軟，「噗」地跪在地上，仰首道：「胡四哥，你我與裘二哥是多年知交，我……我們要爲他報仇！」

胡子玉目光凜如冰雪，滿口鋼牙，更是咬得吱吱作響，厲聲道：「裘老二一身卓絕武功，他家中老幼，武功亦都不弱，難道那『八臂二郎』真有通天本事，但憑一人之力，便能將他一家數十口殺得乾乾淨淨！」

許狂夫長歎一聲，目光微一開合，突地一躍而起，立至「欺」字頭前，凝目半晌，沉聲道：「此事不是楊鐵戈所爲！死的亦不止裘二哥一家人。」

胡子玉雙眉一剔，脫口道：「此話怎講？」

許狂夫顫巍巍地伸出手指，往「欺」字左旁一點，沉聲又道：「裘二哥右側一人，便是『八臂二郎』楊鐵戈，再下一人，那就是『長劍飛虹』尉遲平！唉，尉遲兄鬚髮皆白……唉！再下一人，乃是閩中俠盜，『鬼影子』唐多智……唉，那邊還有『飛鴻』詹文，『嶗山雙劍』焦氏昆仲，唉，他兄弟兩人，一母雙胞，是同日同時而生，想不到竟同日同時而死……再下面便還有『五虎斷門刀』的彭天奇，他……」

他每指一人，便自瞑目長歎一聲，說到這裏，語聲突頓，抬目道：「彭天奇的成名兵刃，便是刃薄脊厚，山下小店桌上之刀痕，想必便是此人所留，唉！天有不測風雲，人有旦夕禍福，我半年以前，在洞庭之濱，還見到他與焦氏昆仲遨遊於水色煙波之間，想不到今日再見，他們竟已作古！」

胡子玉一直目光凝注，全神傾聽，面色越發陰沉，說道：「這些人我雖不盡相識，但卻知俱是武林中揚名立萬的人物，當今武林之中，是誰有如此毒辣的心腸、凶狠的手段，能將這些人同時殺卻？他爲的又是什麼？先前我還當楊鐵戈乃是主腦之人，如今更是茫無頭緒，只可惜……只可惜你我來遲一步，致令裘二弟抱恨終生，連兇手是誰，都無法查究！」

抬目望處，廳前簷下，結綵張燈，懸紅掛綠，正是一派富貴榮華的景象，但地上血流遍地，淒慘絕倫，卻又令人不忍卒睹，這「飛鷹」裘逸，少年出生入死，到晚年闖出這一片基業，想不到在自己獨生愛女年方及笄，柬邀相知，共慶愛女生辰之際，不但全家上下數十口老幼，一齊被人以慘絕人寰的毒辣手段殺死！而且還令得不遠萬里而來的知交良友，也含冤莫白地慘遭毒手！

空山寂寂，暮風中已有寒意，這「飛鷹山莊」之內，是一片紅！血紅！漫天夕陽彩霞，其紅如血！與地上鮮血相映，就連廳前簷下的紮綵紅燈，似乎也被映得泛出一片鮮紅血色！

胡子玉、許狂夫默默相對，兩相無言，縱是絕頂智慧、絕大勇氣之人，倘若遇著這般慘絕人寰、離奇詭異，兇殘到了極處的無頭慘案，只怕也只得無言束手，更何況慘死之人又是自己的知交良友。

四 拈花玉手

亦不知過了多久，只覺晚霞漸退，夜色漸濃，胡子玉長歎沉聲道：「裘二弟慘死，復仇之任，你我已責無旁貸，但此刻你我先當將這些屍身掩埋……」

語聲未了，突地一聲陰惻惻的冷笑之聲，順著夜風傳來，胡、許二人心頭一凜，擰身錯步，方待喝問，卻聽到一個其冷徹骨、幾乎不似發自人類的語聲，一字一字地說道；「好毒的心腸！好狠的手段！」

第一字語聲猶在牆外，語聲未了，一股寒風，夾雜著十數點銀星，已自有如漫天花雨一般，向胡、許二人劈面襲來！

「鐵扇賽諸葛」胡子玉大喝一聲，隨手一抖，掌中早已熄滅多時的「七巧火摺」奇形鋼筒，劃起一片烏光，遮身護面，右掌斜推，呼地一聲，帶起一股掌風，閃電般地向外推出。

「神鉤鐵掌」許狂夫更是雙掌齊揚，這位以「鐵掌」聞名江湖的武林健者，掌上功力，端的是不同凡響，只見掌風如山，風聲呼呼，那十數點銀星來勢雖急，但不等近身，便已被震出一丈開外！

胡子玉不等敵蹤現身，便已大喝一聲：「朋友留步！」肩頭微晃，灰鶴凌空般地撲向牆外，這成名多年的武林高手，身手果有過人之處，就只這肩頭微晃之間，手中便已多了一柄通體烏黑、隱泛精光的奇形摺扇。

哪知他身形方自凌空，牆外亦自閃電般掠入一條淡黃人影，一面冷笑道：「誰還走了不成！」

迎面向胡子玉掠來，人未近身，掌風已至，一雙鐵掌，左擊前胸，右擊下腹，掌至中途，突地掌勢一圈，變掌爲抓，左掌抓向了胡子玉一招擊來的右腕，右掌五指箕張，卻疾快地點向胡子玉面前「聞香」、「四白」、「地倉」三處大穴！

凌空變招，不但快如閃電，而且招式之奇詭精妙，認穴之穩準狠辣，更足以驚世駭俗。

胡子玉真氣將竭，眼看避無可避，突地長嘯一聲，左腕一擰，掌中火摺鐵筒，斜斜挑起，疾地點向對方右掌關節之處的「曲池」大穴！右掌鐵扇，微一回伸，卻原式不動地向對方肋下點去。

就只這刹那之間，兩人身形凌空，卻已各自換了三招，招招俱是一髮千鈞，險上加險，便連在一旁俯望，無法插手的「神鉤鐵掌」許狂夫，亦自看得心頭顫動，掌心捏出一把冷汗！

三招一換，兩人心頭俱都爲之一驚：「此人好俊的身手！」

身形微擰，斜斜飄落，腳尖方才點地，便齊地擰身望去，刹那之時，這兩人竟又齊地驚呼一聲：「竟然是你！」

許狂夫目光轉處，只見自牆外掠入之人，長髮披肩，上身黃衫，身軀卻宛如風中之竹，枯瘦無比，只襯得那件黃麻長衫，更見肥大，裝束打扮，雖極醜怪，但仔細一看，面容卻極清秀，顧盼之間，目光宛如利剪，許狂夫雖與此人素未謀面，但是江湖傳聞，卻已經聽得極多，此刻一眼之下，便不禁脫口驚呼：「歐陽老怪！」

暮色蒼茫之中，只見這僻居「崑崙」絕頂，脾氣怪到絕頂，武林中人聞名色變，喜怒無常、善惡不定的「歐陽老怪」歐陽獨霸，一聲驚呼之後，突地仰天長笑起來，一面大笑著道：「我當是誰，原來是『賽諸葛』胡老四，一別二十年，故人無恙，真叫老夫高興得很。」

語聲微頓，笑容突地盡斂，面容之上，便再無半分半毫笑意，目光有如厲電般在地上人頭之上一轉，冷冷接道：「除了你胡老四之外，只怕別人再也沒有如此毒辣的手段！」

「鐵扇賽諸葛」胡子玉自見此人之後，一直凝神卓立，面目冷然，「歐陽老怪」的狂笑冷語，他卻似俱都沒有聽見，直到此刻，方自冷冷一笑道：「除了我胡老四外，只怕還有一人手段也有如此毒辣！」

「歐陽老怪」突又仰天長笑道：「不錯，不錯，除了你胡老四外，還有一人，便是我歐陽獨霸！」

他忽而狂笑，忽而頓住，笑時有如乞丐拾金，怨婦得偶，縱情歡樂，難以描述；笑聲一頓，面目之生冷，又有如萬載玄冰，閻羅鐵面，陰森冷酷，無法形容。

許狂夫全神待敵，凝目旁觀，心中方自暗歎：「這歐陽老怪當真是人如其名，怪到極處！」

卻聽胡子玉冷笑一聲，又自緩緩說道：「這種慘絕人寰之事，若非我胡老四所爲，除了你歐陽老怪以外，想必便再無別人，有此辣手！」

「歐陽老怪」聞言似乎微微一愕，目光又自一轉，亦自緩緩說道：「無論此事爲何人所爲，俱與我歐陽獨霸無關，胡老四你大可放心，我既不會代姓裘的來向你尋仇，更無閑情將此事傳揚，只要你將『拈花玉手』借我一用，不但我今日拍手便走，而且在一年之後，我必將此物歸還，還有些許好處，報答於你，如若不然，二十年前你我那場沒有打成的架，今日少不得要動動手了！」

胡子玉本自奇怪，這甚少露面江湖的「歐陽老怪」，怎會到這「飛鷹山莊」中來，是以方自疑心他是此事兇手，行兇之後，潛伏一旁，此刻又來亂人耳目，但是聽了他這一番言語後，心中便已恍然，冷笑道：「原來閣下是爲了『拈花玉手』，方自來到這幕阜山中的！」

「歐陽老怪」縱聲笑道：「除了『拈花玉手』之外，還有什麼能引得動我歐陽獨霸。」

胡子玉冷冷道：「你東西要得不錯，地方卻已走錯，你既說此間慘案，非你所爲，念在你身分地位，我也姑且相信，但『飛鷹山莊』並非你該來之處，九華山中的『丹桂山莊』，方是你應去之地，話已說完，你要走便請，如若要動動手，打打架，哼哼！我胡老四雖然不才，也可奉陪！」

語聲一了，獨目一翻，仰天而望，再也不望那「歐陽老怪」一眼，哪知「歐陽老怪」竟又突地仰天長笑起來，大笑著道：「我不但東西未要錯，地方更未走錯！只是你的話卻說得錯了！」

胡子玉、許狂夫齊地一愣，齊聲脫口道：「怎地錯了？」

「歐陽老怪」笑聲未絕，接道：「江湖中，人人俱道那『拈花玉手』已被公冶老兒所得，八月中秋，還要眼巴巴地趕去參加什麼『丹桂飄香賞月大會』，又有幾人知道，公冶老兒那件『拈花玉手』，只是欺人之物！」

胡、許二人，面色齊變，卻聽這「歐陽老怪」狂笑著又自接道：「只是公冶老兒雖然騙人，卻還情有可原，只因他這番也是上了別人的當。」

胡子玉變色問道：「騙他之人，難道便是『飛鷹』裘逸麼？」

「歐陽老怪」極其得意地哈哈笑道：「公冶老兒雖然聰明一世，卻糊塗一時，花了許多心血，所得的一只『拈花玉手』，不過只是一件一文不值的贗品，真的卻叫這姓裘的不費吹灰之力，唾手而得，而且得的太太平平，安穩已極，只是……」

他又自得意地狂笑數聲，接道：「這姓裘的騙得過公冶老兒，騙得過天下武林中人，卻騙不過我歐陽獨霸。」

仰天狂笑了數聲，目光突然一轉，閃電般地掠向胡子玉，笑聲又自突頓，語聲自也又變得生冷已極地說道：「只是我歐陽獨霸千慮亦有一失，想不到還有人知道此中秘密，竟先我一步，來到此間，更想不到此人竟是你胡老四！」

滔滔不絕，說到此處，見胡子玉面上陣陰陣晴，時青時白，獨目怒張，眉峰早已皺作一處，突也縱聲狂笑起來，道：「我明白！我明白了！」

笑聲淒厲，高亢入雲，宛如三峽猿啼，又像是夜半梟鳴。

這突來的厲聲狂笑，使得「歐陽老怪」、「神鉤鐵掌」都不禁爲之一愣，只聽他笑聲漸弱漸微，終歸寂靜，許狂夫心念默轉，竟也狂笑道：「我也明白了！我也明白了！」

「歐陽老怪」雙眉一揚，詫聲道：「胡老四，你明白了什麼？」

「鐵扇賽諸葛」胡子玉笑聲頓後，竟自長歎一聲，緩緩說道：「我明白了此間這慘案之原兇，既不是我胡子玉，亦不是你歐陽獨霸！」

語聲微頓，不等「歐陽老怪」詫聲相詢，便又自仰天歎道：「好毒呀好毒！好狠呀好狠！縱然裘逸對你不住，他全家大小數十口與你又有何冤仇？縱然裘逸騙過了你，這些武林豪客與此事又有何關係？你又何苦將他們刀刀斬盡，個個誅絕！裘二弟呀裘二弟，我胡子玉若不替你報此冤仇，非爲人也！」

說到後來，語聲已自變得慷慨激昂，截金斷鐵！

「歐陽老怪」目光一轉，緩緩接口問道：「此人是誰？難道便是那公治老兒？」

胡子玉厲聲道：「不錯！這殘忍毒狠的冷血兇手，定然便是那滿口仁義道德的公冶拙！」

微抬掌中鐵扇，向地上那「欺人者死」四字一指，恨聲又道：「公冶拙雖然自言與世無爭，淡泊名利，但普天之下的武林中人，有誰不知當今兩大河岸、長江南北的黑道綠林人物，大半都是九華『丹桂山莊』的門下，以他之爲人，知道自己受騙之後，怎肯善罷干休，自便要趕到這『飛鷹山莊』來尋仇洩恨，離去之時，還擺下這個血字，藉以揚武示威！」

「歐陽老怪」凝神傾聽，不住頷首，突又仰天笑道：「不錯！不錯！人道你胡老四之能，不亞昔年諸葛孔明，今日一見，果然有些道理，如此看來，『拈花玉手』，想必真的到了公冶老兒手中，八月中秋那『丹桂飄香賞月大會』，看來少不得我也要去走一遭了！」

語聲方了，黃衫大袖微微一拂，枯瘦頎長的身軀，便已飄然掠至牆外！

胡子玉目送他的身影消失在蒼茫的暮色之中，嘴角微微泛起一絲冷峭的笑容，俯首沉思半晌，下意識地伸手一摸懷中的「奪命黃蜂」與「駐顏丹」兩件異寶，突地側顧許狂夫道：「那『拈花玉手』，隱沒已有多年，此次怎會爲公冶拙所得？經過詳情，你絲毫未曾對我言及，又怎會與裘二弟有關？你亦未言及，此事其中想必大有蹊蹺，不知你是否知道？」

許狂夫微一沉吟，道：「自從『天香仙子』亡故以後，『駐顏丹』、『奪命黃蜂』、『拈花玉手』，這三件異寶的下落，人言人殊，誰也不知真相，直到半年以前，江湖中方自有人傳言，『奪命黃蜂』與『駐顏丹』，已入『東川三惡』手中，至於他們得寶的經過，卻仍無人知道。」

語聲微頓，緩緩又道：「而『三絕先生』公冶拙怎麼得到『拈花玉手』之事，武林中卻是無人不知！原來『拈花玉手』之所以隱沒多年，竟是落入近年來已逐漸衰微，而極少走動江湖的『長白劍派』當今掌門人『落英神劍』謝一奇手中！」

胡子玉雙眉微皺，詫聲問道：「謝一奇得此異寶以後，自然秘而不宣，是以江湖中無人知曉，那『三絕先生』公冶拙卻又有何神通，能將之據爲己有？」

許狂夫微喟一聲道：「『長白劍派』近年人材凋零，雖有『九大劍派』之名，而無『九大劍派』之實，年前又偏偏遇著三件極爲棘手的困難之事，長白劍派自身無法解決，便想求助於人，但長白劍派久在關外，與中原、江南武林同道，素無交往，縱有一、二相知，卻無解此難題之力，是以『落英神劍』謝一奇只得揚言天下，無論是誰，只要能助長白劍派度此難關，便以『拈花玉手』相贈，他雖未曾將是何難關說出，但『拈花玉手』委實太過誘人，是以武林中人聞訊之後，自問稍具身手的，莫不想到長白山去試試運氣。」

他微一歇氣，又道：「哪知等到這些人趕到關外長白山時，『落英神劍』卻當眾宣言，長白劍派所遇難關，已在『三絕先生』公冶拙相助之下，安然度過，是以『拈花玉手』，自也被『三絕先生』攜返九華，武林中人乘興而來，至此只得敗興而歸！」

許狂夫說到這兒，眉峰微皺，又道：「那『三絕先生』得到此物後，便有『丹桂飄香賞月大會』之議，但此物又怎會與裘二哥有關，卻委實令人不解！」

胡子玉俯首沉吟半晌，突地雙眉一揚，似是心中突有所悟地說道：「那『落英神劍』謝一奇是否有一師弟，便是昔年人稱『白鷹』的白沖天？」

許狂夫目光一轉，突地以手擊額，亦自恍然而悟地說道：「是了，是了，這『白鷹』白沖天，雖自十五年前，恃技驕人，被『崆峒三劍』挑去腳筋，以致終生變做廢人以後，便在江湖中銷聲匿跡，但人卻未死，想必便是與師兄『落英神劍』住在一處，此次有關『拈花玉手』之事，他自也知道。」

胡子玉接口說道：「而這『白鷹』白沖天，未曾殘廢以前，與裘二弟本是知交，武林中當時還有『南北雙鷹』之稱，想必近年來他兩人亦有來往，是以此次之事，裘二弟想必早就從白沖天口中知道，只是長白劍派所遇那三件困難之事，非裘二弟力量所能解決，於是裘二弟便找到了武林中素有能人之稱的『三絕先生』公冶拙，甚至這三件難事，其中有一、二件，非得公冶拙出手便不能解決，亦未可知，公冶拙聞及『拈花玉手』，自也樂於相助，哪知成功之後，裘二弟與白沖天計議之下，卻以贗品相贈，等到『三絕先生』發現真相，自然不肯善罷甘休了！」

語聲微頓，長歎一聲，又道：「但裘二弟呀裘二弟，你難道不知道『匹夫無罪，懷璧其罪』這句話，你若得不到『拈花玉手』，你我兄弟今日豈非正在把臂歡晤，持杯敘闊，而此刻幽冥異途，你老哥哥再想見你一面，都不能夠了！」語聲蒼涼，言之惻然。

許狂夫見他方才分析事理，有如親眼目睹一般，不禁大爲歎服，等到胡子玉感慨發完，便忍不住一挑拇指，脫口讚道：「胡四哥，你方才推論的一番事理，當真不遜於諸葛神算，依小弟所見，此事縱然不盡如此，但也絕不會相去太遠！只是……」

他語聲頓處，突也長歎一聲，接道：「想不到事情演變，竟然複雜至此，看來這次除了『歐陽老怪』之外，或許還有不少異人高手，要來參與此事，胡四哥想得那『拈花玉手』，只怕已無你我先前料想的那般容易了！」

胡子玉微微一笑，緩緩抬首，仰視無盡蒼穹，沉聲說道：「賢弟你又錯了！」

語聲一頓，笑著轉口說道：「你我與裘二弟相交一場，好歹也不能令他的屍體身首異處，暴於山風烈日之下，掩埋之後，卻要在八月中秋以前趕到九華山去，只要無什麼變化，那『拈花玉手』，八成已是我囊中之物了！」

許狂夫見他將這件本已極爲困難、此刻更加難上十倍之事，竟說得如此容易，彷彿一到九華山的「丹桂山莊」，「拈花玉手」便可唾手而得，雖然滿心狐疑，也不便相詢。

兩人尋得「飛鷹」裘逸的屍身，將之與頭顱併在一處，與其他的頭顱屍身一齊掩埋之後，已是第二日清晨時分，這其間他兩人似又覺得有些異處，便是這些屍身頭顱之中，似無一人的年齡、裝束，與「飛鷹」裘逸的愛女符合，但他兩人心中各各有事，誰也沒有將這件並無重大關係之事，放在心上！

約莫一月以後，朝陽方升，萬道金芒，映得十里江流，幻作一片金黃。

一條烏篷江船，放棹東來，將至大通，艙中突地傳出微帶蒼老沉鬱的清朗口音，曼聲吟道：「點點風帆點點鴉，風帆點點點天涯；大江一瀉三千里，翻出雲間九朵花！」

詩聲裊裊之中，一個灰袍瞎眼跛足的老人——「鐵扇賽諸葛」胡子玉，緩步自艙中走出，卓立船頭，回首笑道：「此刻朝暉初起，江上九華，正是千古絕景，賢弟你該暫放心頭事，出來隨我一賞這自古騷人墨客吟詠不絕的美景！」

五 三絕先生

這一月以來，許狂夫惦念良友深仇，又憂心江湖風雲，總是雙眉帶憂，愁懷不展！但胡子玉卻似早有成竹在胸，怡然自安，許狂夫有時忍不住出言相詢，胡子玉卻都含笑不答，最多淡淡說聲：「到時自知。」

許狂夫雖知他這位胡四哥足智多謀，胸中自有諸葛妙計，臥龍神算，但若叫他也似這般寬心大放，卻無法做到。

此刻聽到胡子玉在艙外相喚，他雖無這份閒情逸致，卻不得不步出艙來，目光一轉，只見朝暉之中，九華群山，宛如九朵蓮花瓣一般，簇開在雲間天表，晨霧朝霞，掩映於群山之間，又似輕波蕩漾芙蕖，臨風搖曳，吹送一片天香！

許狂夫心中縱有萬千心事，見著這般美景，胸懷亦不禁為之一敞。

但聽胡子玉微微笑道：「九華山唐時以前，本無藉藉之名，但詩仙李白一首千古絕唱『江上望九華』，卻將華山唱得天下聞名！」

許狂夫側目笑道：「小弟與胡四哥十年闊別之後，想不到胡四哥變得這般風雅起來，老實說，有關這些騷人墨客的遺風韻跡，小弟實在是絲毫不知。」

胡子玉微喟一聲，放眼千里江波，不勝感慨萬千地說道：「這十年來，我由極盛而歸於淡泊，起初實覺難以忍受，但後來心情逐漸平靜，大半是因讀書之功，唉——只是老驥伏櫪，其志仍在千里，看來我之一生，也只有生為武林人，死做武林鬼了！」

許狂夫仔細體味「生爲武林人，死爲武林鬼」這兩句話，一時之間，亦不禁爲之感慨叢生，唏噓不已。

默然良久，胡子玉突又微微一笑道：「無論如何，做人之時尚多，做鬼之時尚遠，乘這有生之年，我好歹也得將一些未完心願了卻，並做幾件足以留名後世之事，方不負父母生我，天地養我，賢弟，你說可是？」

話聲頓處，獨目之中，又隱射精光，許狂夫知道他胸中豪氣又生，亦自微微一笑，方待答話，卻聽一陣歌聲，由江波深處，隱隱傳來。

「……勸君杯到莫須辭，生平唯酒我相知，釣詩掃愁須何物？碧酒金樽對飲時，但能一醉真吾友，英雄高傑我不識……」

許狂夫面色微變，與胡子玉互換一個眼色，只見歌聲漸近，水波深處，早自緩緩搖來一艘無篷漁舟，一人箕踞船頭，正自捧著一個朱紅葫蘆，仰首狂飲，正是幕阜山下所見，那高歌漫步的落拓道人。

兩船相隔，雖還有數十丈之遙，但晨霧已退，江面空闊，加以胡、許二人之目力，又大異常人，是以望得清清楚楚，心中不由齊地一動。

就在這剎那之間，又有一艘雙桅江船，破浪而來，雖是逆風而行，但船行卻極迅快，眨眼之間，便已到了那落拓道人所乘漁舟之側，江船船首，並肩立著兩個錦衣大漢，口中吆喝一聲，船上水手一齊停槳擺櫓，於是船行突緩，立在左側的紫緞錦衣大漢，竟在這兩船相交之際，一撩衫腳，身形微擰，「嗖」地掠至那無篷漁舟之上。

胡、許兩人見到此人輕功竟有如此不凡造詣，心中不禁暗吃一驚，要知道江面行船，流動不息，是以在江面之上施展輕功，落腳之處，便極難拿捏得準，那無篷漁舟船身不大，更是極難受力，而這紫緞錦衣漢子，竟能在這般情況下，掠上漁舟，而漁舟僅微微一晃，這分輕功，當真少見！

只見這紫衫漢子身形一落漁舟之上，竟立刻向那落拓道人躬身一禮，沉聲說了兩、三句話，因相隔仍遠，櫓聲欸乃，加以語聲極輕，是以胡、許二人，未曾聽到！

只聽那落拓道人卻揚聲笑道：「孫二爺，你少開玩笑，區區在下人窮志短，馬瘦毛長，討酒討飯還來不及，哪有這份閑情逸致，去賞月亮。」

就只這幾句話工夫，胡、許二人所乘之烏篷江船，與來船距離，已變得只有短短十數丈，那落拓道人語聲一了，竟自似笑非笑、有意無意地向二人瞟了一眼，突又揚聲笑道：「孫二爺，我說你弄錯人了，要去賞月的英雄豪傑，正坐在那邊船上，你跑來纏著我，一文不名的要飯道士作甚？」

胡、許二人齊地一愕，只見那紫衫漢子以及獨自立在雙桅大船之上的錦衣大漢，目光果然一齊向自己瞟來，四人目光相接，那紫衫漢子突地驚呼一聲：「胡老前輩，許大俠！」

刷地身軀一擰，雙臂微分，立時便又掠回大船之上，大呼道：「轉舵！」又自呼道：「那邊船家請將船靠過來。」

胡、許二人，見這身手極高的紫衫漢子，不但認得自己，而且執禮甚恭，不禁凝目打量。只見此人身軀魁偉，濃眉大眼，獅鼻闊口，生相極爲英武，但自己卻不認得，心中方自大奇。

卻聽那落拓道人仰天一陣大笑，說道：「幸好閣下倒還識得高人，如若不然，我這要飯道士無法消受閣下的雅意！」

舉起朱紅葫蘆，又自仰首痛飲幾口內中美酒，拍膝高歌道：「但求能飲一杯酒，我於世事無所求，勸君且將名利忘，忘卻名利便無愁！」

歌聲悠悠，隨風飄於江上，而這艘無篷漁舟，便也在歌聲四散之中，飄然去遠！

兩船船夫，俱是久走江面的水上男兒，是以片刻之間，便已並排靠近，那紫衫漢子果又極其輕靈巧快地掠至胡、許二人所乘江船之上，躬身施禮道：「小子孫正，拜見兩位前輩大駕。」

胡、許二人，連忙還禮，但心中猶自狐疑，不知道這漢子是何許人也，卻見他微笑又道：「十餘年前，小子跟隨家師，曾在岳陽樓頭，見過兩位前輩一面，前輩風範，一直深存腦際，不想今日有幸，又見俠駕！」

胡子玉心念一動，恍然道：「令師莫非是『三江漁隱』袁大俠麼？多年未見，令師可好！」

孫正垂首道：「家師仙去，已有七年！」

胡子玉失聲一歎道：「老夫十年未涉江湖，不想故人竟已先我而去，昔年岳陽樓頭，孫世兄似還只在髫齡，想不到今日竟已英發至此，是以老夫未敢相認，唉！年老昏庸，還望孫世兄多多恕罪！」

許狂夫亦自想起，此人便是昔年水上大豪「三江漁隱」的唯一傳人，但見他似與「賞月大會」有所關連，又自不解，相詢之下，才知道自從「三江漁隱」故去以後，孫正竟亦被「三絕先生」收羅，而此刻正擔負「丹桂飄香賞月大會」的迎賓之責。

胡、許二人，本是專程赴會而來，聞言自然大喜，便打發了自己所乘之船回去，同登雙桅江船。

江船回舵，轉赴大通，路上寒暄敘闊已罷，胡子玉忍不住又自問起那高歌佯狂的落拓道人來歷，這才知道那人雖然身穿道裝，卻正是「窮家幫」中的特出奇人——「酒丐」施楠！

原來「三絕先生」公冶拙，爲了這「丹桂飄香賞月大會」，早已在大通設下迎賓之處，江湖中稍有頭臉之人前來赴會，只要在這迎賓之處投柬留名，便有專人接待上山！

那「酒丐」施楠，雖未投柬留名，但卻跑到迎賓之處門口，故作悠閒地徘徊徜徉，孫正負有迎賓之責，見到這種極負盛名的武林高人，自然慌忙出迎，「酒丐」施楠卻也並不拒絕，含笑隨人，大吃了一頓孫正爲之特設的豐富酒筵，又灌了滿滿一葫蘆美酒，便在迎賓之處，倒頭大睡。

孫正知道這般武林異人，行徑大都類此，是以並不在意，哪知今日天一破曉，「酒丐」施楠竟不聲不響地不辭而別。

孫正年紀雖輕，行事卻極慎重，是以才會派爲迎賓之人，見狀只當自己有失禮之處，是以即刻乘船追出，卻不想竟誤打誤撞地遇著「鐵扇賽諸葛」胡子玉，以及「神鉤鐵掌」許狂夫！

孫正詳細地將此中始末全然道出，江船已臨大通，眾人棄舟登岸，不經賓館，逕直上山！

九華諸峰之中，無論靈秀、雄奇，均以山勢杈枒的筆架峰爲最。「三絕先生」公冶拙，少年時本是名滿京華的九城才子，壯年之後，喜愛九華風物靈秀，方在這佛教四大名山之一定居，而「丹桂山莊」，便是建在筆架峰山巔之上！

因有孫正帶路，自然駕熟車輕，加以眾人均是武林中一流高手，輕功造詣，不但登堂入室，且已爐火純青！孫正跟在胡子玉、許狂夫這兩個前輩奇人之後，雖覺稍微吃力，但胡、許兩人，僅只施出六分功力，是以也能勉強跟上。

經化成寺，觀鳳凰松，過叮咚小澗，登萬丈雲梯，黃昏時分，便已到了筆架峰巔，遠遠便望見一片亭台樓閣，建於山巔煙雲縹緲之間，望去直如神仙樓閣一般，無論形勢氣概，俱在幕阜山中的「飛鷹山莊」之上！

胡、許二人，知道這等宅院，不知要花多少人力、物力方能建成，他二人雖對公冶拙不滿，但此刻亦不禁爲之讚歎！

遠看莊前，原是一片坦途，但到了近前，方自發現竟有數十塊高與人齊的山石，參差錯落，林列莊前，看似雜亂無章，其實卻是隱含玄機，暗合奇門，「鐵扇賽諸葛」胡子玉既有「諸葛」之名，目光一轉，便已了然於胸，但卻故作茫然，毫不在意地便往「死門」之內走去！

孫正果然驚呼一聲：「老前輩止步！」

胡子玉愕然回首，孫正陪笑引至「生門」，許狂夫知道他這位胡四哥胸中所學，見他這般做作，心中不禁暗笑。

到了此間，眾人身形已緩，方自走出數步，忽地金鑼一響，孫正含笑道：「莊主已然親自出迎兩位前輩大駕！」

語聲未了，一陣朗朗笑聲，已自傳來，前面山石之後，緩步轉出一個輕袍峨冠、面容清癯、身形頎長、年通知命的長髯老人來，神態極其從容地長身一揖，朗聲笑道：「胡大俠小隱江湖，暫別俗世，享了似有十年清福，好叫公冶拙羨煞！」

吐語清雅，神態飄逸，若非眼見，誰也不會想到，武林中聞之色變，當今黑道第一奇人「三絕先生」公冶拙，竟會是這樣一個恂恂儒者！

「鐵扇賽諸葛」胡子玉哈哈一笑道：「胡子玉遍體俗骨，滿身孽債，縱然逃世，亦是不得已耳，哪似公冶拙先生經年居於神仙樓閣，遠離十丈紅塵，這般逍遙自在！」

公冶拙朗聲大笑，又與許狂夫見禮已畢，把臂肅客，許狂夫心切良友深仇，無胡子玉如此涵養功深，只是極爲冷淡地略作招呼，竟連寒暄一語俱無，便面含冷笑地隨眾人走入！

廳堂雖大，但桌椅擺設，卻極疏落有致，全然似詩禮傳家、鐘鳴鼎食的書香巨宅，哪裏像嘯傲江湖的綠林梟雄的忠義大堂！

胡子玉與公冶拙雖有一面之交，但到此「丹桂山莊」卻是首度，心中不禁暗讚，這「三絕先生」的胸中丘壑，端的迥異凡俗！

寒暄數語，胡子玉方待轉入正題，公冶拙突地含笑說道：「『丹接飄香賞月大會』，距今朝整整還有八日，兩位先眾而來，難道還有什麼其他見教麼？」

胡子玉還未答話，許狂夫已自冷笑道：「正是！」

公冶拙哈哈笑道：「公冶拙斗膽猜上一猜，兩位此來，雖非爲的『賞月大會』，卻仍爲了『拈花玉手』！」

胡子玉微打眼色，止住了許狂夫的變色異動，仍自微微含笑地道：「胡子玉久聞『拈花玉手』諸般妙用，提早前來，不過僅想見識一下而已，不知公冶莊主可否讓在下等一開眼界！」

公冶拙朗笑道：「別人若有此意，公冶拙倒要考慮考慮，但胡大俠麼，哈哈……」雙掌一拍，回首道：「快去通知少莊主，將那『拈花玉手』火速取來！」

一人應命而去，片刻之間廳後便已快步走出一個劍眉星目、面如冠玉，但雙眉之間，卻隱含冷削之意的錦衣少年來，雙手捧一方外紮紫色錦緞、約有一尺見方的玉盒！

許狂夫知道這位錦衣少年，便是近年來已自名傳江湖的後起之秀，也就是「三絕先生」的愛徒、養子，「玉面追魂銀燕」公冶勤！不禁略多打量幾眼。

公冶拙早已命之向胡、許二人見禮，又道：「江湖中但知這『拈花玉手』有諸般妙用，胡大俠自必知道，此物的諸般妙用，究竟是些什麼！」

胡子玉目光灼灼，凝目這紫緞玉盒之上，聞言微笑說道：「分水辟火，香鎮蛇蟲，此物在掌，暗器無功，這諸般妙用，但得其一，便已足夠稱爲人間罕有、百年難睹的武林異寶了！」

公冶拙一捋長鬍，朗笑頷首說道：「胡大俠確是通人！」

自公冶勤手中，極其小心地接過那紫緞玉盒，並向公冶勤微做一個眼色，公冶勤當即快步而出，公冶拙卻仔仔細細地打開紫緞，啓開玉盒，雙手取出一只通體瑩白，精緻生光，乍看似玉，細看卻又非玉，拇指、食指微曲，其餘三指較直，不知究竟是何物所製的武林異寶，「拈花玉手」來！

胡子玉、許狂夫眼前但覺一亮，一陣異香撲鼻而來，雖然城府深沉，面上也不禁微微變色，而此刻公冶勤又自走人，腰畔卻多了只豹皮鏢囊，身後並跟入四個黑衣勁裝大漢，其中兩人手中抬著一盆熊熊爐火，另兩人手中卻抬著一罈清水，放於廳中地上！

公冶拙目光一轉，微笑道：「胡、許兩位大俠，且看『拈花玉手』妙用！」

突地離座而起，手持「拈花玉手」，緩步走至那盆燃燒正烈，遠遠已覺火勢灼人的爐火之前，說也奇怪，他身形每近爐火一步，火勢便似減弱一分，等到他掌中「拈花玉手」，緩緩向爐火伸去，那熊熊火焰，竟突地向兩旁一分，距離「拈花玉手」至少兩尺開外，公冶拙手掌一晃動，但聽「噗」地一聲，火勢竟自倏然而滅！

胡子玉、許狂夫面面相覷，既驚且奇，卻見公冶拙微微一笑，又自走向那滿滿一罈清水，伸手入罈，罈中清水，立即溢出，公冶拙一笑取出手掌，胡、許二人目光注處，卻見不但「拈花玉手」之上，毫無水跡，竟連公冶拙已自深沒入水裏的衣袖，亦無一星一點水珠！

這景象委實太過驚人，胡子玉、許狂夫自幼及長，幾曾見過這般奇事，幾曾見過這般奇物，不禁齊地脫口讚道：「天香異寶，當真不同凡響！」

公冶拙微微一笑，緩緩道：「分水辟火，雖然奇妙，但比之攝金吸鐵，暗器無功，卻還要稍遜半籌！」

回首又笑道：「勤兒，座上這位『鐵扇賽諸葛』胡老前輩，與『神鉤鐵掌』許老前輩，便是暗器高手，許老前輩的『無風燕尾針』，果是允稱當世獨步。你且將你那不成氣候的一些暗器，在這兩位前輩名家之前，獻一次醜，也請胡、許二位前輩，略微指點你一、兩手絕世奇功、不傳秘技！」

語罷凝神卓立，卻將「拈花玉手」，橫持胸前，胡、許二人，知道公冶拙雖是如此說法，但他的唯一門人、養子公冶勤，發放暗器，必有獨到身手，只見公冶勤伸手一正腰畔豹囊，抱拳說道：「兩位前輩請恕弟子獻醜。」

話聲未了，身形也未見如何動作，手掌只微微一揚，便有一蓬銀星芒雨，暴射而出，接著雙掌連揚，腳踩迷蹤，身形移動之間，又是數十道銀星，有如驚虹掣電一般，去向「三絕先生」公冶拙面門、雙肩、前胸、腰肋十數處大穴之上。

「三絕先生」公冶拙，仍然面含微笑地動也不動，眼見這數十道銀星暗器，已將射在他身上，哪知這些看來去勢疾快、激厲已極、方向絕不相同的暗器，到了他身前五尺之處，去勢一緩，有如萬流歸海一般，齊地轉向「拈花玉手」飛去！「叮！叮！」一陣微響，那小小一隻「拈花玉手」之上，便已密集了數十件大小、形狀各不相同的暗器，密密麻麻，前後相黏，有如蟻附腥羶，蜂集花蜜，公冶拙隨手一抖，散落遍地！

公冶勤這種能在刹那之間，同時發出數十件不同暗器的手法，固是驚人！但「拈花玉手」的這般奇功妙用，卻更是令見多識廣的胡子玉以及許狂夫二人，相顧失色！

公冶拙含笑回座，又將「拈花玉手」極其仔細地放於玉盒之內，笑道：「這『拈花玉手』雖是千載難逢的武林異寶，但公冶拙卻無意據爲己有，到了『丹桂飄香賞月大會』正日，兩位如能藝服當場，公冶拙便將此物雙手奉送！」

胡子玉獨目微張，冷冷一笑道：「公冶莊主如此做法，不覺慷慨太過，竟肯將花了不知多少心血氣力，又不惜染下滿手血腥，方自得來的這件武林異寶『拈花玉手』，雙手奉送他人，卻叫胡子玉難以置信！」

公冶拙面色微沉道：「此話怎講？」

許狂夫目光一凜，突地長身而起，滿面怨毒地厲聲說道：「許狂夫此來既非爲那『賞月大會』，更非爲這『拈花玉手』，是爲了幕阜山中『飛鷹山莊』之內，無端慘死的數十條冤魂，要向公冶莊主，要點公道！」

公冶拙雙眉一剔，亦自厲聲道：「許大俠遠道而來，公冶拙自當倒屣相迎，竭誠招待，但許大俠如再說這些令公治拙聽了莫名其妙的狂言亂語，那就莫怪公治拙要無禮逐客！」

話聲微頓，不等許狂夫發言，便又厲聲接道：「公治拙數日以來，未曾離開『丹桂山莊』一步，『飛鷹山莊』的慘死冤魂，不但絕無關連，而且毫不知情，許大俠如此血口噴人，爲的何理？我公治拙也要向閣下要點公道！」

許狂夫微微一愕，但瞬即更加憤恨怨毒地戟指厲言說道：「我許狂夫從不血口噴人，你公治拙卻有欺心之事，男兒大丈夫自做自當，事實俱在，你此刻縱然推諉拖卸事實，又有何用？」

公治拙大怒之下，怒極反笑，陰沉沉地冷笑一聲，沉聲道：「什麼『事實』？如何『俱在』？姓許的你今日若不說個明白，便休想再出『丹桂山莊』一步！」

許狂夫雙拳緊握，鋼牙直咬，方待揭穿真相，胡子玉卻突地微一擺手，緩緩冷笑說道：「人道『三絕先生』自出道江湖以來，雖多辣手，但卻從無虛言作僞、不可告人之事，今日卻叫我胡子玉失望得很，『飛鷹』裘逸，雖不該以僞易真，相欺於你，但公治莊主你又何苦爲了區區一隻『拈花玉手』，竟將『飛鷹』裘逸的大小滿門，殺得乾乾淨淨，更不該將『八臂二郎』楊鐵戈、『鬼影子』唐多智、『飛鶚』詹文、『嶗山雙劍』這班與此事毫無干係之人，也一併毒手殺死！難道你不怕這班人的良友至親、同門兄弟，前來尋仇復恨？公治莊主你縱有絕大勢力，極強武功，只怕以你一人之力，也難逃江湖正義，武林公道！」

公冶拙本自雙眉劍軒，目光凝厲地凝神傾聽，聽到後來，面上竟自變得微微含笑，等到胡子玉的話一說完，公冶拙突地仰天長笑起來，許狂夫心頭怒火，更加大作，只道公冶拙心毒血冷，竟以殺人爲樂！

六 長白宿怨

哪知公冶拙笑聲一頓，微微含笑說道：「我只道兩位不知爲了什麼，如此義正詞嚴地來責備於我，原來兩位是以爲我公冶拙在長白山中，著了『飛鷹』裘逸的道兒，將一隻不值一文的贗品『拈花玉手』當做真的，拿了回來，發覺以後，心有不平，便眼巴巴地跑到幕阜山『飛鷹山莊』之內，卻尋那裘逸洩恨，是以毒手殺了數十條人命！」

許狂夫厲聲道：「一點不錯，正是此故！」

「三絕先生」公冶拙目光一轉，突又縱聲狂笑地緩緩說道：「兩位若是如此想法，未免也將我公冶拙看得太不成材了，公冶拙癡長五十餘歲，別的不說，閱歷眼光，自信還有幾分過人之處，我一生之中，雖絕無欺人之心，但別人若要騙我，卻亦非易事！在下自長白山中帶回的『拈花玉手』，千真萬確是昔年天香故物，『飛鷹』裘逸自以爲得計攜回『飛鷹山莊』的那隻，才是一文不值的贗品，我雖然早知他有欺我之心，但未曾說破，更不想與這自作聰明的無知之徒一般見識。」

語聲微頓，又道：「聞兩位言道，裘逸目前已在幕阜山中無端慘死，公冶拙亦有幾分難過，此事與我雖然無關，但公冶拙以情理揣測，想必是此事機密，不知又被何人洩露出去，那人以爲『飛鷹』裘逸真的得寶，便趕到幕阜山中恃強豪奪，並將其一家老小，一齊毒手殺死！江湖中具此身手、有此毒辣之人，屈指細數，不過三、五人而已，兩位若要爲友復仇雪恨，只要仔細搜尋，假以時日，定然可獲真相，查得真凶。兩位今日無端尋來，將我痛快淋漓地大罵了一頓，我既已知道事出誤會，自不會怪罪兩位，但卻不免爲兩位浪費時間、徒耗氣力的做法，可惜可歎！」

他似嘲非嘲、似勸非勸，滔滔不絕地說到這裏，只弄得胡子玉、許狂夫面面相覷，無言可對，他兩人一心以爲此事元兇，便是這「三絕先生」公冶拙，哪知此事節中有節，枝外生枝，事情真相之曲折離奇，波譎雲詭，竟遠出意料之外！

一時之間，大廳中變得異樣靜寂，呼吸可聞。「三絕先生」公冶拙捋鬚而坐，目光灼灼，面露得色，似乎在靜觀胡、許二人該如何回話。

哪知胡子玉默然半晌，突也縱聲大笑起來，公冶拙不禁爲之一愣，不知此人哪有心情大笑，卻聽他笑道：「人道『三絕先生』名拙實巧，如今一見，果然如此。想那『飛鷹』裘逸不過是一個武夫，怎會騙得過公冶拙先生，胡子玉此來，實嫌冒昧，但公冶莊主若說是浪費時間，徒耗氣力，胡子玉卻不敢贊同！」

他此話說得似褒似貶，柔中帶剛，公冶拙竟猜不出他話的真意，只得微微一笑，隨口道：「胡兄過獎，卻教在下好生汗顏。」

胡子玉笑聲未住，接口說道：「公冶莊主領袖江南，『丹桂山莊』名傾天下，胡子玉能在這風物佳絕的『丹桂山莊』，見到公冶莊主這般名重當時的一代英雄，已可算是不虛此行；更何況能親眼見到那天香異寶『拈花玉手』的諸般妙用，聽到公冶莊主親口說出的那件長白山中的奇聞異事，這怎能算是浪費時間，徒耗氣力？」

他這輕描淡寫的幾句恭維之言，已將他方才尷尬難堪的局面，全部化解，「三絕先生」公冶拙聞言，心中亦不禁暗讚：「這才叫薑是越老越辣，就憑胡子玉這幾句話，就無怪在江湖中能享如此盛譽！」

口中微笑道：「胡兄如此說，更教在下過意不去了！」

轉身揮手，立呼擺酒，「鐵扇賽諸葛」見狀暗笑：「我當你公冶拙是什麼厲害角色，原來也是禁不得人家捧的。」

面上卻做得越發端莊沉著，抱拳謙謝道：「如此騷擾，已是不該，怎敢再勞莊主賜酒。豈非要教我兄弟……」

公冶拙大笑接口道：「兩位遠道而來，在下早該擺酒洗塵，而且千萬請兩位在此盤桓數日，等到『丹桂飄香賞月大會』過後再走，江湖中人，雖多道公冶拙性情孤僻，但像兩位這樣的朋友，公冶拙卻是極願交上一交的。」

胡子玉目光一轉，見許狂夫面容之上，似乎微帶茫然不解，遂一面暗中向他打了一個眼色，一面哈哈大笑地說道：「莊主既然如此，胡子玉兄弟就恭敬不如從命了。」

就只這短短數句言語之間，酒菜便已備妥，公冶拙拱手肅客，胡子玉含笑落座，又道：「方才公冶莊主所談『長白劍派』之事，以及莊主得寶經過，雖已風傳江湖，但內中曲折想必仍有許多，不知公治莊主可否讓胡子玉一飽耳福！」
公冶拙含笑為胡、許二人滿斟一杯色如琉璃、濃如蜜釀的美酒，並佈上一箸上好羊羔，方自端起面前酒杯，含笑說道：「此事說來話長，兩位有興，公冶拙自然願道其詳，但請先用上一些酒菜，並容在下先向兩位敬一杯洗塵接風之酒！」
仰首乾盡杯中美酒，又夾了一塊羊羔，細細咀嚼，方自緩緩道：「關外『長白劍派』，雖然名列天下九大劍派之一，但近年來已人材凋零，這些不待在下多說，兩位想必早已知道了。」
胡子玉此刻已連盡兩杯美酒，一面連誇酒佳餚美，一面頷首笑道：「略知一、二！」
公冶拙一笑又道：「在下少年時雖有關外之事，但與『長白劍派』卻素無來往，一直到去年花朝節前，『飛鷹』裘逸裘大俠，突來寒舍，說是『長白劍派』已面臨滅門危機，要在下本於江湖道義，一伸援手！」
他哈哈大笑數聲，淺啜一口美酒，須臾又道：「不瞞胡兄說，在下雖非自了漢，也極少過問江湖閒事，聞言卻不便使裘大俠太過難堪，又不便答應，正自為難之際，卻聽裘大俠又道，『長白劍派』願將秘藏多年的武林異寶『拈花玉手』，贈與解圍之人。在下考慮良久，才問及『長白劍派』所遇困難之事，究竟是什麼，如在下能力所及，自無話說，否則亦是無能為力，裘大俠這才將事情始末，源源本本地說了出來！」

此時正値仲秋，公冶拙說話之間，家丁又端上一大盤數十隻熱氣騰騰、紫金殼的「陽澄大蟹」！胡子玉一面持杯飲酒，一面聽公冶拙詳細地說出那一段往事，看來似乎已將他之來意完全忘卻！

原來「長白劍派」所遇的那三件極爲棘手的困難之事，一是「白鷹」白沖天，昔日遊俠江湖時，所結下的強仇大敵「崆峒三劍」，在聯劍將「白鷹」腳筋挑斷之際，三劍中的三俠「七靈劍」金振夫，肋下也中了白沖天一掌，當時雖無甚感覺，事隔多年，金振夫娶妻生子以後，卻舊傷復發，而且傷重不治，是以「崆峒三劍」便聯結崆峒好手，大舉前來長白尋仇，事先遞下拜帖，日期便訂在三月初一！

第二件事乃是一直與「長白劍派」不睦的關外馬賊「紅鬚幫」，近來出了一個不世的奇才，將紅鬚幫治理得強極一時，又見到「長白劍派」聲勢衰微，竟限令「長白劍派」在二月以內，遷出長白山外，否則便要傾全幫之力，將「長白劍派」門下殺得一個不留！

第三件事來得甚是冤枉，五台山、明鏡崖、七寶寺突失異寶，據說盜寶之賊，事後曾留下四句似詩非詩、似詞非詞的短句：「長風蕭蕭，白浪滔滔，取此異寶，去天下逍遙！」七寶寺方丈木肩大師，將這四句話反來覆去地看了許久，突地發覺將這四句短歌每句之首一字，聯綴成句，竟是：「長白取去」四字！遂認定此事定是「長白劍派」所爲，亦遠赴關外，遞下拜帖，要在一月之內，前去長白山尋仇索寶！

可憐「長白劍派」掌門人「落英神劍」謝一奇，連七寶寺所失之寶究竟是什麼都不知道，無端蒙此冤枉，竟還百口莫辯！

此三事任憑一件，「長白劍派」已是極難應付，此刻竟同時而來，且時日俱在二月下旬、三月上旬不足一月之間，「落英神劍」謝一奇自是心焦意躁，不知該如何應付才好！

「飛鷹」裘逸將此三事說完以後，又道：「在下此來向莊主求助，一來自是因爲莊主名傾天下，聲震武林，武功威望，俱足服人，再來卻是因爲知道，莊主昔年遊俠關外之際，曾對『紅鬚幫』有恩，與五台山木肩大師，亦是故交，此次『長白劍派』滅門之禍，普天之下，除了莊主之外，只怕再難找出一人能爲他們解圍了！」

「三絕先生」公冶拙俯首沉吟半晌，算來算去，此行俱是有益無損，這才帶著門下兩個得力弟子，以及愛徒、義子「玉面追魂銀燕」公冶勤，束裝就道，與「飛鷹」裘逸連夜趕向長白山去！

二月中旬，江南雖已略有春意，但關外白山黑水間，卻仍是一望無際的銀白世界，「三絕先生」公冶拙狐裘白馬，極其從容地指點這漫地白雪，不住讚好，一面笑道：「數十年未到關外，至此方覺江南山水雖靈秀，卻嫌不夠雄奇開闊，尤其少年人不到此間，怎知天地之大，此行不論如何，總算給勤兒開了眼界！」

「飛鷹」裘逸卻不住焦急地催促公治先生攢程急行，到了長白山下，雖已黃昏，裘逸依然不顧道路難行，連夜便要趕上山去。

所幸公治先生一行人俱是身懷武林上乘絕技，是以絲毫未曾堅持在山下留宿，這才挽救了「長白劍派」一場幾乎滅門的浩劫！

「長白劍派」發祥之地，乃是長白山腰處的「靈長觀」，數十年相傳，掌門人俱留居此處，是以「落英神劍」謝一奇雖非三清教下，卻也循規留居此處，好在謝一奇終身未娶，生活與一般道侶並無異處，是以也沒有不便之處！

「三絕先生」一行人眾，乘著滿地雪光反映，極其容易地便攀上了長白山腰，「飛鷹」裘逸方自遙指著夜色中的一片黝黑牆影，說道：「那邊便是『靈長觀』所在之地，公治先生到後，先飲上幾杯熱酒，擋擋寒氣，再……」

話聲未了，突有一聲懾人心魄的慘呼，自「靈長觀」那邊傳來，「飛鷹」裘逸語聲一頓，面色大變，公治拙亦自沉聲道：「看來『長白劍派』變故已生，勤兒，你且帶他兩人繞路由後入觀，我與裘兄先行一步！」

最後一字落處，身形已在十丈開外，「飛鷹」裘逸雖然心中焦急驚惶，但亦不禁對公治拙這種遇事調度之沉著得當，以及身法的曼妙驚人，暗中欽佩，一面抱拳陪笑地說道：「有勞少莊主辛苦了。」一面亦自飛身隨後掠去。

「飛鷹」裘逸雖以輕功、掌法馳譽江湖，但此刻與這位「三絕先生」相較之下，仍覺相差太遠，不是公冶拙放緩腳步，便再難追上，只聽公冶拙沉聲又道：「裘兄，『靈長觀』觀內燈火通明，但自那聲慘呼後，便再無聲息，定是局勢已極爲險迫，你我若是來遲一步，倒真要抱憾終身了。」

說話之間，兩人已至「靈長觀」外，只見觀門未閉，門內卻有縱橫的劍氣，往來相擊於雪光、燈火之內，「飛鷹」裘逸大喊一聲：「各位先請住手，九華山丹桂山莊『三絕先生』公冶拙在此！」

他不通己名，卻將「三絕先生」名字喊出，自是深信這四字有先聲奪人之力，喊聲方了，觀內劍氣立頓，一個手持長劍、滿面惶急的灰袍長髯老者，已自如飛掠身，連聲喝道：「公冶拙在哪裏？裘兄在哪裏？想煞我謝一奇了！」

原來，「長白劍派」此刻情勢，正如公冶拙所料，正是極其險迫，「長白劍派」門下最爲得力的四大弟子已傷其三，方才那一聲慘呼，便是「長白劍派」當今的第二代門徒之首「玄霜道人」，被「崆峒三劍」請來的武林高手「金槍銀彈」董平，以一招「雙插梨花」的槍法絕技，當胸刺了一槍，瀕死之前發出！

「落英神劍」謝一奇見到愛徒慘死，而自己盼望中的救星未至，知道只有自己動手，或許還能稍挽頹勢，哪知他與「崆峒三劍」中「七絕劍」金振宇甫一交手之下，便知道「崆峒三劍」確非徒擁虛名之輩，自己縱然拚盡全力，最多也不過只能和人家打個平手，心中不禁越發驚惶，此刻「飛鷹」裘逸的這一聲大喝，實不啻救星從天而降。

謝一奇目光動處，不等「飛鷹」裘逸引見，便已一把捉住公冶拙的手掌道：「閣下想必就是名震江湖的『三絕先生』了，小弟久仰大名，真是……真是……如雷灌耳……如雷灌耳得很！」

公冶拙看見這極為沉著鎮靜的一派掌門，此刻不但滿面惶急，言語談吐，竟也有些語無倫次起來，知道必是因為情勢危急所致，遂也不多謙讓客套，便隨口說了聲：「謝大俠言重了。」

便當先走入觀內，只見此刻「靈長觀」的正殿之前、院落四側，滿插數十支松枝火把，左側一排灰袍道人，垂手肅立，右側簷下的一排紫檀木椅之上，坐著四個俱在中年以上的江湖健者、武林豪客，正都目光灼灼地望著自己，院中一人手提長劍，傲然卓立，雖亦近暮年，但雙目有神，身軀筆直，毫無半分老年人的垂暮之氣。

「三絕先生」目光轉處，場中情勢，便已了然於胸，並知道今晚來此間尋仇之人，必是「崆峒三劍」，因「長白劍派」這三起仇人之內，只有「崆峒三劍」與自己無一面之交，心念微轉，抱拳朗聲道：「在下公冶拙，今夜……」

哪知他話未說完，卓立院中的「崆峒三劍」之長，「七絕劍」金振宇便已冷冷接口說道：「『三絕先生』大名，天下皆聞，在下兄弟，早已久仰得很了！」

語意雖然客氣，但語氣卻冰冷已極，「三絕先生」公治拙上下打量此人兩眼，仍自含笑道：「豈敢，公治拙在江湖中雖薄有微名，豈能與『崆峒三劍』相比，閣下如此謙虛，公治拙實在汗顏。」

「七絕劍」金振宇目光炯然一轉，還未答話，「飛鷹」裘逸已自一掠而前，接口笑道：「公治先生，你可知這位就是人稱『七絕』之劍的金振宇金大俠。」

他言語之內，故意將「七絕」二字，說得分外響亮，自是存心想以此激起「三絕」先生公治拙的怒氣！哪知公治拙卻面帶微笑地不露聲色，而金振宇反而沉不住氣地仰天狂笑道：「不錯，不錯，兄弟在江湖中，確有『七絕』之名，但我這『七絕』，哪裏比得上『三絕先生』的半絕。」

語聲頓處，笑聲亦倏然而頓，冷冷又道：「不知『三絕先生』今夜來此，是無意遊山，抑或是有心前來爲『長白劍派』架樑的呢？」

公治拙笑容不改，捋鬚道：「公治拙亦想請問，金大俠今夜來此，是無意遊山，抑或是有心前來尋仇的呢？」

金振宇見他將自己所說的兩句話，回敬過來，不禁狂笑起來，一面說道：「問得好，問得好……」

笑聲又自一頓，沉聲接道：「但閣下不用金振宇回答，想必早已知道我兄弟此來是爲著什麼了，我兄弟三人義同生死，在下今日，正是爲我三弟復仇而來，父子兄弟之仇，不共戴天，難道我兄弟此舉有什麼非是之處，要勞動閣下不遠千里地自九華趕來麼？」

江湖之內，講究恩怨分明，有恩固必當報，有仇亦是非報不可，金振宇這一問，當真是言語鋒利已極，哪知公冶拙卻故作不勝驚異地「呀」了一聲，皺眉道：「公冶拙實在莽撞，不知道令弟已然仙逝，但在下還想請教一句，令弟是怎生在謝大俠手下喪生的呢？據在下所知，十年來謝大俠並沒有入關一步，而『崆峒三劍』的俠蹤，亦常在中原，難道是金三俠偶動遊興，竟遠遊到長白山來了麼？」

金振宇冷哼一聲，心中何嘗不知道公冶拙此問是在故作姿態，但「三絕先生」聲名赫赫，他卻又實在不願無端樹此強敵，只得將自己的滿腔怒火，強自忍住，沉聲接口說道：「舍弟雖非謝一奇所傷，卻是死在『白鷹』白沖天暗算之下，謝一奇與白沖天一門兄弟，白沖天又是隱匿此間，我兄弟此來長白山尋仇，難道還是找錯了地方麼？」

這「七絕劍」亦不像老而彌辣的江湖豪客，此刻竟仍然以問話來回答公冶拙的問話，當真可說是針鋒相對，絲毫不讓。

哪知「三絕先生」公冶拙卻又不勝驚異地「呀」了一聲，皺眉道：「依在下所知，『白鷹』白沖天雙腳已斷，殘廢多年，而金三俠一身武功劍法，早已名動江湖，閣下若說金三俠是傷在白沖天手中，這不但更教我公冶拙不解，而且實在難以相信！」

「七絕劍」金振宇雙眉一軒，面上已自現出怒容，沉聲道：「金振宇久仰閣下總率江南武林，以仁義行道江湖，是以方自敬你三分，而你此刻卻如此以言語戲弄於我，金振宇倒要請問是何道理？」

卻見公冶拙竟仍不勝驚異地「呀」了一聲，又自皺眉詫問道：「在下心中有不解之處，是以好言望金大俠釋我疑團，哪有半分以言語戲弄金大俠之心，金大俠這一問，卻是問得大大的錯了。」

金振宇軒眉怒道：「舍弟多年前被白沖天暗算一掌，傷勢至今方自發作，不治而死，今日我兄弟此來，便是要取白某人頭，至我三弟靈前相祭，若有人阻擋，無論是誰，俱是我兄弟不共戴天之仇！」

他兩人的言語，句句相接，絲毫不給別人插言之餘地！說到這兒，金振宇更是語聲激昂，字字截金斷鐵！簷下四人，此時亦早已長身而起，雙拳緊握，目光炯炯地逼視著「三絕先生」公冶拙。

一時之間，院中死般靜寂，只有風吹火把，呼呼作響，人人心中俱都知道，此時此刻，敵我雙方都是劍拔弩張，一觸即發，心中各個充滿戒備之意！

七 崆峒三劍

哪知公冶拙一手輕撚長鬚，一手微撫腰畔絲絛，仍然含笑說道：「金大俠你乃久走江湖之人，此刻怎地說出這般話來？」

金振宇一緊掌中長劍，怒喝道：「在下的話，字字句句，俱是實言，難道還說錯了麼？」

公冶拙仍自好整以暇地一笑說道：「想你我一生之中，與人交手，何止千百次，說不定此刻你我身上，都帶有難以覺察的內傷，又怎會知道究竟是被何人所傷？是以……」

金振宇大怒接口道：「舍弟傷勢重發之時，我兄弟早已仔細推敲，斷定必是白某所爲，我兄弟一生行事，敢說件件光明磊落，老來難道還會含血噴人麼？」

公冶拙微笑道：「賢兄弟如何斷定，公冶拙願聞其詳。」

金振宇大喝一聲，隨手一抖，掌中長劍，抖起朵朵劍花，口中並大喝道：「金振宇再三相讓，公冶先生切莫逼人太甚，只要閣下今日袖手不管此事，我兄弟日後必報大德，否則我兄弟縱然……」

語聲未了，突有一條人影，自簷下掠來，一手托著金振宇手肘，沉聲道：「大哥，我等就將此事爲何斷定乃白某所爲的經過說出又有何妨？也好教天下人得知，我兄弟不是多生閒事、含血噴人之徒！」

公冶拙始終面含微笑地撚鬚卓立，此刻非但未將此人指桑罵槐的譏諷之言，放在心上，面上笑容，反而更加開朗，說道：「閣下想必就是金二俠了，此話當真說得中肯已極，想你我俱已是知命之齡，怎會再做出那些含血噴人的無聊閒事！」

「七修劍」金振南鼻中微「哼」一聲，冷冷道：「公治先生好厲害的眼力，在下正是金振南，舍弟的死因，亦是在下斷定，公治先生如不嫌費事，在下自當詳細說出。」

語聲微頓，沉聲又道：「八年前我兄弟劍下留情，放了白沖天一條生路，哪知他卻乘舍弟不備，在舍弟大橫肋外，季肋之端，骨盡處，軟肉邊，臍上二寸，兩旁六地的『章門穴』上，擊了一掌，是以我兄弟方自挑斷他兩足筋絡，當時見舍弟傷勢不甚重，又念在同是武林一脈，終究還是未曾將之擊斃，反而好好送上長白山來，只教他今後不要再往中原爲非作歹……」

謝一奇冷「哼」一聲，金振宇不等他開口說話，便又接道：「今年舍弟發作的傷勢，不但正是在季肋之端的『血囊』之處，而且傷發時全身冰涼，足心卻發燙，正是『長白劍派』貫用的『雪雲掌』之特徵，舍弟瀕死之際，不住慘呼白某人之名，再三要我兄弟爲他復仇，公治先生，若你換做是我兄弟，請問你又當如何？」

公治拙雙眉微皺，似是甚表同情地長歎一聲，緩緩說道：「在下近年頗少下山，江湖中事亦有許久未曾過問，是以令弟死訊，直到今日方知，竟未曾親去靈前致祭，實是憾事，還望二位恕罪！」

金氏兄弟對望一眼，他兄弟雖亦老於江湖，卻仍不知這老奸巨猾的武林梟雄，此刻究竟在弄什麼虛玄，只聽他接著又道：「只是金二俠如何便斷定金三俠的死因，定是被白沖天所傷，小的卻不敢苟同。一來是八年前所受之傷，直到八年後再發，此事雖非絕無可能，但畢竟可能極少，再者那『章門穴』本屬厥陰肝經，不但與左右『期門穴』一經相同，與屬手厥陰經的『天地穴』，以及屬肝經的左右『膺窗穴』、左右『乳根穴』等十數穴道，亦有經脈相連，由此可知在『血囊』附近發作的傷勢，並非一定是直接擊在『章門穴』上，三者凡是被內家綿掌、辰州『陰冥掌』等一類陰柔掌力所擊中之人，傷勢發作時，俱有全身冰冷、足心發燙的現象發生，若單憑此數點，賢兄弟便來長白尋仇，委實稍嫌冒昧，公冶拙雖非好生閒事之徒，也少不得要伸手管上一管了。」

金振南始終凝神靜聽他滔滔而言，此刻突地縱聲狂笑起來，一面說道：「江湖之上，藝高者強，強者之言，便是真理，原無是非曲直之分，閣下又何必這般費事地說上半天，只要閣下真有讓我兄弟，以及那邊三位朋友，口服心服的傲人絕技，我兄弟立時拍手便走，如果不然，像閣下這般強詞奪理，再說三天，亦是無用！」

公冶拙面色一沉，朗聲道：「公冶拙自知人微言輕，只是不忍在此名山中的方外之地，見到流血之事，是以才不惜良言相勸，卻想不到閣下竟將我一番苦心婆口，視作強詞奪理！既然閣下如此說，公冶拙亦不能教好友失望，此刻我就在此地，練上三樣淺薄功夫，只要賢兄弟以及那邊的三位朋友能練得一樣，那麼拍手便走的就是公冶拙，而非賢兄弟了！」

金振南哈哈一笑道：「這才叫快人快語，這才是好漢行徑，我兄弟久想一睹『三絕先生』的蓋世絕技，只要閣下能在輕功、內力以及劍法上俱教我心服，我兄弟絕不在此多留半刻！」

暗中一拉金振宇衣襟，兄弟兩人齊地腳跟微蹭，後退一丈，「落英神劍」謝一奇，緩步走到公冶拙身前，恭身一揖，無言地退到一邊，「飛鷹」裘逸卻在公冶拙耳畔低語道：「公冶先生千萬小心，長白劍派數十年聲名，此刻全落在先生身上了。」

公冶拙微微一笑，並自沉聲道：「難道裘兄信不過在下麼？」

裘逸垂首無言，退到一旁，只見公冶拙雙掌一抱拳，朗聲笑道：「公冶拙就此獻醜。」

語聲未了，長衫飄飄，頎長的身形，已自凌空掠起，肩頭、腿彎，絲毫未曾作勢，一掠卻已筆直上拔二丈，突地雙臂一分，竟由「一鶴沖天」化作「玉女投梭」，閃電般投入大殿。眾人方覺眼前一花，公冶拙已從殿中掠出，手中卻多了四支巨燭，身形方一出殿，口中暴喝一聲：「起！」又自憑空上掠二丈，雙手交替，竟將掌中的四支巨燭，一排立在大殿簷頭，身形方自飄飄落下，眼看離地不及一丈，雙臂突又微一划動，本應下落的身形，竟變做平飛，飄飄飛向院中，緩緩落到雪地上，卻又恰巧落到他方才駐足的兩隻腳印之中。

立在左側的長白劍派道友，以及「飛鷹」裘逸，已被他這種足以驚世駭俗的輕功絕技，驚得目定口呆，半晌過後，方自震天價響地喝出彩來！

右簷下五人對望一眼，亦不禁相顧失色！卻見公冶拙目光凝視簷頭紅燭，一陣風吹過，四支紅燭，滅了三支，只剩最左一支，燭火搖搖，將熄未熄，仍在風中掙扎！

公冶拙微微一笑，緩緩伸出手掌，虛空向簷頭一招，那風頭中燭火，火光突地大盛，公冶拙左掌往外一切，只聽「啵」的一聲輕響，尺許火焰，竟自中分為二，公冶拙右掌一揮，半截火焰，竟緩緩落在第二支紅焰之上，他左掌再次往外一切，第二支燭火火焰，便又應掌中分為二！

剎那之間，這武林怪傑竟以絕頂的內家真力，將遙隔幾達七丈的四支紅燭，一齊點燃，眾人屏息而觀，至此又不禁一齊喝彩。

公冶拙微微一笑，左掌斜伸，護住簷頭燭火，身形微動，掠至謝一奇身前，接過他手中長劍，突又一掠而起，但見青光一溜，筆直投向簷頭，有如驚虹掣電般一閃而沒，公冶拙再次飄落地上，簷頭燭火仍自無恙！

眾人方在暗中驚詫，不知他這一手劍法有何奇處，突地又是一陣風吹過，公冶拙長袖一拂，簷頭四支紅燭一齊落到地上，竟斷做四七二十八截！斷處整整齊齊，顯見乃是利劍所削，眾人這才知道，公冶拙方才那一閃劍，已在這四支紅燭之上，各個削了六劍。

「落英神劍」以劍法成名，此刻心中不禁又是喜悅，又是失意，喜悅的是今日危機，看來已可安然度過，失意的是自己苦練數十年的劍法，此刻拿來和人家一比，當真是有如皓月之與螢火。

公冶拙緩緩拾起地上的斷燭，隨手一拋，只聽「噗」地一聲，雪地之上便已多了一團紅線，斷燭拋去雖有先後，落地之聲只有一聲，這種暗器手法，又何嘗不是足以傲視武林的驚人絕技，他雖說只練三樣武功，其實已露了四種。

金振宇目睹四種絕技，心中但覺萬念俱灰，黯然長歎一聲，拂袖走出觀門，他兄弟請來的三位武林高手，亦自面容灰白地頹然走出門外，金振南呆望著他們的背影，暗中一歎，強自抱拳道：「公冶先生神功絕世，金某兄弟自愧不敵，青山不改，綠水長流……」

公冶拙哈哈一笑，接口說道：「青山不改，綠水長流，你我後會有期，賢兄弟日後若來『丹桂山莊』，公冶拙自當竭誠招待，只是人死不能復生，但望賢昆仲能將這段樑子，從此揭過。」

「七修劍」金振南呆立當地，愣了半晌，突又一聲長歎，歎聲未了，身形已自掠出觀外，霎時之間，便已消失在夜色之中。

「落英神劍」謝一奇身爲一派掌門，見到自己這件不能解決的浩劫，竟被「三絕先生」兵不血刃地消弭於無形，心中亦是感慨良多，目送金振南身影消失，方自緩步走到公冶拙身前，恭身道：「公冶大俠及時趕來，不但救了敝師弟一條蟻命，也保全了我『長白劍派』上下數十門人，大恩不敢言謝，只有永銘心中！」

公冶拙連忙謙謝，「飛鷹」裘逸已哈哈笑道：「『崆峒三劍』本於三月初一至此，他們提前半月，想必是為了怕謝兄邀集幫手，是區區在下早已料到這一著了，是以連夜與公冶先生趕來此間，只怕不是『崆峒三劍』料想得到的了！」

謝一奇連忙又自恭身道：「裘兄跋涉萬里，為友奔波，高情厚誼，更是沒齒難忘！」語聲方了，突又一聲厲喝：「是誰！」

公冶拙微微一笑，緩緩道：「簷上只是小徒，他已在那邊守望許久了。」

謝一奇面頰微微一紅，只見三條人影，自簷頭閃電般落下，卻正是那由後路入觀的「銀燕」公冶勤，以及「丹桂山莊」的兩個得力門徒！「飛鷹」裘逸為謝一奇引見已畢，又自撫掌大笑說道：「『崆峒三劍』已去，另外兩起仇敵俱與公冶先生有舊，看來長白劍派已可逢凶化吉，謝兄也該弄些酒來，為公冶先生洗洗征塵了！」

又是一陣風吹過，本來已將燃盡的火把，便熄了數支，但此刻東方已現曙色，縱無火把，也不妨事了。

「三絕先生」公冶拙，把酒持杯，將自己如何得到那件武林異寶「拈花玉手」的經歷，一口氣說到這裏，方自長歎一聲道：「如果以人論人，『崆峒三劍』金氏兄弟，勝則勝，敗則敗，倒的確不愧是條沒遮攔的好漢，『長白劍派』的謝一奇兄弟，反而顯得有些奸詐，再加上白沖天與『崆峒三劍』昔年那場恩怨，是非曲直，直到此刻，我還不知真情，不瞞兩位說，等到長白事了，我竟然有些後悔，不知道是否應該伸手幫『長白劍派』的忙！」

「鐵扇賽諸葛」胡子玉獨目瞇成一線，似笑非笑地望了公治拙一眼，心中暗笑：「管他誰是誰非，反正你只要得到『拈花玉手』，便心滿意足，如今卻又在我面前說出這番假仁假義的話來作甚！」

暗中雖在譏嘲暗笑，口中卻含笑讚道：「如果以人論人，依胡子玉所見，只有閣下才能算做英雄人物，揮手笑語之間，便將『崆峒三劍』那等桀驁不馴的角色驚退，試問當今天下，除了『三絕先生』以外，還有誰人？」

公冶拙面帶得意笑容，口中謙謝不迭地將杯中之酒，一飲而盡，酒意更濃，豪情更盛，酒酣耳熱之中，他又接著說那一段往事。

天未近午，公冶拙已用完了「落英神劍」為他擺下的迎風洗塵之酒，謝一奇卻從自己所住的丹房之內，取出了三方製作得完全一樣，只有盒外所縛的三條彩帶顏色不同的錦盒，並恭聲說道：「公冶大俠不遠千里而來，救我等於水火之中，俠義之心，足資流芳武林，傳誦江湖，謝一奇本該立將『拈花玉手』奉送，但是在下昔日得到此寶之時，共有兩偽一真，分放三方一式一樣的錦盒之內，在下才智淺薄，一時無法試出此寶的真假，如隨意相贈一個，只怕以僞做真，又變得好像有意欺騙閣下，經在下與敝師弟商量結果，只有將這三方錦盒，一齊取出，放在這大殿神龕之內，此刻先請閣下隨意取去一盒，等到三事俱了，閣下便可將此三盒俱都取去，三盒之中，只有一盒屬真，好在閣下學究天人，定必可以分出真假！」

公冶拙微微一笑，知道他這番說話做作，無非是生怕自己，不等將「長白劍派」三起仇敵完全解決之後，便取寶先走，沉吟之間，突地瞥見「飛鷹」裘逸面目之上，竟露出焦急希冀之色，心念一轉，面上絲毫不露神色，非但不揭穿他話的漏洞，反而故作大方地說道：「公冶拙此來，旨在本著江湖道義，爲貴派略效綿薄，何敢望謝大俠以武林異寶『拈花玉手』相贈，但謝大俠既然如此厚愛，公冶拙不收，亦顯矯情不恭，至於如何處理此事，公冶拙自然一切全憑謝大俠作主！」

說話間眼角微瞟，「飛鷹」裘逸早自露出喜色，公冶拙不禁暗中冷笑，心道：「你如想在老夫面前弄什麼花樣，當真是有如癡人說夢！」

只見裘逸已端起酒杯，頻頻勸飲。

一日度過，到了晚間，謝一奇將之引入三間佈置得極其精緻雅潔的丹房跨院以內，道勞過後，便告辭先走。

「飛鷹」裘逸卻仍停留房中，不住噓寒問暖，百般照料，「三絕先生」是何等人物，見狀腹中冷笑，口中卻含笑說道：「公治拙此次不過略盡綿力，便可得到『拈花玉手』這般武林異寶，一來自是因爲謝大俠慷慨厚愛，再來卻是全靠裘兄不遠千里前來報訊之功，公冶拙人雖愚昧，卻最知恩，裘兄若是還有什麼事需要公冶拙之處，只管說出便是，公冶拙無不從命。」

「飛鷹」裘逸微微一愕，目光雖然不可遏止地露出喜色，但神色間卻又有三分被別人料中自己心意後的窘態，囁嚅著道：「在下的確有個不情之請，但亦自知……」

公冶拙目光一亮，接口道：「無論什麼事，公冶拙無不答應。」

只見「飛鷹」裘逸凝視著自己，面上半驚半喜，似是想不出自己的心意，面上遂越發露出令人信任的和藹笑容，裘逸果然忍不住道：「在下的請求，對別人來說，雖似過份，但對公冶先生來說，卻另當別論，謝大俠將兩僞一真三方『拈花玉手』，分貯三方錦盒之中，其中真假，雖然誰都無法知道，但公冶拙先生的神通能力，卻不難猜出八、九，是以裘逸想請公冶先生事完之後，取走兩方錦盒，留下一盒，做爲裘逸的紀念之物。」

他語聲微頓，似是不勝委屈地歎了一聲，仰天緩緩歎道：「在下雖與『長白劍派』略有交情，但交情並不深厚，此次萬里奔波，幸好還能得到公冶先生的瞭解與賜與，否則真是……」

他又自長歎一聲，結束了自己的話，公冶拙暗中冷笑，口中卻毫不遲疑地笑著說道：

「裘兄古道熱腸，此次為著江湖道義，不忍見到『長白劍派』的滅門之禍，所受辛苦艱難，比公冶拙何止超過百倍，謝一奇縱將『拈花玉手』贈與裘兄，亦不為過，公冶拙心中只會覺得贊同，絕不會覺得不公，如今裘兄既如此說，公冶拙焉有不願之理。」

「飛鷹」裘逸大喜道：「公冶先生慷慨大度，實非常人能及。」

公冶拙微笑接口道：「不過裘兄若命公冶拙先取兩盒，公冶拙不敢從命，如果裘兄不以公冶拙為貪得之輩，還是請裘兄先取一盒，方是正理！」

「飛鷹」裘逸大喜之下，似乎還待謙謝兩句，公冶拙已是搖手道：「公冶拙平生行事，言出必行，從無更改，裘兄不必再推辭了！」

話聲頓處，突地以手加額，長長打了個呵欠，又自歎然道：「連日奔波，加以年老病疾，是以稍感倦乏，還望裘兄恕我失禮之罪。」

「飛鷹」裘逸縱然笨到極處，此刻自也知機，一面千恩萬謝，一面告退。

夕陽西下，暮色已臨，九華山上「丹桂山莊」的大廳之內，燭影搖紅，菜香酒熱，公冶拙說到這裏，仰天笑道：「那『飛鷹』裘逸當真是將我看成了無知小兒，可以隨便戲弄，我既無未卜先知之能，亦無隔物透視之力，卻怎知盒中物之真假，他們若是先就弄了手腳，我縱然先取兩盒，又有何用，是以我不如叫他先取，如此一來，他必定要在盒上弄些標誌，一拿就拿個真的，將兩個無用的廢物，留下給我，可是……」

胡子玉微微一笑，接口道：「可是他這番妙計縱然騙得過別人，怎能騙得過公冶拙。」

公冶拙哈哈笑道：「在下心中其實早有算計，眼見他自以爲得計地出了房門，我卻尾隨其後，他回房以後，滿面喜容，坐也不是，站也不是，我在窗外見到他的人影，不住地在房中打轉，我心中也不住地暗笑！」

話聲微頓，布菜施酒，忙了一會兒，接著又道：「我知道他必有花樣要弄，是以耐心等候，過了一會兒，更深人靜，他果然悄悄推開窗戶，一掠而出，我暗暗跟在身後，他竟毫無察覺……」

無星無月，萬籟俱寂，「飛鷹」裘逸施展身形，在重重屋面上極其小心留意地不住飛掠，稍聞聲響立刻伏下身形，似是盡量要躲開「長白劍派」門人的耳目，公冶拙不覺暗中奇怪：「難道他此舉並未與『長白劍派』串通麼？」

卻見倏忽之間，「飛鷹」裘逸的身形，似乎已至「靈長觀」外，他遊目四顧，查看半晌，突地微伏身形，向左側一個孤零的小院中掠去。

公冶拙不禁又自微皺長眉，暗中奇怪：「他去這孤零院落做甚？這院落之內，住的又是誰人？」

「靈長觀」前後內外，一片寂然，只有這座孤零院落的窗紙之內，還有昏黃的燈光映出！

只見「飛鷹」裘逸掠至門前，輕聲扣門，門內立刻有一個嘶啞的口音，沉聲問道：「是誰？」

「飛鷹」裘逸回頭四望，確定了四下並無人跡，方自輕聲道：「是我！裘逸！」

房門立刻「呀」地一聲，開了半線，「飛鷹」裘逸一閃而入！

遠遠伏在屋脊陰暗之處的「三絕先生」公冶拙，遂也微張雙臂，掠至這座孤零院落的屋脊之上，心中卻暗中思忖：「這院落之內，住的絕不會是『落英神劍』，看院中荒草漫漫，似未經常打掃，就連房門，似乎亦非經常開啓，是以開門時方會發出『呀』地一聲，難道裏面住的，便是那雙足已殘的『白鷹』白沖天麼？」

八 無名老人

思忖之間，只聽屋內那嘶啞的口音，又自低叱一聲說道：「棋兒，出去，如有人來，無論是誰，都不許放他進到院中！」

又是「呀」地一聲門響，一條小巧的身影，快步而出，掠至院門之外，屏息佇立於暗影之中，顯然是在守望，公冶拙沉吟半晌，自恃絕技，竟施展絕技，躬身曲在屋後滴雨長簷之內。

長簷窗戶，面北而建，正是當風之處，凜烈山風，將窗紙吹得縫隙甚多，公冶拙不禁暗暗感激這天助方便。他極爲容易地便找著了一條縫隙，湊眼望去，只見房內陳設簡陋，一几數椅，蕭然而列，向門之處的一席木榻之上，斜倚著一個髮髻蓬亂，全身白衣，鷹鼻鷂目的瘦長老者！榻邊並放兩支烏黑拐杖，在燈光下毫無光澤，絕非鐵製，這老人鬚髮蒼白，面上皺紋卻並不甚多，顯見他頭上蒼蒼白髮的由來，小半是因爲歲月侵人，大半卻是因爲胸懷痛苦，心情寂寞！

公冶拙目光動處，便已知道自己猜測不錯，屋內木榻上的白衣老者，必定就是昔年曾縱橫江湖一時的長白高手「白鷹」白沖天了！

只見白沖天目光如鷹，四下一轉，沉聲道：「裘兄，你此來可曾留意查看，身後有無綴尾跟蹤之人！」

「飛鷹」裘逸微笑搖頭道：「小弟別的不說，難道連這點能力都沒有麼？白兄未必過慮太甚！」

公冶拙聽得不禁心中暗暗好笑，只見白沖天緩緩抬起手來，撫鬚長歎了一聲，沉聲說道：「歲月消磨，倏然八年，裘兄，你如也像我一樣侷居斗室八年，只怕你也會像我一樣多慮了！」

語聲微頓，又自長歎一聲，突地抬起頭來，軒眉朗聲問道：「昨夜發生之事，我已完全知道，公冶拙既然已到，可曾答應我師兄的條件，分三次……」

「飛鷹」裘逸不等他話說完，便已滿面喜色地接口說道：「事情出於意外的順利，公冶拙不但答應了令師兄的條件，而且還答應將那三方錦盒，分我一盒！」

白沖天目光一亮，但卻冷哼一聲，沉聲道：「也算這廝知機，不然他只怕連性命都無法帶下山去了！」

公冶拙聞言心頭一凜，既驚且怒，卻聽白沖天又自沉聲接道：「我木榻之下，早已備妥一方與那三方一式一樣的錦盒，裏面也放著一隻僞製玉手，你可將之取出，立刻到大殿神龕以內，將那縛有紫色緞帶的錦盒換出，然後……」

「飛鷹」裘逸又自微微搖手，截斷了他的話，含笑說道：「人助你我，連這重手續，都不用多費，那公冶拙故作大方，居然叫我先選一方錦盒，到時我就逕直將那縛有紫帶的錦盒取來，公冶拙回山以後，縱然發覺玉手屬僞，最多也不過只能暗歎自己倒楣，非但怪不得你

『長白劍派』，也怪不得我，而且此人一生行事，倒的確是言出必行，永無更改，他既然已答應我先選一盒，恰巧又被我取去真品，以後也不致再向我取回，白兄妙計，當真是超人一等，好教小弟佩服！」

他滿面喜色，滔滔不絕地說到這裏，目光動處，只見白沖天的兩道目光，正如利剪般地望向自己，語聲立頓，乾笑一聲，又道：「就是他日後還有追悔之意，那隻『拈花玉手』，也不在小弟處了，白兄，你說是麼？」

白沖天目光如箭，默然凝視半晌，突又長歎一聲，緩緩說道：「小弟殘廢八年，食於此，寢於此，有如待死之囚，今後是否重返天日，報復深仇，所有希望，全在裘兄一人身上了。」

「飛鷹」裘逸目光一凝，含笑說道：「你我數十年過命交情，白兄之事，豈非就如同小弟之事一樣，小弟一將那『拈花玉手』得到手中，立刻就兼程趕赴『須彌境瑯玡洞』，尋訪白兄說的那『無名老人』，憑這『拈花玉手』，去問他討一瓶『再造靈癸』，再趕回來醫治白兄之傷。」

白沖天長歎接口道：「只要小弟傷能夠痊癒，非但日後爲牛爲馬，必報裘兄大恩，而且一定將小弟昔年所藏的一份珍寶，贈與裘兄，萬萬不會食言，裘兄放心好了！」

裘逸又自一笑，轉開話題，向白沖天談起昨天「崆峒三劍」尋仇的經過。

說到這兒，公治拙又自朗聲一笑道：「他兩人在屋內打得滿腹如意算盤，卻不料我在簷下聽得清清楚楚，等到裘逸轉開話題，我便悄然掠至『靈長正殿』，將殿中神龕以內的三方錦盒之上彩帶，重新換過，然後回房蒙頭大睡。未出十日，那幫關外馬賊，果然糾眾而來，爲首之人，竟是我昔日浪遊關外時，在黑龍江畔救起的一個孤兒，就連他的姓名『于棄』，亦是我取，見了我自無話說，聲言從此絕不再犯『靈長觀』，而且苦苦哀求我等到長白事完之後，到他那兒去逗留數日！」

他極其得意地微笑了一下，接著又道：「又過了兩日，我那方外至交，五台山明鏡崖七寶禪寺的『木肩大師』，竟領著座下四大護法，以及十大弟子，專程而來，見到我竟在『靈長觀』中，自然甚是驚喜，我便將此中誤會，向他一一解釋，他仔細分析之下，亦覺極有可能是他人嫁禍，與我抵足長談一夜，便下山他去。而直到那時，我才知道，七寶禪寺中的兩件異寶，竟也是昔年的天香故物！」

胡子玉、許狂夫對望一眼，胡子玉神色不變地淡然問道：「那兩件天香異寶，可就是江湖傳說的『奪命黃蜂』與『駐顏丹』麼？」

公冶拙頓首道：「正是此物，是以『木肩大師』才會不惜勞師動眾地遠赴關外，他臨走之時，曾對我說，真正盜寶之人，已被他猜中幾分，我問他究竟是誰，他只是莫測高深地回答我：『到時自知』，並說等到擒得盜寶之人以後，定必押到『靈長觀』來交付謝一奇發落！」

胡子玉微微一笑，暗忖道：「那盜寶之人，只怕世上再沒有任何一人能擒捉得到了！」口中卻含笑說道：「在下久聞五台『木肩大師』之能，想那盜寶賊縱有三頭六臂，也未見得能逃脫『木肩大師』的手掌！」

公冶拙仰天笑道：「正是，正是，我日日夜夜都在爲『木肩』默禱，只望他能重得……」

說到這兒，語聲戛然而頓，似是生怕下面的話，會洩露自己的心意，微微一笑，轉口說道：「第二天我便向『落英神劍』告辭，他又替我擺下餞別之宴，這時我已知道他並非存心騙我之人，是以亦對他無甚惡感，後來『飛鷹』裘逸果然滿面喜色地，將那上縛紫帶的錦盒取去，而且一下長白山，立刻便與我分手道別，我想到他如將這禮品帶到那『須彌境』去，而被那『無名老人』發覺時的情況，心裏實在好笑！」

語聲又一頓，突地以手一拍前額，口中道：「是了！『欺人者死』！『飛鷹山莊』中所發生的慘案，難道就是那『無名老人』發覺自己靈藥被他所騙，是以便殺之洩憤麼？」

「鐵扇賽諸葛」獨目微張，許狂夫卻已拍掌大呼地說道：「極是，極是，除此以外，別無他途！」

突地許狂夫濃眉一皺，沉聲道：「正是——那『無名老人』的名字，我怎從未聽說過，『須彌境，瑯玡洞』這個地名，我也是首次聽到！」公冶拙亦自皺眉沉聲道：「在下少年時雖也曾浪跡四海，但這『須彌境，瑯玡洞』是在哪裏，卻實在不知道，不過此事既有這條線索可尋，只要找到『白鷹』白沖天後，真相大約便可知道，兩位如要爲友復仇，想必亦非難事了。」

他長笑一聲，端起面前的酒，一飲而盡，胡子玉獨目內，光芒流轉，似乎想說什麼，卻又忍住，只是不住地飲酒，一時之間，大廳內又復默然！「飛鷹山莊」內的無頭血案，至此又似略現端倪！

是夜胡子玉、許狂夫二人，自然便留宿在「丹桂山莊」以內，翌日清晨，許狂夫便嚷著要到長白山去，尋那「白鷹」，公冶拙再三挽留著道：「兩位既到此間，好歹也要等到『丹桂飄香賞月大會』過後再去！」

而胡子玉竟也答應，許狂夫唯他馬首是瞻，見狀亦無話說。

數日之後，陸續便有一些江湖梟雄、武林豪士，結伴到九華「丹桂山莊」來。「三絕先生」公冶拙一律竭誠招待，此刻胡子玉在留意觀察之下，已對公冶拙的心性爲人，略有瞭解，但對他此次舉辦「丹桂飄香賞月大會」的真相，越發奇怪，若說他是真的想將「拈花玉手」公諸天下，讓武林群豪，公平競爭，胡子玉實在難以相信，若說他是想以此引誘武林群豪來到「丹桂山莊」，然後加以陷害，則又無此必要。

若說他本意是想將盜得「奪命黃蜂」以及「駐顏丹」之人誘來，那麼以「三絕先生」的心智，難道不會想到，那人縱然來了，也不會將此兩件異寶取出——這就正如胡子玉不會將之取出一樣！

胡子玉心念數轉，也想不出此事的原因頭緒，只有靜觀待變。

八月十日，「丹桂山莊」之內，已是群豪畢至，但胡子玉冷眼旁觀，卻覺公冶拙似乎還在期望著某一人前來，但此人是誰，公冶拙既不說出，胡子玉亦也不便動問！

九華山上，丹桂果已飄香，胡子玉負手丹桂枝下，仰望明月，只望這一日快些過去！因爲他心中有許多疑團，都要等到明日——八月中秋才能釋然！但是這一日卻似偏偏過得分外緩慢！

九 五湖龍王

一日辰光，有時覺得分外悠長緩慢；兩年的時日，有時卻會覺得似在彈指間溜過！

銀蟾皎潔，又是中秋，但時隔「三絕先生」公治拙所辦的「丹桂飄香賞月大會」，卻已有整整兩年！

這兩年以內，波譎雲詭、瞬息千變的江湖風濤，自然已不知翻湧起多少泡沫，最爲武林中人津津樂道的事故，大略說來，不外以下數件。「塞北雙龍」南遊東土，兩柄「金絲龍舌劍」，橫掃太湖八寨。雙龍之首，「藍龍」龍振天，竟然被「太湖八寨」中的千餘水上健兒，擁爲太湖之首，永遠落腳江南，「雙龍」頭上的「塞北」二字，從此就變得有名無實了。而雙龍中的「玉龍」龍倚天，卻遇著了一段天作奇緣，在黃山南麓，與「黔南一鳳」冷翠比劍千回合，不分勝負，竟比得情投意合，結成連理，爲當今武林之內，平添一段韻事佳話！

昔年名震江湖的俠盜「鐵扇賽諸葛」胡子玉，歸隱多年以後，據聞又已重返江湖，但行蹤詭異，兩年來竟不知去向何處！「天香三寶」，亦都重現武林，但得主究竟是誰，卻是人言人殊！幽靈谷口已封，自因谷中奇人已得傳人，傳人是誰？又引得江湖中人人注目！

「酒丐」施楠脫離「窮家幫」皈依「三清教」下，但行徑不改，依然是遊戲風塵，高歌狂飲，武林中不時可以見到這位風塵異人的俠蹤，此外，「飛鷹山莊」中的無頭慘案，至今不知兇手是誰，「飛鷹」裘逸、「八臂二郎」等人的生前友好，兩年辛苦，卻仍一無端倪。

但這些事卻只不過是江湖中人，茶餘飯後的閒談資料而已，在這兩年中，最令武林中人驚奇、詫怪，始終耿耿於懷的，卻是……

「丹桂飄香賞月大會」的經過如何？結果如何？武林中人雖然千方百計地打探，卻始終沒有一人能夠知道。

當時遠赴九華，參與此會的武林豪傑，人數算來共有七十餘人之多，而且其中不乏頗享盛名的一流人物。

金陵「京都鏢局」總鏢頭「恨福來遲」雷明遠，閩中大豪「閩中一劍」林法堯，洞庭「五湖龍王」蕭之羽，魯東一霸「嶗山金眼神鵰」向天飛等一流高手不算，此外成名英雄，更不知凡幾，奇怪的是，這些早已成名立萬的武林高手，自從「丹桂飄香賞月大會」歸來以後，不是金盆洗手，歸隱江湖，便是消聲匿跡，偃旗息鼓，就有幾個事業太大、一時放手不開的人物，也多半檢束行藏，少在江湖行動！

這還不算奇怪，最怪的是，這些人歸來以後，竟對「丹桂飄香賞月大會」的經過結果，諱莫如深地一字不提，縱然有人問起，他們也只是以一聲歎息，或是一絲微笑答覆，有的甚至一提此事，便畏如蛇蠍地遠遠躲開，有些多事之人，當時未能趕到九華參與此會，忍不住心中好奇之心，事後跑到九華一看，方到山腰，便被「丹桂山莊」的弟子門人勸請留步，說是「三絕先生」公冶拙已自閉門謝客，「丹桂山莊」從此再無一人能入一步！

這種事當真是自古未有，從來少見，武林中人人驚奇，個個詫異，雖已時過境遷，此事卻仍經常掛在人們之口！

至今又是中秋，萬丈清波之下，洞庭湖一碧千頃，波光水色，與天相連，倘若置身此間，當真有如人間天上，不知是真是幻！

但今日這有如人間天上般的勝境之內，卻像瀰漫著一種筆墨難描的緊張氣氛！四側蘆花蕩中，船影幢幢，人影重重，平日慣有的漁歌高唱，此刻一概不聞，但見四下水面靜寂如死，只是不時吹過的晚風，攪碎滿湖的星光月色！

突地一聲欸乃，岸邊蕩來一艘小小漁舟，一個蓑衣笠帽的漁人，背船而坐，緩緩搖櫓，雖在這滿籠清輝的月夜中，仍然不辨面貌。

船首卻負手卓立著一個劍眉星目、風神颯爽、極其瀟灑出眾的青衫少年，目光四盼，意甚悠閒，口中曼聲吟哦道：「明月幾時有，把酒問青天，不知天上宮闕，今夕是何年？我欲乘風歸去，又恐瓊樓玉宇，高處不勝寒！起舞弄清影，何似在人間！」

煙波萬頃的洞庭湖上，今夜不但只有這一艘遊船，而且也只有一人有此雅興，哪知他將這首家傳戶曉、幾乎人人耳熟能詳的千古絕唱〈水調歌頭〉吟至一半，右側蘆葦之內，突地水箭一般駛出一條烏篷湖船！

青衫少年星目轉處，吟聲一頓，那烏篷湖船已在水花飛激中駛近前來，船首並肩站兩個黑衣勁裝的彪形大漢，濃眉大眼，滿面水銹，一望而知是出沒湖面的水上豪客。

兩船相隔，尚有十數丈時，青衫少年目光微辨，便已望清來人，劍眉一軒，回過頭去，竟然仍自曼聲吟道：「轉朱閣，低綺戶，照無眠，不應有恨，何事偏向此時圓！月有陰晴圓缺，人有悲歡離合，此事古難全，但願人長久，千里共嬋娟！」

吟聲清朗，丰神如玉，再襯著這滿湖秋水，一點君山，令人望來，有如圖畫。

但那兩個黑衣勁裝大漢，濃眉軒處，已甚不耐，勉強等到他將這東坡名詞唸完，右側那身量尤高，神情尤暴的大漢，已自喝道：「此處非你吟詩之處，朋友，你還是快回家休息吧！」

青衫少年負手遙望明月，卻連望也不望此人一眼，黑衣大漢雙目一張，怒喝道：「朋友，你可聽得懂人話！」

青衫少年劍眉微揚，緩緩轉過頭來，冷冷道：「你是在對誰說話？」

黑衣大漢手掌一緊腰畔斜插的「分水峨嵋鋼刺」，大怒喝道：「不是說給你聽，難道是說給……」

他身側那環目大漢，行事似乎較爲慎重，見這青衫少年雖做文士之裝束，看來文質彬彬，但神色之間，卻自有一種凜然不可侵犯的高華之概，遂悄悄一拉黑衣漢子衣襟，接口道：「今夜良辰佳節，朋友理應去尋歡作樂，何苦到這裏來惹些無謂煩惱，依兄弟良言相勸，朋友還是早些回去得好！」

青衫少年衣袖一揮，回首道：「既然如此，我們就此蕩開些好了！」

哪知環目大漢卻立刻接口喝道：「那邊更去不得，朋友怎地不聽我良言相勸，真要……」

他下面的「自討難看」四字尚未說出，青衫少年已自倏然回轉頭來，目中神光凜然地朗聲說道：「八百里洞庭，居然禁人遊舟，這倒是我聽所未聽、聞所未聞之事，我倒要請教閣下一句，這倒是爲的什麼？」

環目大漢濃眉一皺，方待答話，黑衣漢子卻已失聲驚道：「方老二，你只管和這廝廢話，你看是誰來了，亂放閒人入湖，這罪名我可擔當不起！」

話聲未了，已有兩道強烈的孔明燈光，筆直照來，隨著燈光，一艘三桅大船，無聲無息地破浪駛近！烏篷船上的兩個黑衣大漢，立刻噤若寒蟬地垂下頭去，像是對這艘大船之上的人，極其畏懼！

燈光連閃二閃，三桅大船已自駛至近前，青衫少年劍眉微皺，舉目望去，月光之下，只見這艘三桅大船，竟然通體漆做粉紅，就連檣帆槳櫓，亦是粉紅顏色，這已是極其少見的異事，更怪的是，這艘粉紅大船之上的擁槳使舵之人，竟一色都是身穿粉紅衣裳的妙齡少女，船首造得還特別寬闊，甲板當中，一張覆以粉紅軟緞的紫檀木椅上，卻端坐著一個星眸流波、雲鬟高挽、春山為眉、瓊鼻貝齒，亦自穿著一襲非絲非絹、看似一片輕紗般的粉紅衣衫的絕色少女！

船是粉紅，人是粉紅，再被艙門外所懸的八具粉紅宮燈中的粉紅燈光一映，使得這一船人物，看來竟像是銀河仙女！

黑衣大漢一見這絕色少女，神情越發惶恐，垂首恭身道：「二姑娘您好。」

船上少女冷冷「嗯」了一聲，一雙秋波，卻閃電般地向那青衫少年一轉，轉首道：「此人是誰？難道你們沒有將今夜禁湖之命告訴他麼？」

黑衣大漢搶著道：「小的怎會沒有告訴他，只是他說八百里洞庭，人人可以來得，反將小的們罵了一頓，小的們若不是常常將二姑娘不准隨便出手的教訓記在心裏，早就要給他一些顏色看了！」

絕色少女冷「哼」一聲，秋波再次轉到那青衫少年身上，只見他仍然負手而立，不但毫無驚慌之態，而且神色從容已極，只是用一雙灼灼有光的星目，凝視在這絕色少女身上！

這絕色少女有生以來，從未有人敢向她這般平視，此刻秋波一轉，竟然避開一雙閃電般的目光，沉聲道：「你是誰？到此來做什麼？」

青衫少年微微一笑，緩緩道：「八月中秋，泛舟洞庭，除了賞月之外，難道還能做別的事麼？」

絕色少女柳眉輕顰，目光似已泛出怒意，但突又輕歎一聲，似是自己在對自己勸解，又似對那青衫少年說道：「八百里洞庭，本來人人可遊，但今天有些不同，你不知道，自也怪不得你！」

青衫少年滿面雖已泛出笑意，但眉間鋒銳之氣，絲毫未減地問道：「有何不同之處？在下願聞其詳！」

絕色少女緩緩搖首道：「你不是江湖人，縱然說出，只怕你也不會知道。」語聲微頓，輕瞟少年一眼，又接道：「今夜普天之下的水上英雄，都在洞庭集會，我們今夜禁人遊湖，倒不是強梁霸道，只是怕刀槍無眼，誤傷遊客而已！」

她口中雖說不說，但終究還是說了出來，那兩個黑衣大漢對望一眼，似乎在奇怪一向冷若冰霜的「二姑娘」，今日怎會變了常態。

只見那青衫少年仍然神態瀟灑，氣度從容，似笑非笑地緩緩說道：「刀槍無眼，誤傷遊客，那是遊客自身有欠小心，怨不得別人，在下雖一介書生，但卻最仰慕江湖遊俠之士！」

絕色少女微微一笑，伸手輕輕一掠鬢間亂髮，只聽青衫少年又道：「在下有個不情之請，不知姑娘是否答應？」

絕色少女放下玉掌，微笑道：「你想看熱鬧，是麼？」

青衫少年含笑道：「姑娘當真是小可的——不錯，在下久慕遊俠之名，卻從未見過遊俠之面，姑娘如肯俯允，讓在下一觀今日群雄聚會，實在感激不盡。」

絕色少女緩緩站了起來，在甲板上緩緩走了半圈，輕聲道：「你如要看熱鬧，只要不聲不響地靜坐一旁，其實也沒有什麼關係。」

突地停下腳步，伸手一掠雲鬢，轉身又走了兩步，回首輕歎道：「其實是真的沒有什麼關係！」

黑衣大漢又自對望一眼，忍住心中的驚詫之情，向青衫少年叱道：「二姑娘已答應了你的要求，還不快快謝恩！」

青衫少年面帶微笑地負手而立，像是根本沒有聽到黑衣大漢的叱聲一樣，目光緩緩自絕色少女身上移開，回首向那蓑衣漁夫笑語道：「我等今日眼福不淺，好生搖櫓，隨著這位姑娘的大船而行，去開開眼界！」

黑衣大漢黝黑的面膛泛起一陣紫紅之色，雖有滿腔氣惱，卻又不敢發作，偷偷望了猶自嬌娜立在船首的絕色少女一眼，卻見她衣袂飄飄，秀髮輕拂，面容上哪有半分怒意？

她平日不但冷若冰霜，脾氣最是暴躁，便是她嫡親兄長，總領洞庭群豪的水上大豪「五湖龍王」蕭之羽，亦不敢稍拂其意，黑衣大漢見到她今日性情竟似突地變得十分溫柔，心中又驚又奇，呆呆地愣了半晌，垂首躬身道：「二姑娘如無吩咐，小的們就回到卡中去了！」

絕色少女一雙秋波，若有所思地凝視水色波光，輕輕揮手，算做回答，那黑衣大漢已自躬身一禮，轉船而回，眨眼之間，便又駛入那片蘆花蕩中，絕色少女凝思半晌，突又輕輕說道：「你若想看熱鬧，還是到我這艘船上來看得好。」

兩船相隔並不甚近，她語聲卻說得極其輕微，像是本來不願說出此話，卻又忍不住說了出來似的，青衫少年含笑說道：「既蒙寵召，敢不從命！」

欸乃一聲，漁舟搖至大船之側，一排立在艙前的四個妙齡少女，面帶輕笑地放下一道繩梯，八道目光，卻眨也不眨地望在他身上，只見他緩緩爬上繩梯，既不驚惶，但身手也不特別矯健。

那絕色少女卻滿懷關切地凝注著他，只等他登上甲板，微拂衣袖，方似放心地嫣然一笑，並招手命人取來一方粉紅錦墩，放在自己椅邊，含笑說道：「切勿多言，更莫妄動，你只要好好坐在這裏，我一定負責你的安全。」

青衫少年微微一笑，緩緩坐下，大船後一陣燕語鶯聲，便已轉首破浪而行！

船行半晌，湖面上仍然靜寂無聲，突地一陣號角齊鳴，響徹雲霄，孔明燈光連閃數閃，湖面又歸寂靜！

青衫少年劍眉激揚，似待說話，刹那之間，湖面之上突地亮如白晝，數十道孔明燈光，筆直向天射起，在碧空中織成一道光幕。

接著又是一陣號角齊鳴，東、南、西、北四面，各自駛來一排三桅大船，東邊一排，船有七艘，當中一艘的主桅之上，一面金黃錦旗，隨風招展，上寫：「洞庭蕭」三字！

西邊一排大船，亦有七艘，七艘大船，滿引白帆，俱都繪有一條張牙舞爪、夭矯生動的藍色飛龍！武林中人一見便知，是「太湖八寨」的總舵主「藍龍」龍振天之特殊標誌！

南面一排大船，船隻較多，標誌不一，有的帆上繪著一具淡墨骷髏，有的桅上掛有數條七色彩帶，有的甚至一無標誌。

北面一排五艘大船，卻顯得甚是特別，原來這排大船，船艙俱已拆去，鋪上白楊木板，五船之間，各以兒臂粗細的巨大鐵鏈，縛在一起，十六個黑衣大漢，垂首肅立，分站四角！

四排大船，乘風破浪，直往湖心駛來，絕色少女柳眉微揚，長身而立，微一揮手，這艘粉紅大船，便緩緩向東面那排大船靠去，那艘漁舟，也隨風從容地跟在船後，只見四排大船，越駛越近，轉瞬會合一處，首尾相連，連成一片四方船陣！

突地又是一陣響徹雲霄的號角吹起！

十 湖海爭鋒

東、南、西、北四面大船的船艙之中，各自緩步走出一群人來，在船首早已備好的紫檀木椅之上落座。

此刻孔明燈光雖已熄去，但四面大船上卻各亮起數百支燈籠火把，將這一片湖面，照得亮如白晝，各個俱能將對方船上人物，看得清清楚楚！

只見東面主船船首的一張黃金交椅上，端坐一位錦袍玉面、額下略有微髯、雙目神光閃閃、看來不怒自威、神態極其威嚴莊重的中年豪客，身後雁翅般垂手肅立著兩排高矮不一、體態各殊的勁裝大漢，此人自然便是總領洞庭水上群豪的「五湖龍王」蕭之羽！

西面主船之上，船首端坐一個全身藍色軟甲、劍眉朗目，驟然望去，十分英俊的少年，此外六船船首，亦端坐六個老少不一的水上豪雄，至於南面大船之上，人物更見雜亂，但卻都默然毫無聲響，屏息而坐，一時之間，諾大的湖面之上，但聽呼吸相聞，除此而外，竟然別無聲息！

青衫少年端坐錦墩之上，對此等驚人的聲勢，既不十分驚奇惶恐，亦無半分畏怯之態，只是微微含笑地靜坐而觀，突聽第四聲號角響起，東面一排船後，萬點煙火，沖天而起，一時之間，只聞「劈啪」之聲，不絕於耳，滿天銀花火樹，與銀蟾清輝相映，星星點點落入一碧萬里的湖光水色之中。

絕色少女媚然一笑，緩緩回過頭來，輕輕說道：「普天之下的水上英雄，此刻已全聚於此處，昨夜你有沒有想到，今夜會在這種地方，看到這種情形、這些人物？」

青衫少年微笑搖頭，默然半晌，突地歎息一聲，似是無限感慨地說道：「人生際遇變幻無常，有許多事，的確不是人所能預料！」

絕色少女秋波一轉道：「聽你這番說話，像已經過了許多事似的？」

青衫少年目光遙視那點最後落於湖中的火星，微喟又道：「人生如此複雜，生命偏又這般短促，極我有生之年，所經之事，比起宇宙萬物的生機變化，又能算做什麼？」

絕色少女秋波凝注半晌，突地垂首道：「你……你……你……」

她一連說了三個「你」字，下文還未說出，語聲竟已倏然而泣，只聽湖面上突地響起一陣中氣極足、音節鏘然的語聲，一字一句極其清晰地說道：「各位遠道而來，在下未能得盡地主之誼，心中實覺慚愧，但在下亦不願以無謂謙虛客套，浪費如此明月良夕中的大好辰光，所幸你我俱是武林中人，也不會在乎這些世俗虛僞禮節，還是乘著這大好月色，按照我等所商辦法，將我等水上討取生活之人，數百年來都未能解決之事，快些解決爲是！」

話聲方了，四面立刻響起了一陣轟然喝彩之聲，青衫少年劍眉微皺，忍不住沉聲問道：「此人是誰？他所說數百年俱未能解決之事，究竟是什麼？」

絕色少女輕笑說道：「他便是江湖中人稱『五湖龍王』的蕭之羽，也就是家兄。」

青衫少年「哦」了一聲，只見這錦袍冠帶的「五湖龍王」蕭之羽又自說道：「數百年來，水上英雄的勢力，總不及陸道豪傑，此乃我等無可諱言之事，這原因大半是因爲，我等水道中人，勢力太過分散，有時甚至自相排擠，是以在下才想到，若是你我能團結一致，由一人總領指揮，如遇外侮，一致相抗，便不致發生有如上次『鄱陽之變』一類的不幸之事。」

青衫少年忍不住又自輕聲問道：「什麼叫做『鄱陽之變』？」

絕色少女秋波中光芒微閃，似乎在奇怪這少年文士，怎會對武林中事，發生如此興趣，但口中卻仍輕輕答道：「昔年武林大會，本定下陸道中人，上線開爬，不得侵入水路範圍，但年前江西白馬山『白馬七雄』，卻將一幫紅貨客商，一直追至鄱陽湖，等到鄱陽湖上的水道朋友，要向這幫客商下手，『白馬七雄』竟幫助他們，將鄱陽十二舵的水道朋友，一齊打退，說是保證行旅，哪知等到這幫客商一到岸上，『白馬七雄』立刻又向他們下手，不但劫財，而且傷人，『鄱陽十二舵』大怒之下前往理論，哪知『白馬七雄』反而全然不理武林規矩，而且連下毒手，將『鄱陽十二舵』，傷了八個，並強詞奪理，說是自己這般做法，絲毫沒有不對之處。」

她在江湖群豪的轟然喝彩中，一口氣說到這裏，語聲倏頓，媚然笑道：「無論做什麼事，都該有規矩，盜亦應該有道，你說是麼？」

青衫少年不置可否地微微一笑，卻聽「五湖龍王」一候彩聲靜寂，便又接著道：「在下雖然做此提議，但卻絲毫沒有僭妄之心，是以將各位請到這裏來，你我既然全是刀頭舔血、槍尖剔牙的人物，遇上這等重大之事，除了也以武功強弱解決之外，實無他途！」

這一次群豪喝彩，更是聲震雲雷，彩聲過後，卓立船頭的「五湖龍王」蕭之羽，微微一笑，又自朗聲說道：「今日來到此間的，除了『太湖八寨』的龍總舵主之外，還有『洪澤湖』的公孫寨主、『高郵湖』的易大舵主、『黃河三套』的『五行幫主』，可惜長江幫早已星散，但今日之會，仍可說是群雄畢至，天下水路英豪，齊集於此了，是以任何事今日已可定奪，但我等人數這般眾多，要想公平較技，實在不易，只有先隨便遣人應戰，勝者為強，最勝者便為天下水道總舵主！」

語聲微頓，不等喝彩聲起，便又接道：「但為避免消耗實力，以及對人數較少的幫派不公起見，任何人勝得一陣，便為那人所屬幫派，記上一分，而且每幫最多只能派出五人，哪幫先滿十分，便為最勝，換而言之，便可總領天下水上英雄，若有抗命之人，其他幫派，亦得全體加以制裁。」

一陣歷久不絕的彩聲過後，「五湖龍王」面上首度現出一絲笑容，接著又道：「這些事大家早已商量定奪，但在下唯恐尚有人不盡明瞭，是以再說一遍，繁文已了，便請各位到在下特地準備的水上擂台之上，一顯身手！」

長袖一拂，又是一陣煙花，自船後射起，並有六艘快艇，分由六個精悍、赤著上身的彪形大漢，自船後搖出，雙槳翻飛，但卻不濺一絲水花。

這六艘快艇，分爲三撥，依次在四列大船圍成的湖面之內，緩緩划動，突地南面那一艘，桅上飛揚五色彩帶的大船船首，站起一個面如黃蠟，但雙目神光卻極其充沛的頎長漢子，四下抱拳一揖，朗聲道：「有先拋之磚，方能引玉，是呆笨之鳥，才會先飛，今日之會，金欽自知技淺藝薄，是以先來獻醜，還望高明賜教。」

「刷」地掠上一艘快艇，艇上擁槳大漢，雙槳連划，搖至北面鐵鏈連成的大船前，「太湖八寨」中立刻也一聲不響地躍下一人，乘船掠上「水上擂台」，羅圈一揖，口中斷聲說道：「江得仁先來獻醜。」

面向金欽微一抱拳，突地手腕一反，掌中已多了一條銀光閃閃的「鍊子銀槍」，隨手一抖，迎風伸得筆直，金欽卻從背後撤下一對判官筆，口中方自說道：「但望兄台手下留情！」

眼前銀光一閃，「鍊子銀槍」槍尖，已自筆直地向他前胸跳來，金欽擰身、退步，反腕一招「連消帶打」，眨眼之間，兩人便已打作一處。

這兩件兵刃一長一短、一軟一硬，長的占「強」，短的取「險」，十數照面過後，乍眼看來，「鍊子銀槍」招式雖仍有如狂風怒飆，但卻已被金欽閃身而近，絕色少女輕輕一笑，轉首道：「這一陣看來，是黃河三套『五行幫』的『金鯉』金欽贏定了。」

語聲方落，只聽金欽一聲低叱，以筆一分、一絞、一揚，一道銀光，沖天而上，「撲通」一聲落入湖水之內，「太湖八寨」中的江得仁掌中兵刃，已被他絞落水中。

「金鯉」金欽雙掌一併，陰把「判官雙筆」隱於肘後，抱拳道：「江兄承讓了！」

江得仁呆了一呆，轉身掠下小船，青衫少年面帶微笑地沉聲讚道：「姑娘見識果然高人一等，料事如神！」

絕色少女伸手一掠被夜風拂亂的鬢間如雲秀髮，嫣然笑道：「你若稍會武功，你也看得出來的，這又算得了什麼？」

青衫少年含笑轉目望去，只見一艘桅上懸有彩帶飛揚的三桅大船支桅之上，已自升起一面小小紅旗。

月漸西移！

洞庭湖心，時而劍氣騰霄，時而拳風微蕩，時而水花翻湧……

群集於此、並爭盟主之座的水道英雄，已在那獨出心裁、從來未有的「水上擂台」之上，較過十四陣，除了「洪澤」大豪公孫勝，以及「高郵」舵主易飛，各憑水上的絕技，分勝一陣以外，那十二面紅旗，竟極爲平均地分懸「洞庭」、「太湖」以及「黃河三套」的三艘主船高桅之上！

環顧當今水路群豪，「洞庭」、「太湖」兩幫，本已穩穩分操牛耳，但黃河「五行幫」

卻也毫不遜色地贏得四面紅旗，卻是大出眾人意料以外之事！

但這三幫看來雖是平分秋色，其實卻是洞庭湖眾稍佔優勢，因「五湖龍王」僅只派出兩人，便已贏得了四陣！「高郵」、「洪澤」兩幫，自知實力非是旁人之敵，早已棄卻爭勝之心，靜坐旁觀，「黃河五行」來時雖然雄心勃勃，但此刻幫中高手，已損四人，尤其武功最高的「金鯉」金欽，亦已敗在「太湖八寨」中「紫霄寨主」梁啓一手下，是以此刻正是心有餘而力不足，看來亦將前功盡棄！

是以今日盟主之爭，已只不過是「洞庭」、「太湖」兩家天下。

此刻太湖「青靈寨主」，方將洞庭連勝三陣的「海底撈月」葉亭，以一招「龍翔鳳舞」擊下擂台！但「五湖龍王」蕭之羽，卻仍聲色不動地端坐如故，似乎早有成竹在胸——又似乎根本未將勝負放在心上！

又是三陣過後，「洞庭」、「太湖」，竟仍是互不遜色地不分勝負，蕭之羽神色不變，龍振天眉目之間，卻已現出焦急之色，但見「五湖龍王」門下首座弟子，「小龍神」古北書一掀風氅，倏然縱身，腳尖微點第一艘快艇船首，立又借勢而起，左足在第二艘快艇之上又自輕輕一點，右足虛空踢出，「嗖」地三個起落，竟施展武林罕睹的輕功絕技「寒蟬曳枝」，以湖面的四艘快艇爲著力落足之處，掠至「水上擂台」之上！

立即氣定神閒，不丁不八地凝神卓立，就只這一手身法妙到毫巔、姿態極盡瀟灑的輕功絕技，便已將四下群豪一齊震住！呆了一呆，方自轟然喝起彩來，而「太湖八寨」中武功最高的「白雪寨主」張明，卻被這奪人先聲所震！氣勢先已弱了三分，幾乎想來個虎頭蛇尾，不戰而退！

這一陣自是氣弱者敗，不出數回合，「小龍神」便已占盡先機，極其從容瀟灑地便在第二十招上，以一式「石破天驚」，挾以「龍尾揮風」的拳掌雙攻，將張明劈落湖水之內。

這一陣勝負定後，本已微露焦急之態的「藍龍」龍振天，便再也沉不住氣，霍然長身而起，隔著一段湖面，便已朗聲說道：「古少俠絕技果然驚人，龍振天先來領教領教古少俠的暗器功夫。」

話聲未了，頎長的身形，便有如一支藍翎長箭，沖天而起，雙掌微揚。

「小龍神」古北書雖然遠隔在十丈開外，但聽這近來在江湖中以硬手著名的人物，既然已說出要領教自己的暗器功夫，此刻必定有極其霸道的暗器射出，於是身形略帶驚惶地向旁一閃，哪知龍振天雙掌揚處，是空空無物。

龍振天一掠沖天，幾達三丈，但身軀凌空，仍挺得筆直，微一停頓以後，突地變得頭下腳上地斜斜衝下，眼看已將衝入水中，突又凌空一個翻身，腳尖恰好找著一艘快艇，艇上操槳之人，猛覺一股大力襲來，快艇竟不由自主地向後退出數丈，而「藍龍」龍振天卻已飄落至「水上擂台」之上。

這一手輕功的曼妙驚人，又何止比方才「小龍神」的「寒蟬曳枝」高明百倍，一陣彩聲過後，龍振天卻負手朗聲笑道：「古少俠功夫雖佳，臨事卻欠鎮靜，試想龍某方才縱然發出暗器，但世間又有何種暗器能相隔十丈傷人，暗器功夫，首在目力，龍某方才所說要領教古少俠的暗器功夫，亦是此意。」

這一番聽來輕描淡寫，其實卻是諷刺入骨的言語，直說得古北書面頰發紅，作聲不得。默然半晌，突抱拳道：「弟子不必和前輩再切磋功夫，就單只這口舌之能，已比前輩差得太遠，弟子自認不是前輩敵手，是以甘拜下風。」

長身一揖，轉首掠下快艇，居然就要認輸而去，這不但大出龍振天意料之外，竟看得四下群豪莫測高深地紛紛議論。

有的自然會暗中盤算古北書懦弱無能，不戰而降，但大半久走江湖的武林豪傑，卻不禁挑起拇指，大力讚他這一手露得聰明已極，不但讓龍振天贏得毫不光彩，甚至有些哭笑不得。

但「藍龍」龍振天走南闖北，既能統率太湖群豪，豈是簡單人物，微微一愕以後，突地仰天長笑起來，大笑著道：「古少俠目力鎮靜雖然較差，但就憑這份聰明機警，龍某斷言將來必非池中之物，年輕人若都有古少俠這份聰明，不知要少吃多少苦頭！」

「五湖龍王」蕭之羽劍眉微剔，正待長身答話，哪知船側不遠處竟傳來一陣咯咯的嬌笑，蕭之羽轉目望去，卻見他那雖因自小嬌縱，是以略嫌孤傲，但聰明委實超人一等的妹妹嬌笑著道：「龍舵主當真口若懸河，若是武林中人，都有龍舵主這般口舌功夫，只怕世上再也沒有一個願意去苦心學武的了。」

不但立刻還以顏色地反唇相譏，而且語意之尖刻，更在龍振天之上。

龍振天劍眉一軒，目光閃電般地掠到她身上，只見漫天清輝以及亮如白晝的燈光映影之下，一個滿身粉紅衣裳的絕色少女，正自面向自己含笑凝睇，不禁將胸中怒火，十中化去八、九，但一時之間，卻仍不知該如何回答人家的話。

絕色少女一笑又道：「舵主若論口舌功力，我也自歎不如。但龍舵主如有心比比功夫，我倒願意奉陪，只不過不知道舵主是否肯賞光？」

以「太湖八寨」的總舵主之尊，和一個婦人女子動力相鬥，自然是勝之不武、敗之蒙辱，這番話說得龍振天更加不知如何答覆。

絕色少女輕輕一笑，緩緩走到船頭，口中仍慢條斯理地嬌笑著道：「龍舵主若是不願和我一比真實功夫，我自也不便勉強，因爲我既不算水道上人物，更沒有龍舵主那麼伶牙俐齒。」

她自己口齒犀利得已是令人難以作答，卻反而說別人「伶牙俐齒」，青衫少年聽在耳裏，不覺忘形一笑。

笑聲雖然輕微，但卻已足夠使龍振天將難於發洩的滿腔羞慚和怒氣，轉移到他身上，他目中幾乎噴出火來地厲聲叱道：「你笑的什麼？」

青衫少年仔細望了他一眼，隨即轉動目光，就似望他一眼，都覺得甚爲不值似的，絕色少女「噗哧」一笑地說道：「難道人家連笑都不能笑麼？」

龍振天不但武功高，平日素以口才便捷自負，但此刻與這絕色少女對話，卻似每講一句，都要經過一番思索。

滿湖群豪，數百道目光，都凝注在他們身上，要知道此刻大會雖然已近尾聲，但卻是最懾人心弦的緊張之時。是以此刻無論有何舉動，都當真可說是人人關心，各個注目。

木然半晌，龍振天方自十分勉強地仰天大笑起來，一面口中說道：「在下問的是他，姑娘是他什麼人，怎地竟代他說起話來？」

絕色少女秋波一轉，笑道：「我在對你說話，他與你何關，你怎地會找他說起話來。」

青衫少年目光仰視天上明月，似乎他們所說的話，根本與自己毫無關係似的。

一時之間，龍振天面上陣青陣白，幾乎已被氣得渾身顫抖地有口難言，卻又不便當著滿湖的群豪發作。

哪知就在他心中空有滿腔怒火，卻自發作不得，極其尷尬的情況下，群豪之間突然發出一陣驚訝的騷動之聲，引得大家一齊轉目望去，卻見遠處湖中，如飛駛來一艘大船，烏桅白帆，白帆之上，卻寫著斗大三個黑字：「雪海杜」！

月光之下，不但這三個斗大黑字，極其清晰，就連船首卓立的一個身材高瘦如竹、長髮披肩、頂束銀箍，打扮得極其詭異的白衣人影，也依稀可見。

船方駛近，這白衣怪客已自桀桀怪笑地戟指蕭之羽說道：「蕭舵主，你聚會群雄，共選水道盟主，怎地偏偏忘了區區在下？」

話聲方落，枯瘦的身軀，竟自有如一截寒竹般地筆直掠起，雙腿一躍、一縱，但見白衫飄飄，長髮飄動，便已落在「水上擂台」之上。

這白衫怪客不但裝束詭異，面容更是生得無法描摹的醜怪難言，高顴削腮、鷹鼻魚口，偏偏未語先笑，笑聲更是令人聽得毛骨悚然。

群豪雖都久闖江湖，但卻十之八、九，都不知此人來歷，只有那青衫少年一眼瞥見白帆上的：「雪海杜」三字時，目光似有光輝閃過。

「藍龍」龍振天正自一腹怒氣，無處發洩，軒眉怒喝道：「今日請的英雄豪傑，朋友是何身分，如此闖來，難道將我等全沒有放在眼中麼？」

白衫怪客桀桀一陣怪笑，上下打量了龍振天兩眼，陰惻惻地說道：「如此說來，在下不算英雄豪傑，是以根本不該參與此會了。」

龍振天少年揚名，本就有幾分狂傲之氣，再加上此時心情本就極其惡劣，哪還耐得這白衫怪客如此輕蔑的說話態度，冷冷道：「在下自入江湖以來，的確還未曾聽說水道英雄中有閣下這麼一號人物。」

白衫怪客仍自桀桀怪笑不絕，亦看不出他究竟是喜是怒。雙眉斜揚，雙肩一聳，桀桀笑道：「在下雖然算不得英雄豪傑，但此刻已經來了，閣下又當如何？」

龍振天目光一凜，厲叱道：「來了就請你回去。」

話完掌到，右手食、中二指，駢指如劍，疾點向白衫怪客前胸「乳泉穴」。

這一招看來平平無奇，其實意在掌先，含蘊不盡，一招之後，正不知藏有多少厲害後著，無論對方是招是架，立時便可轉勢變化。

十一 天雨上人

哪知白衫怪客笑聲不斷，全身亦似一無戒備，並絲毫沒有閃避之意，只等龍振天一雙鐵指，已堪堪點到他胸前乳下，枯瘦如柴的胸膛，方自向後微微一縮，龍振天的一雙鐵指，不但部位已只差寸許地搆不上，而且前力已盡，新力未生，連變化都不可能。

此刻只要這白衫怪客一加還手，便可制得先機，龍振天大驚，仰身「金鯉倒穿波」，刷地向後掠去一丈，心卻已被嚇得怦怦直跳。

哪知這白衫怪客竟仍桀桀怪笑地負手而立，絲毫沒有還擊之意，口中並極其輕視地說道：「孺子無知，雖然言語無狀，我也該暫且先讓一招，免得武林同道說我以強凌弱，以大壓小。」

人高志傲的龍振天怎能受得住這般譏嘲笑罵，大喝一聲：「大膽狂徒，與本舵主納命來！」

喝聲之中，身形頓起，右手化指為掌，斜肩帶背，一掌劈下，掌風虎虎，掌勢威猛，哪知掌到中途，突地化直劈爲拉切，「萬里飛帆」竟變做「橫江鐵索」，左掌本自才動，此刻卻斜斜一掌，當頭向這白衫怪客的肩頸之間劈下。

這一招兩式，當真是變幻莫測，快如閃電，要知以「塞北雙龍」成名之速，崛起之快，豈有倖致之理，方才若非太以大意，也不致那般狼狽。

哪知白衫怪客仍然輕輕化開，口中並極盡挖苦之能事，說道：「這一招還真有幾分路數，但掌未發，氣已浮，如此臨敵，豈有制勝之理，我看你還是好好再回去學上兩年才是。」

眾人雖然對這白衫怪客的來歷奇怪，舉動不滿，但見到方才還自憑著口舌制勝一陣的龍振天，此刻竟被人刻薄挖苦得怒發如狂，心中又不禁覺得有些可笑。

絕色少女回轉秋波，方待向身側的青衫少年說話，哪知秋波望處，見他玉面之上，神色已不似方才安詳，而且劍眉微皺，似正深思，遂也不便打攪，依舊回首去看擂台上的大戰。

哪知就在她這目光微轉之間，台上情勢，已自大變。

月光之下，但見白衫人影，滿台遊走，竟將龍振天的藍影，困在當中，連招式都無法如意施展。

「藍龍」龍振天，不到三十招，便被對方困住，雖然因他已被那白衫怪客激得怒火如狂，心情暴躁，心不定、神不靜、氣不穩，正是犯了武林交手過招時大忌中的大忌。但這白衫怪客武功之高，身法之奇，招式之怪，卻仍令四下群豪聳然動容，相顧失色，就連「五湖龍王」蕭之羽方才本存私心，想教龍振天在天下水道英豪前丟人現眼，但此刻卻已不禁暗中盼望龍振天能反敗爲勝，脫困而出。

他心中雖做此想，但情勢豈能如他之意，武林高手過招，一失先機，便是敗象，何況龍振天的武功，無論內力、招式，俱稍遜這白衫怪客一籌，交手時間越長，他便越發不支，眼看已將不支落敗，但他畢竟不是庸手可比，在如此危急之中，猶能做一次最後掙扎。

突聽一聲清嘯，龍振天竟自沖天而起，雙掌一分，頭下腳上地直撲而下。

這一招「雲龍探爪」，威力之大，果自不同凡響，與武林常見的「雲龍探爪」之式，相去何止千里。

哪知白衫怪客大袖微拂，身形竟如憑虛凌風一般，飄然飛躍，與凌空撲下的龍振天，正好一上一下地交錯而過，而就在兩人身軀相距不及一尺的刹那之間，龍振天突地一聲慘呼，斜飛三丈，「噗」地一聲，落入湖中，濺起滿天水花。

群豪一聲驚呼，「太湖八寨」門下舵主，有的甩長衫、抽兵刃，有的連衣躍下湖中，但龍振天落入湖中以後，竟自始終蹤影不見。

群豪一齊大嘩，但一來畏懼這白衫怪客武功委實太過高強，再來這些自幼在水上為生的人物，與半路出家的「藍龍」龍振天，其實並無深交，是以叫嚷儘管叫嚷，卻無一人真的肯掠上擂台，與這白衫怪客動手。

只見白衫怪客飄然落下以後，桀桀怪笑又起，又自若無其事地道：「蕭舵主此次水上大會，湖、江、河三道豪傑，俱已到齊，但若沒有海上之人前來湊數，似乎有些美中不足，是以在下方自兼程趕來，又聽說會中將以武功高下，爭取水道盟主，在下雖無這般雄心壯志，但心癢實在難抓，如不試上一試，只怕當真要寢食難安。」

怪聲微頓，桀桀怪笑又道：「高郵、洪澤、洞庭、太湖、長江、黃河的英雄，再加上我這『雪海』來客，可說是湖海江河，各色人物一齊來盡。天上月圓，地上人聚，如果再能選出一位武功真能壓倒群豪的人物，做爲水道盟主，這倒當真是武林中的一段佳話。」

他旁若無人般地放肆言笑，卻驚得四下群豪，一齊神色大變，「五湖龍王」蕭之羽雙目一張，極其驚詫地失聲說道：「朋友大駕，來自『雪海』，難道便是『雪海雙——義』兩位前輩的門下麼？」

白衫怪客拊掌笑道：「不錯，不錯，蕭舵主果真好眼力，在下杜靈，家師正是『雪海雙凶』！」

眾豪一聽此人便是「白衣無常，笑面追魂」杜靈，心中更是大驚，只聽他語聲微微一頓，接著又道：「各位既已訂下以武功高下，定水道盟主究竟誰屬，而且訂下千古以來從未有過的，以『記分』來定勝負之法，在下自應一力贊成，此刻在下已勝了一陣，還有哪位前來賜教，在下於此恭候！」

語聲落處，竟緩緩在這「水上擂台」之上踱起了方步來，群豪竟爲其聲威所懾，要知道海上豪傑參與「水道同盟大會」，本是天經地義之事，沒有一人，能說出辨駁之言，「五湖龍王」俯首沉思了許久，似乎在暗中比較，自己是否此人敵手！

半晌方自抬起頭來，卻聽他那妹子已又嬌聲嚦嚦、鶯喉婉轉地說道：「雪海可算『水路』，難道『木魚』也可以算做『魚』麼？不通、不通，不通已極，你若想來爭這水路盟主寶座，最好還是等到『木魚』變做『魚』以後！」

「笑面追魂」杜靈雙眼一翻，仍然怪笑道：「人道好男不和女鬥，在下卻並無這想法，男女俱都是人，本應一樣地位，姑娘妳說是麼？」

絕色少女心智雖然玲瓏剔透，一時之間，卻也猜不出他語中真意，只得等他語聲微頓後，接道：「是以姑娘若要和在下動手，自管來和在下動手，在下甚爲歡迎，但這種無知廢話還是少說爲妙。『雪海』不算做『海』，難道還能算做地麼！黃河結了冰，難道就不再算做『河』麼？」

他一口氣說到這裏，直說得絕色少女微微一愕，四座群豪，見這伶牙俐齒的絕色少女，如今也算遇著了敵手，而且竟是這般離奇怪異的角色，卻又不禁暗中吃驚！

哪知當場情勢，發展至此，已是瞬息萬變，就在絕色少女這一愕之間，湖面水花，突地往上一湧，湖水中竟隨之湧出一個直徑約有一丈二、三，表面漆得五色斑斕的木球！

「笑面追魂」杜靈與絕色少女的對口好戲，雖然極其精彩引人，但群豪此刻目光，卻仍不由自主地移至這五色木球之上！人人心中俱驚詫奇怪，這突由湖水中冒出來的木球，究竟有何用途？是何來歷？

這其間眾人心中自有千百種不同的想法、猜測，卻再無一人能夠猜到，木球出水以後，頂上竟自掀開一蓋，球中竟突地鑽出一個髮髻蓬亂、身上亦穿五色彩衣、身材長得肥碩如豬、怪得不能再怪的怪人！

一頭鑽出木球以後，他隨即仰天吐了一口又粗又重、幾乎震得眾人耳鼓「隆隆」作響的長氣！雙手微按木蓋兩側，肥胖的身形便已離球而出，卻恰似在這五色巨球以內，又鑽出一枚五色圓球來！

這枚大球凌空一「滾」，便已落到「水上擂台」上，「嘻嘻」一陣怪笑，張開有如鱖魚般的肥厚嘴唇，卻用尖細有如女子般的聲音說道：「誰是『五湖龍王』？快來向我東郭勝魚道歉，否則我就一口大氣，將你們這些帆船，統統吹到北海以外！」

已將大功告成的水上大會，被那「笑面追魂」一攪，已將本自穩擁勝券的「五湖龍王」攪得三神暴跳、七竅生煙！

哪知此刻又憑空鑽出這樣一個怪人，無頭無腦地說出這般一番怪話！蕭之羽自恃身分，雖然不肯失態，但已氣得滿面通紅地說道：「蕭之羽有何失言、失禮之處，要向閣下道歉，還請閣下指教！」

那自稱東郭勝魚、腹部突起如蛙的彩衣怪人，笑嘻嘻地伸出一雙又肥又短的手掌，指著自己鼻子怪聲笑道：「你聚集群豪，召開大會，怎地不送一份請柬給我？我那『井底之無水』，難道我『井底靈蛙』，便不是水路英雄？」

眾人看他神態舉動，本已覺得他極似青蛙，此刻聽他自報姓名，果然是蛙！而且還是「井底之蛙」！不禁又奇，又怪，又覺好笑。

但「雪海來客」之外，居然又來了個「井底中人」，理直氣壯地自稱水道英雄，卻不禁將個「五湖龍王」蕭之羽氣得有苦難言，哭笑不得，不知該如何回答才好！心中直在著急，水上大會此刻被攪得七葷八素，等會兒若再鑽出個如此怪人來，只怕一切計畫，都要告吹！

哪知事情果然被他不幸猜中。他念頭尚未轉完，湖面突地又有一大一小，兩艘船隻，破浪而來，大船在前，小船在後，兩船相隔約有數十丈遙，小船來勢極緩，大船來勢卻極速，眨眼之間，便已來到近前，船上掠下一個黃麻布衣、頭戴高冠、神態極其清奇飄逸的灰髮老者。

到得擂台之上，便四下長身一揖，不等別人發話，便已連聲說道：「抱歉、抱歉，失禮、失禮，蕭總寨主召開『水上群雄大會』，在下竟然毫不知情，一步來遲，有勞各位久候！」

哪知又來了這樣一位人物，而且亦是水道中人，眾人心中已在奇怪，卻聽他語聲一頓，又道：「在下檀清風，久居花溪，承蒙朋友抬愛，賜我『花溪隱俠』之號，『俠』之一字，在下愧不敢當，英雄豪傑，在下亦自愧不如，但既忝爲『水』上之人，是以趕來湊湊熱鬧，至於『水道英雄盟主』之位，在下卻是從來未敢妄想的！」

言語說得極爲客氣，卻教「五湖龍王」蕭之羽更加煩惱。哪知他話未說完，那艘小船已駛近，擁槳之人，不但似乎根本不諳水上操作，而且腳步亦站立不穩，但輕功卻極高妙，輕輕一掠，便已縱上擂台，身形連晃，哈哈笑道：「湖海江河池溪井，同屬水道，在下『硯池醉客』，既屬水路中人，不敢不來參與這『水上群豪大會』，只是來遲許久，恕罪、恕罪！」

又來一位「水上」人物，但「硯池」是在何處，誰都未曾聽過，哪知道「硯池醉客」卻已不等別人發話，便已自動解釋道：「各位或許要問，『硯池』是在何處？不瞞各位，『硯池』便在區區在下身上！」

「硯池」居然在他身上，群豪不禁俱是大惑不解地爲之一愣，蕭之羽卻在自我寬慰地暗問自己：「湖海江河池溪井外，只怕不會再有第八種水了吧？」

群豪一聽這「硯池醉容」自稱硯池在身上，一愣之下，「太湖八寨」之一，「紫霄寨主」梁啓一，性子暴烈，在群豪愕然聲中，大聲叱道：「身上何有硯池？若是一派胡言，莫非欺水上無人麼？」

「硯池醉客」嘻嘻一笑，雙眼斜睨，當是醉態可掬，向「井底靈蛙」東郭勝魚一指，道：「這位朋友，雖然自稱井底之蛙，見識似乎比閣下略高一籌，硯池雖小，但卻是水！弱水三千，取一瓢飲，水多何用？」

說著，衣襟無風自動，「刷」地掀起，一探手間，已然自身上取出了一方寬有三寸、長達六寸的端硯來，那端硯形式極為古樸，中心凹陷，卻儲滿了濃得發光的墨汁！

「硯池醉客」在取出那方端硯之際，並非是硯池向上，卻是向下，池中墨汁，儘管流轉不定，卻沒有一滴滴下來。湖上群豪，俱都是見多識廣的人物，一見這種情形，便知道「硯池醉客」，確然不是等閒人物，這一手玄門上乘「無極氣功」，已然到了出神入化的境地。

「硯池醉客」哈哈一笑道：「硯池之中，水固然不多，但卻春來不乾，冬至不凍，任我橫掃千軍，仍是不變，難道我算不得水路上人物？」

他這一番似瘋似癲的話，聽得人人皆是愕然！「五湖龍王」蕭之羽心中已然怒極，但是卻不露聲色，反倒縱聲高笑，道：「閣下說得妙，但今日我們互爭水道盟主，每一幫俱派五人出場，新來的幾位，只是一人，未免吃虧了些？」

「硯池醉客」也是一笑，道：「只在藝勝，豈在人多！」雖是寥寥八字，但是語氣極狂，群豪莫不聳然動容！

「五湖龍王」蕭之羽城府頗深，一見杜靈、東郭勝魚、檀清溪、硯池醉客四人，全部在擂台之上，心中暗忖：「這四人個個身懷絕技，但看來他們也未必相識，何不令他們先自相殘殺？」

心念轉動，已然大笑道：「好一個只在藝勝，不在人多！」

語聲微頓，繼道：「適才正在比試，是雪海『笑面追魂』笑面杜朋友，勝了『藍龍』龍振天，請三位以到達次序，繼續動手！」

「五湖龍王」蕭之羽一出此言，眾人已知他的心意。本來，什麼雪海、花溪、井底、硯池，哪裏算得上是水路人物？若是真叫他們當了水道盟主，是個什麼局面，簡直無法想像，因此太湖、洪澤、黃河、高郵諸幫水路英豪，雖然正在各爭盟主，倒也同意蕭之羽的辦法，讓他們來的人先動手。

「五湖龍王」蕭之羽一聲長嘯，立有一人，手持紅旗，飛身而上，蕭之羽一手接過，朗聲道：「適才杜朋友已勝一場，這面紅旗，理應歸杜朋友所有！」

手臂倏地向下一沉，食中二指，夾著了旗柄，突然向上一揚。「颯颯」風聲，應指而生，那面紅旗，竟被他一揚之間，化成一縷紅虹，直飛向空，在三丈高下的半空中頓了一頓，帶起一陣銳利的嘶空之聲，直向杜靈來船之上，電射而出。「噗」地一聲，正好插在那艘船的烏桅之上，白帆紅旗，相映得色彩鮮明，刺目已極！

「五湖龍王」蕭之羽坐處，離那烏桅，少說也有二、三十丈。但是他彈指之間，便將輕飄飄的一面紅旗，送到了桅頂！

這手上乘已極的功夫一露，滿湖之上，盡是彩聲，很久才靜了下來。

「笑面追魂」杜靈揚聲一笑，道：「多謝主人所賜，在下已得一分，這位東郭先生……」

手一指，便指住了自湖底泛起的「井底靈蛙」東郭勝魚，東郭勝魚身形微挫，突後退一步，發出「哈哈」兩聲怪笑，宛若蛙鳴，噘起肥唇，聲細卻如女子，道：「請賜招！」

「笑面追魂」杜靈見對方身形如此怪異，也是不敢怠慢，衣袖一束，一聲長嘯，嘯聲未畢，湖水竟起漣漪，眼看兩人將要動手，忽然遠處，又有嘯聲傳來。

其時，「笑面追魂」的嘯聲，還在半空蕩漾不絕，震得人耳鼓發響，那嘯聲雖然從極遠之處傳來，細如游絲，但是才一入耳，卻反比杜靈所發嘯聲，還要驚人！

杜靈將已揚起的衣袖，突然一收，向後一退，東郭勝魚也是「咯」地一聲怪叫，向後一躍，看他身形，極是緩慢，而且落在擂台之上，還帶起「砰」地一聲，像是絲毫不會武功的人一樣，但當他躍在半空之際，卻是載沉載浮，猶如紙紮的一樣，身法怪異至極，根本看不出是何門何派的功夫。

那嘯聲一起，「五湖龍王」蕭之羽心中又是一凜，知道又有高手趕到。

蕭之羽心中啼笑皆非，事起之初，做夢也料不到自己這個水路英雄大會，會引來這許多見所未見、聞所未聞的怪客！

但他隨即又心中自我安慰，因爲除了湖海江河池溪井外，只怕不會再有第八種水了。

群豪聽得嘯聲，也是心中愕然，只聽嘯聲乍起之際，若隱若現，若斷若續，細若游絲，但見眼之間，便如萬馬奔騰，展布極速，只不過是一眨眼的工夫。

群豪放眼望去，只見湖水蕩漾之中，一個身披青衫、身材中等、面上籠著青紗、看不清面目的人，竟然踏水而來，湖面在他腳下，宛若為利箭所射一般，疾分而開，而那人來到擂台之旁，突然身子一躍，人已躍上了擂台，看他足下，確是沒有任何物事的憑藉，的的確確，是踏水而至！

此際湖面之上，何止數百人之多，但那青衫怪客一到，卻立時寂然無聲。

他那「凌波飛步」的絕頂輕功，在場的所有人，除了聽說以外，誰也沒有見過！

如今一見，人人皆被震懾，哪裏還說得出話來？

只見那青衫怪客仰面發出兩下笑聲，道：「可笑！可笑！」

「五湖龍王」蕭之羽身為洞庭湖主，又是發起此次大會的人，心下雖是驚駭，卻不得不勉為應付道：「朋友何來，有何可笑？」

那青衫怪客突然一個轉身，青紗面罩之內，射出兩道冷電，直逼「五湖龍王」蕭之羽。

「五湖龍王」蕭之羽身為洞庭湖主，一生側身於武林爭霸殘殺之中，什麼樣的陣仗未曾見過，是個身臨刀林劍池，也不會皺一皺眉頭的人物，但被那青衫怪客目射冷電地一掃，竟然不由自主地打了一個冷顫。

青衫怪客目光不眨，道：「閣下想必就是此次大會的發起人！」

蕭之羽道：「朋友猜得不錯，在下蕭……」

青衫怪客竟不等蕭之羽將姓名報出，便又是一陣狂笑，將蕭之羽的語聲全都蓋了下去。

湖上群豪，一見那青衫怪客做出如此不合江湖規矩的行動來，盡皆愕然，蕭之羽雖然剛才曾親見來者之能，也不禁臉色一沉。

那絕色女子眼見哥哥被辱，也是秀眉微軒，臉現怒容！

但青衫怪客卻根本不給人以發聲的時間，笑聲甫畢，已然聲如鶴唳，朗聲道：「我來問你，天下之水，從何而來？」

這一問，令得人人均是一呆。

蕭之羽無法回答，滿湖群豪，也是無從答起，一時之間，靜到了極點，只有那青衫怪客的「嘿嘿」冷笑之聲，刺蕩著每一人的心靈。

靜了片刻，那絕色少女突然站起，嬌笑一聲，曼聲道：「這位朋友問得好！但卻也易答，天下之水，不論江、河、海、湖、井、池、溪，自然都是天上雨水，集匯而成的！」

絕色少女輕輕巧巧，便將那青衫怪客的問題回答了，群豪這才鬆了一口氣。

「五湖龍王」蕭之羽也趁勢道：「舍妹所言不差，不知閣下爲何有此一問？」

青衫怪客倏地縱聲長笑，道：「你們既知天下之水，皆從天上而來，爲何還要爭什麼水道盟主，奪什麼水路英雄的領袖？」

蕭之羽沉聲道：「此話怎講？」

青衫怪客道：「你身爲此會發起人，卻不請我來主持此會，就水道盟主之位，可知見識孤陋，區區正是『天雨上人』，家居崑崙絕頂，天雨峰上，難道做不得水道英雄的盟主？」

「五湖龍王」蕭之羽再也未想到，除了江河湖海池井溪之外，還有人人皆知的第八種水——雨！

而居然還有人叫做「天雨上人」，身在天雨峰上！

他立即勉強一笑，道：「閣下既然來此，自然可以一爭盟主，但如果想不動手與眾人見一高下，只怕無此容易之事！」

「天雨上人」哈哈一笑，道：「好哇！」

他此時站在那水上擂台中心，一聲甫畢，身形便動，群豪看來，只覺他突然不見，化爲一蓬青煙，在水上擂台四角，疾如旋風地轉了一轉，只聽得「噗通」、「噗通」四聲響，站在擂台四角的「笑面追魂」、「花溪隱俠」、「井底靈蛙」、「硯池醉客」四人，全已跌入水中，只剩他一人在擂台上，負手傲立！

四人落水之後，略一沉沒，「笑面追魂」杜靈首先躍出水面，奮身一躍，便到了他趕來的那艘船上，其餘檀清風和「硯池醉客」，也相繼爬起，到了船上，東郭勝魚身做蛙躍，仍回到了那大彩球之內，四人一言不發，立即遠離了開去！

十二 雪海雙凶

「五湖龍王」蕭之羽不由得倒抽了一口冷氣，這四人之中，旁的三人，名不見經傳，還不怎樣，那「白衣無常，笑面追魂」杜靈，卻是近年來名震江湖的人物，也是一個照面，便被這自稱「天雨上人」的怪客迫入水中，連怎樣落水的也未看清，如果不是親眼目睹，這種事簡直不能夠爲人所信！

「天雨上人」負手傲立半晌，又「嘿嘿」冷笑幾聲，道：「照這次大會規定，勝得十場的，便可以爲水道盟主，但不知若是無人再敢下場，又該如何演算法？」

「五湖龍王」蕭之羽心下暗中著急，本來，他自信水路英雄之中，自己的武功，雖已是頂兒尖兒，但二妹蕭湄，卻更勝一籌，只要她一出場，水道盟主之位，便可穩穩落在洞庭身上，所以才有恃無恐，可是眼前這個「天雨上人」，不但自己勝他，毫無把握，連蕭湄能否勝他，也是難說！

心中一面想，一面斜斜地向蕭湄望去。蕭湄豔比芙蓉的臉上，殺機隱現，揚聲嬌笑，道：「湖上英豪，何止數百，人人皆想爭雄，焉有就此算數之理？」

「天雨上人」目射冷電，直迫蕭湄，道：「姑娘是哪一幫人物？」

蕭湄「格格」一笑，道：「我是洞庭湖的，上人可要和我動手？」

「天雨上人」衣袖微拂，群豪全都看得清楚，就在他衣袖漫不經意地微拂之際，水上擂台的周圍，便已激起無數水柱，一時淅淅瀝瀝，像是下了一場小雨！

這種內家無上勁氣，也是只聽人說，誰也沒有見過！「五湖龍王」蕭之羽心中暗叫一聲：「罷了，只怕今日爭雄取勝，已無可能。」

「五湖龍女」蕭湄見了，芳心也自暗驚，正在緊張萬分之際，忽然聽得那青衫少年「呀」地一聲，道：「蕭姑娘，像妳這樣冰肌玉骨的佳人，也要置身殺戮爭奪之中，豈不是有負上天一番苦心？」

這時候，湖面之上，雖然極是平靜，山光水色，風景佳絕，但是卻隱含殺機，人人都知道一個不好，湖水不難被染成血紅！

可是那青衫少年卻在這個時候，講出這種酸氣沖天的話來！

一時之間，人人都向他望了過來，青衫少年一雙明目，卻仍是注在蕭湄身上，蕭湄微笑，嬌豔欲滴，道：「你只管看熱鬧好了！」

青衫少年卻自繡墩之上，站了起來，拍了拍衣衫，道：「蕭姑娘，在下下去，對那位先生說一聲，叫他不可向蕭姑娘動手，蕭姑娘意下如何？」

看他行動言語，全像是絲毫不知武林規矩的人，但蕭湄卻在他講話之際，和他目光相接觸，只覺得他雙目之中，精光內蘊，整個身子，像是塗著一層銀輝，心中不禁一動，暗忖這迂腐青年，身處這樣武林罕見的場面之中，竟然毫無驚疑之色，莫非正是身懷絕技的異人？

她「格格」清笑，道：「也好，恐怕他會聽你的話也說不定哩！」

那青衫少年的話，奇到了極點，可是蕭湄竟然答應他的請求，也可以說，奇到了極點！

「五湖龍王」蕭之羽甚至不顧身分，道：「二妹不可亂來！」

但蕭湄卻只是倩笑不已，道：「哥哥，人家效毛遂自薦，自動請纓，難道我好意思拒絕麼？」

青衫少年在船上搖頭晃腦，道：「言之有理哉！言之有理哉！」

背負雙手，竟然大踱其方步起來，眾人俱都看著他，忽然見他一步踏向舷外，一個踉蹌，便向湖中，直跌了下去！

雖然情勢嚴重，但見了這等情形，眾人也不禁哄笑，那大船船頭到湖面，約有丈餘，眾人哄笑未畢，青衫少年已將觸及湖水，眼看要遭沒頂，但突然間，竟而一個翻身，人已站在水面上！

哄笑之聲，突然停止，就像是刹那之間，發出笑聲的人，都突然死去一樣。

剛才見過「天雨上人」凌波飛步，群豪已然歎爲觀止，但「天雨上人」也不過是如飛馳來，如今這青衫少年，卻是一動不動地站在水面上！

雖然同是「凌波飛步」絕頂輕功，但相形之下，卻是青衫少年勝出多多！

但是這青衫少年確是恂恂儒雅，無論你具何等慧眼，都只可能當他是一個讀書公子，而無法知道他是身懷絕技的武林中人！

「五湖龍女」蕭湄，是何等冰雪聰明的人，也只不過是剛才和那青衫少年四目交投的時候，發現青衫少年眼中有一層異樣的光輝，所以才想到他可能是武林中人，但是也想不到他一身功夫，俊成那樣！

湖水盈盈，群豪寂然無聲，「天雨上人」兩眼如電，罩在那青衫少年身上。

青衫少年卻仍是若無其事，輕輕巧巧，向前踏出一步，高吟道：「芳草連天暮，斜日明汀洲，懊恨東風，恍如春夢，匆匆又去，早知人病酒，酒更添愁！」

一面高吟，一面又向前跨出了幾步，跟著來到水上擂台邊上，身形突然拔起，恍如風拂垂柳，搖擺不定，已然站在水上擂台邊上。

那「天雨上人」實際是武林中極其有名的一個人物，只因他此時青紗蒙面，是以沒有人知道他究竟是什麼人，還當他真的是「天雨上人」。

但這時候，「天雨上人」心中也是大爲猶豫，自己隱居極荒，數十年苦練之功，才練成了人間罕見的「凌波飛步」絕頂輕功，只當從此天下獨步，怎知這看來二十左右的一介書生，不但也會這「凌波飛步」功夫，而且尚在自己之上！

照那青衫少年的功力來看，若沒有四、五十年苦練，根本不可能達到，但他卻是如此年輕……

「天雨上人」心中，立刻想起一件事：昔年「天香娘子」所遺的三件異寶！

那三件異寶，一是成爲兩年來武林中的大疑問，謎一樣的「丹桂飄香賞月大會」的主角「拈花玉手」。另外兩件，就是「奪命黃蜂」和「駐顏丹」。

這三件異寶，究竟落在何處，人言人殊。

這個青衫少年，功力與年齡這樣不相配。難道是「駐顏丹」的功效？

聞說那「駐顏丹」，只要連服三枚，便可永駐青春！

如果是依靠了「天香娘子」三件異寶之一，「駐顏丹」的功用，才使得他變得如此年輕的，那麼對方又是什麼人呢？難道他便知那三件異寶的下落？

「天雨上人」心中迅速地想著，青紗面罩之內的一張怪臉，已然隱露殺氣。

但是那青衫少年，卻仍是那麼從容，向「天雨上人」輕輕一揖！

「天雨上人」只當他乘機偷襲，身形掣動，一溜青煙，便後退丈許！

但是青衫少年卻輕飄飄地，毫無勁力發出！

「天雨上人」青紗面罩之內的兩道濃眉，倏地一豎，但未待開口，青衫少年已然發話，自己處處均被對方制住了先機。

只聽得青衫少年緩緩地道：「閣下自稱來自崑崙『天雨峰』，那『天雨峰』名不見經傳，想必一定是世外桃源，洞天福地，又何必來此爭奪什麼水路英雄盟主？若閣下不是來自『天雨峰』，那自然又當別論！」

青衫少年講來輕描淡寫，但他的話卻令得群豪心中一亮！

崑崙山「天雨峰」？「天雨上人」？這都是聞所未聞的地名和人名！

「五湖龍王」蕭之羽「嘿」地一聲，道：「原來閣下易名而來，莫非是另有苦衷麼？」

「高郵湖」的易大舵主，也哈哈大笑道：「這可新鮮透頂！想不到我們水上人物聚會，還會將其他人物，都引了來！」

青衫少年淡然一笑，道：「水道盟主之位，能夠統率天下水路英雄，自然難免有人覬覦，這又何足為怪！」

「天雨上人」冷笑連聲，笑聲冷峻，在湖面上迅速展布，道：「然則閣下又是何人？」

「天雨上人」如此問法，分明已然承認了他根本不是來自「天雨峰」，也不是什麼「天雨上人」！

蕭之羽斥責一聲，立時有四、五十艘小船，划了出來，將水上擂台團團圍住！

青衫少年卻視若無睹，道：「我麼？隨風飄流，身如轉蓬。既無姓名，亦無住址！閣下若肯聽我一勸，離開洞庭，我們便可交個朋友，閣下若不肯聽我所勸，我也無能為力！」

這幾句莫測高深的話，更說得「天雨上人」心中怦然，眼中精光陡盛，道：「要將我請出洞庭，只怕沒有那麼容易，你既上了擂台，為何還不動手？」

青衫少年搖手道：「要動手麼？」那情形像是十分害怕。

「天雨上人」身軀一擰，雙臂微分，身子倏地移前丈許，雙掌連揚，狂飆驟生，水上擂台四周，立時水柱連天，聲勢之猛，無以復加！

在水柱激升，化為水煙之際，群豪只見那青衫少年，身形向旁一側，在水煙之中，驀地起了一股無形大力，將「天雨上人」激起的無數水柱，全都撐在那無形的力幕之外！

並還將水珠紛紛震了出去，猶如突下驟雹，水滴落在湖面上，「錚錚」有聲！

「天雨上人」一招得手，腳踏迷蹤，身形疾轉，右掌似砍似削，捲起狂風怒飆，重又飛到。

青衫少年行動仍極是從容，向後微微一側。

「天雨上人」只覺得他一側之間，似有一股無形大力，將他的掌力，向旁牽引開去。

「天雨上人」心中猛怔，自己的掌力，已然達到裂石開碑的地步，若是對方硬以真力和自己對掌，事情還不足怪，但對方竟能在隨意轉身之間，將自己的內力牽引過去，莫不是淹沒已久、只聽傳說的無上絕頂神功——「震天千引神力」？

「天雨上人」立即收掌，身形後退，他此來本是想奪得水路英雄盟主，這樣，可以在他縱橫江湖、無惡不作這一點上，有極大的幫助。但是眼看盟主之位在握，卻又不明不白地闖出了這樣一個青衫少年！

身形後退之後，「桀桀」怪笑，道：「想不到昔年獨步天下的無上神功，『震天千引神力』，重見今日，閣下究竟是何人，難道竟一吝相告麼？」

那青衫少年的面上，一直淡雅無比，像是與世無爭一樣，就算他和「五湖龍女」蕭湄對視之際，也只不過眼中射出異樣的光彩而已。

但此時，一聽得「天雨上人」道出了他所使武功的名稱，臉上卻突露慘厲至極的神色，好一會兒才平復了下來，剎那之間，判若兩人，道：「你既能識得我所使的是『震天千引神力』，敢問你是何人？」

兩人在水上擂台上，雖然只動手過了兩招，但是雙方所使，卻全是驚世駭俗、見所未見的絕頂武功，但他們卻全不知和自己動手的是誰，而要努力地去探測對方的來歷，以做應付！

「天雨上人」青紗面罩內的臉色一驚，心中暗道：「不好！自己一時口快，道出了他『震天千引神力』，並世武林中人，能知道這個名稱的並不多……」

念頭一轉，立時哈哈大笑，道：「『鐵扇賽諸葛』之名，你可曾聽說過？」

「天雨上人」這句話一說，群豪立時愣然，「五湖龍女」蕭湄「啊」地一聲，道：「你是『鐵扇賽諸葛』胡子玉？」

「天雨上人」卻是不置可否。

青衫少年縱聲大笑，道：「『鐵扇賽諸葛』胡子玉一目已眇，一腿已跛，腿跛許遇名醫，得以治癒，但這眇去的一目，卻無論如何也不能復明，閣下敢將罩面青紗，挑起一看！」

講到後來，語氣冷峻已極。

青衫少年在習那「震天千引神力」之際，傳他「震天千引神力」之人，曾說如能在一招之中，便認出這「震天千引神力」的，並世之間，只有寥寥數人！「鐵扇賽諸葛」胡子玉雖是其中之一，但還有兩人，卻是他不共戴天的殺父大仇，是以青衫少年，才面容突轉慘厲，逼問究竟！

「天雨上人」一聽青衫少年要他挑起面罩一看，「桀桀」怪笑聲中，突然向前跨出兩步，手掌微微一揚，便有一蓬紫星芒雨，暴射而出，眾人只覺眼前一片紫光閃映，那一蓬紫星，已然結成一片光幕，去勢迅快激厲已極，向青衫少年，當頭罩下！

變生肘腋，那蓬紫星才現，群豪之中，已有不少人發出聲聲驚呼！

那些驚呼聲，倒不是爲這青衫少年的安危而發，而是悟出那蓬紫星，正是「雪海雙凶」，大凶「玄冰怪叟」司徒永樂的「玄冰神芒」！

那天山「雪海雙凶」，大凶「玄冰怪叟」司徒永樂，二凶「雪花龍婆」華青瓊，這兩人在江湖上享有何等名聲，如今「玄冰神芒」突然在洞庭湖上出現，「五湖龍王」蕭之羽這樣的人物，叫了一聲以後，也癱在金交椅上，出不了聲！

眼看那片紫幕，在青衫少年頭頂，電簇飆急地轉了兩轉，「轟」地一聲，如正月裏的花炮也似，突然爆了開來，向青衫少年直壓了下去！「五湖龍女」蕭湄倏地站了起來。

可是晃眼之間，急壓而下的「玄冰神芒」，突然消失得無影無蹤，眼光快的，也只看清紫光突然收斂，向青衫少年右手飛去。

而青衫少年手上，則持著一隻通體瑩白、閃閃生光，乍看似玉，細看卻又不是，拇指、食指微曲，其餘三指較直的玉手。

在玉手之上，如蟻附腥膻，蜂集花蜜，密密麻麻，黏滿了寸許長短，細如牛毛，紫光閃閃的「玄冰神芒」！

這一剎那間的變化，驚得人人目瞪口呆，連假冒「天雨上人」之名而來的北天山「雪海雙凶」，大凶司徒永樂在內！

靜了好一會兒，才有人叫道：「『拈花玉手』！『拈花玉手』！分水辟火，暗器無功！『拈花玉手』！」

此次聚集在洞庭湖上的水路豪傑，武功儘管不算太高，但全都見聞廣博，武林異寶，「天香娘子」所遺的「拈花玉手」，更是人人皆知。

爲了這隻「拈花玉手」，兩年前，「三絕先生」公冶拙曾在丹桂山莊召開「丹桂飄香賞月大會」，聲言誰的武功最高，便可持有這隻「拈花玉手」。

可是結果，丹桂山莊上的「丹桂飄香賞月大會」，經過情形，究竟如何，除了曾經參加這次大會的人以外，竟然沒有一個人知道。

這是武林中最大的謎！

同樣地，「拈花玉手」的下落，也成了一個謎，但如今卻突然在這個誰也沒有見過、來歷不明的青衫少年手上出現！

眾人哄鬧聲中，「玄冰怪叟」司徒永樂儘管心中吃驚，但是卻依然發出震人心魂的怪嘯聲，將眾人的呼叫之聲，盡都壓了下去，道：「想不到『天香娘子』所留的『拈花玉手』，原來落在你的手中，拿過來！」

一言甫畢，五指如鉤，蕩起一陣銳利已極的斷空嘯聲，直向青衫少年的脈門抓到！

青衫少年竟如懵然不覺，兩眼定注在「拈花玉手」上的玄冰神芒上，突然發出了一陣慘厲已極的笑聲，笑聲未畢，司徒永樂五指已將要觸及「拈花玉手」，青衫少年手腕隨意一震，突然激起千旋玉光，在司徒永樂五指隙縫之中，「刺」地穿過！

十三 丹桂飄香

司徒永樂心中一凜，立即改抓爲掌，如排山倒海，疾湧而出，突然將青衫少年「騰」地震退一步！

但同時也聽得「嗤」地一聲，他的蒙面青紗，也已被「拈花玉手」撕了下來。

兩道濃眉，一張馬臉，臉色陰沉至極，正是青衫少年做夢也見不到的、不共戴天的仇人，「玄冰怪叟」司徒永樂！

青衫少年哈哈大笑，語音淒厲無比地道：「想不到不用我北上天山跋涉，便與你在此相見！」

在船上的「五湖龍女」蕭湄，只見青衫少年被蒙面怪客司徒永樂一掌震退，極其關心地問道：「你，你受傷了沒有？」

青衫少年卻像聾了一樣，雙眼精芒四射，停在「玄冰怪叟」身上。

蕭湄美麗的臉上，露出一絲失望之色，她心中暗唸：「我連他叫什麼名字都不知道，對他那樣關心做什麼？他會領妳的情？」

默默地歎了口氣，又坐了下來。

司徒永樂仰天一笑，道：「你身中我『玄冰神掌』，尙敢自誇？」

蕭湄心中剛決定不要對這個青衫少年太過關心，可是一聽「玄冰怪叟」之言，又是一凜，武林中傳言：「『玄冰神掌』，見子不見午！」立時湧上她的心頭，她嬌秀的臉上，不禁浮起了焦急的神色……

青衫少年卻毫不在意，只是喃喃地道：「我終於找到他了！」隨手一抖，黏在「拈花玉手」上的「玄冰神芒」，立時散落，紛紛跌落湖中，伸手入懷，取出一只鐵指環來，套在右手中指之上。

「玄冰怪叟」司徒永樂濃眉倏地一豎，道：「我當是誰，原來是你！」

青衣少年抬起頭來，道：「不錯，是我！」

只聽得「錚」地一聲龍吟，悠悠不絕，他左手上多了一柄形如鏽鐵、色作漆黑、形式奇古的古劍！

「玄冰怪叟」司徒永樂面色又變，青衫少年順手一抖，手中古鐵劍幻出點點墨星，向司徒永樂當頭罩下！

每一點墨星，俱都激起嘶空之聲！

司徒永樂大袖飄揚，身子一轉，已然脫出了古鐵劍的那一招「滿天星雨」，厲聲道：「小子，看你身後的是誰？」

青衫少年猛地一怔，北天山「雪海雙凶」，向稱焦不離孟，行坐起止，絕不分離，難道二凶「雪花龍婆」華青瓊，已然悄沒聲息地掩到了自己的身後？

「拈花玉手」向後一撩，玉光千旋，古鐵劍劍尖向上一挑，宛如手中起了一條墨龍，

「獨挑天樑」，刺向司徒永樂。

青衫少年兩招甫一使出，只聽得身後「格」地一聲怪笑，身形立時一退，只見一個滿頭白髮飛舞、握著一根九曲十彎、墨形拐杖的老太婆，已然站在自己的身後，拐杖微一擺，已然封住了「拈花玉手」的進勢！

同時，只聽得一聲嬌叱，道：「兩打一，好不要臉！」一條嬌小人影，飛掠而下，正是「五湖龍女」蕭湄。

也就在此際，卻又發生了一件誰也意料不到的事情！

月色清輝，再加上燈籠火把，洞庭湖上，本來如同白晝一樣，蕭湄語聲甫畢，眼見一片烏雲，已將月華掩往，同時，滿湖上千百盞燈籠、火把，卻在同一時候倏地都熄滅了！突然之際，湖上變得漆也似黑！

天上烏雲蓋月，當然是巧合，但湖上千百盞燈籠、火把，同時熄滅，卻不能說是巧合，雖然有些清風，但還不致於將千百火把，一齊吹熄，何況事起非常，事先根本一點跡象也沒有！只有手執火把、燈籠的那些人，感到有一陣勁風襲來，眼前便是一黑。其他的人，一點跡象也未曾看出！

頓成漆黑世界之後，群豪立時大亂，只聽得「五湖龍王」蕭之羽、易大舵主等首腦人物的聲音，大聲呼喝：「掌燈，快再掌燈！」

群豪的喧鬧之聲，也漸漸地靜了下來，不一會兒，若干火把、燈籠，重又燃著，烏雲飄開，明月重現，湖上重又如同白晝，但當眾人一起向湖面上看去時，個個全都張大了嘴，合不攏來！「五湖龍王」蕭之羽別出心裁、親自督造的那座水上擂台，竟然已不知所蹤！

只是在原來是水上擂台的湖上，漂著不少木材，而剛才在水上擂台上面的那青衫少年、「五湖龍女」蕭湄，以及北天山「雪海雙凶」司徒永樂和華青瓊，也全都沒有了蹤影！

從漂浮在原來水上擂台周圍的那些木材來看，顯然水上擂台已被人拆去，「五湖龍王」蕭之羽滿腹疑惑！誰能在片刻之間，將那麼堅實、全用鐵箍箍起的一座擂台拆去？

湖面之上，一時間靜到極點，「五湖龍王」蕭之羽想起妹妹也失蹤，大聲道：「快派五十小艇，一百潛水人，搜尋二小姐的下落，不論死活，找到為止！」

洞庭湖水寨中的人，平時就訓練有素，蕭之羽一聲令下，立時出動。只見五十艘小艇，飛也似地划了開去，一百以潛水功夫見長的人，也全都穿上魚皮水靠，躍下水中，滿湖搜尋。

但是直到天明，青衫少年、「雪海雙凶」和蕭湄四人，還是蹤影全無，只在岸邊上發現那「硯池怪客」，在呼呼大睡！

「五湖龍王」蕭之羽垂頭喪氣，他怎麼也未曾想到，為了要做「水路英雄」盟主，結果會鬧出這樣的大事來，甚至將武林中談虎色變、久已隱居不出的大魔頭「雪海雙凶」引到！

當時若不是那青衫少年出頭的話，只怕事情要更難辦，但那青衫少年究竟是誰？何以兩年之前，「三絕先生」公冶拙在「丹桂山莊」上所舉行「丹桂飄香賞月大會」，成了神秘的謎之後，那武林異寶「拈花玉手」，竟會突然在那個青衫少年手上出現？

懷有這些疑問的，不只是「五湖龍王」蕭之羽一人，而是所有參加大會的人全都在內。

「五湖龍王」蕭之羽悶悶不樂了一天，突然拍案而起，吩咐備船，他心中已然有了決定！

幾天之後，朝陽方升，金芒萬道，映得千里江流，幻成一片金黃。

一條江船，放棹東來，船頭上站著一個身穿華服、貌像威武的中年人。

他正是「五湖龍王」蕭之羽，九華山遙遙在望，蕭之羽心情沉悶。

他在洞庭湖中，那次「水路英雄爭奪盟主」大會，毫無結果，不了了之之後，一直未曾得到妹妹蕭湄的音訊。他想起當時奇怪的情形，驀地憶起了兩年前的「丹桂飄香賞月大會」。

那次參加「丹桂飄香賞月大會」的，全是武林中的一流高手。除主人「三絕先生」公冶拙以外，其餘爲「京都鏢局」總鏢頭「恨福來遲」雷明遠、閩中大豪「閩中一劍」林清堯、魯東一霸「嶗山金眼神鵰」向天飛等，連他自己，「五湖龍王」蕭之羽在內，也全是武林頂尖級的人物。

那次大會，突然成為武林中的謎，別的參加大會的人，可能知道，但「五湖龍王」蕭之羽，卻是一點也不知道！他參加了那次大會，卻不知道那次大會究竟發生了什麼事。

一點也不錯，事實正是如此。

兩年來，「五湖龍王」蕭之羽用盡心機，想向人打探那次大會的情形，但是參加過「丹桂飄香賞月大會」的人，不是避不見面，便是拒不肯言。

別人以為「五湖龍王」蕭之羽，也是從九華山「丹桂山莊」回來的人，他一定知道那次大會大概情形，也有人不斷地向他打探，但他倒不是不願說，而是切切實實地不知道，為了這件事，他妹妹「五湖龍女」蕭湄，還和他吵了好幾次。

「五湖龍王」蕭之羽站在船頭上，身沐朝陽，望著浩浩江水，回憶著兩年前的事。

那一天，正是八月十五日。

各方高手，已然齊集，每一個人來到，都引起一番熱鬧，連久已隱跡江湖的俠盜，「鐵扇賽諸葛」胡子玉也在內。

各人面上雖都是客客氣氣的，但是每個人的心中，俱都懷著鬼胎。

誰都知道，這次大會，名堂雖然是「丹桂飄香賞月」，但主人「三絕先生」公治拙卻有言在先，武林異寶，天香娘子所遺的「拈花玉手」，已然在他手中，參加大會的人，不妨比試，誰武功最高，便可以得到那「拈花玉手」。

本來，若能夠在「丹桂飄香賞月大會」上，武功第一的人，天下本也罕有其敵。但是「拈花玉手」，卻是武林中人人爭奪的奇寶，武功高了還想再高，人人俱都覬覦這件異寶，希望仗著這件異寶，爲自己帶來更崇高的地位和武功。所以表面上各人寒暄客氣，心中卻將每一個人，全當做自己的敵人。

而且，來參加大會的人更知道，「三絕先生」名拙實巧，極工心計，「拈花玉手」既然落在他的手中，他還肯以武功定得主，說不定其中另有詭謀，但是卻沒有一人，識得透他究竟是什麼用意。

與會客人，俱各住在「賓館」，有專人招待。正式的時間是在月華上升之後，地點則是在「丹桂山莊」的廣場之中，「三絕先生」公治拙已命人在廣場周圍，無數株桂枝上，掛起了各色各樣的紙燈。

當天黃昏，「五湖龍王」蕭之羽出了賓館，在山間信步而行。

九華山風物靈秀，「丹桂山莊」本是在筆架峰山嶺之上，蕭之羽信步走去，走的正是上山的道路，不知不覺間，已然到了半山。

蕭之羽一望天色，夕陽西掛，紅霞滿天，有幾朵烏雲，周圍金蛇亂竄，天色已將黑，若再不上山，只怕趕不上「丹桂飄香賞月大會」！

正待上山，忽然聽得附近林子之中，傳來一陣悽愴欲絕的吟哦之聲。「五湖龍王」蕭之羽文武兼修，聽出那聲音吟的，正是一闋〈八聲甘州〉：

寒雲飛萬里，一番秋一番攪離懷，向清堤躍馬，前時柳色，今度葛萊。錦纜殘香在否，枉被白鷗猜，千古揚州夢，一覺庭愧。歌吹竹西難問，拚菊邊醉著，含寄天涯。任紅樓蹤跡，茅屋染蒼苔。幾傷心橋東風月，趁夜潮流恨入秦淮，潮回處引西風，恨又渡江來！

此時此地，這樣悽愴的吟哦之聲，「五湖龍王」蕭之羽聽來，也大感異樣，面對林子，朗聲發話道：「何方朋友，豪興如此，可容蕭某人打攪清興麼？」

語畢，只聽得林子中「窸窣」一聲，像是有人迅速離了開去，卻並沒有人回答自己的話。「五湖龍王」蕭之羽，為人極是自負，「哈哈」一笑，道：「朋友不屑相見麼？」身形如箭，足尖點處，「颼」地掠到了林子之中。

林子中卻是靜寂無人，只是在兩棵松樹的樹幹上，發現了兩隻手印——指甲長得出奇的手印。

蕭之羽一抬頭，只見林子盡頭，一條人影，快得幾乎不像是人，正向外掠去。

蕭之羽雄心頓起，喝道：「朋友止步！」

真氣連提，也如飛趕了上去，那人影只是繞著林子打轉，口中仍然是吟哦不絕，看那情形，他並不是在逃避蕭之羽的追蹤，而只是在自在地蹬方步。

或者，蕭之羽的追蹤呼叫，根本不曾聽在他的耳中！

蕭之羽心中「哼」地一聲，突然一轉身形，橫空一掠，兜頭迎了上去，喝道：「數次相喚，朋友何以不……」

話未講完，那人疾電也似，迎面撲到。

夕陽西下，天色昏暗，以「五湖龍王」蕭之羽那樣的眼力，也未曾看清那人究竟是什麼模樣，只覺得那人尚在三丈開外，但一股勁風，已然當頭壓到，力賽千鈞，勢如奔馬！

「五湖龍王」蕭之羽連忙真氣一凝，沉胯坐馬，手腕翻飛，「呼呼」兩掌拍出。

可是他的掌力，才與對方身形疾飛所帶起的那股大力相碰，便全被撞了回來，腕骨欲折！

「五湖龍王」蕭之羽心中猛地一凜，知道自己運了八成功力的掌勁，既然被對方如此輕而易舉地擋了回來，那股勁力要是壓到身上，不粉身碎骨者幾稀！

尚幸他極見機，見身旁有一根老粗的石筍，比人還高，疾忙身形飄動，向石筍旁飄了過去，才隱身在石筍之後，便聽得「轟」地一聲，一股狂飆壓到，石筍四面的樹木，紛紛摧折，那麼粗大的石筍，也像是搖搖欲墜！

蕭之羽鼓足全身真氣，以待迎敵，又聽得「叭」地一聲，起自頭頂。

抬頭一看，只見一隻瘦骨嶙峋的手，五指如鉤，正抓在石筍頂上！

那隻手，膚色如火，指甲長約兩寸，也正是剛才蕭之羽在林中看到的那隻手印的形狀。

那石筍在那隻手一抓之下，碎石驟雹也似地射了出來，蕭之羽正隱身在石筍下面，一塊碎石，呼嘯飛到，正撞在他的「肩井穴」上。

蕭之羽全身真氣早已鼓足，體逾金鋼，但那枚石子一撞到，真氣略散，「肩井穴」已被封住！

蕭之羽此刻，已然知道那人功力之高，簡直匪夷所思，而自己穴道已被封，怕就要喪生在這九華山筆架峰上！

然而那人突然長嘯一聲，蕭之羽只見一溜黑影，電射而出，已然不見了蹤影。

蕭之羽翻眼看時，那石筍經那人一抓，約莫有尺許長短的一節，已成粉碎，這一抓，要是抓在頭上……蕭之羽簡直不敢設想。

以「五湖龍王」之名，前來參加「丹桂飄香賞月大會」，但是卻被封住了穴道，定在這裏，被人看到，以後還怎麼見人？

因此蕭之羽運轉真氣，衝擊穴道，但也直到兩個時辰之後，才將穴道衝開！

其時，明月高懸，「賞月大會」只怕早已開始，「五湖龍王」蕭之羽急急向上飛馳而去，然而到那廣場，不由得一呆。

掛在桂枝上的各式紙燈，全都破爛不堪，燈火熄滅，只有「鐵扇賽諸葛」胡子玉手上，拿著一支比尋常火摺大些的火摺，發出光芒，但也顯得暗淡無比。

在正中一張八仙桌上穿了一個大洞。

參加大會的人，全都呆若木雞地或站或立，一點聲音也沒有。

蕭之羽雖然不知道曾發生了什麼事，但是也知道是發生了極不尋常的事！

他沒有出聲，也僵立在廣場上。

不一會兒，胡子玉手上的火摺，倏地熄滅，只餘明月清輝，照在廣場上，照在殘破的紙燈上，照在每一個面如土色的武林高手身上！

十四 天香三寶

靜！死靜！

好一會兒，「三絕先生」公冶拙才長歎一聲，道：「『拈花玉手』，既已不在，在下這個『丹桂飄香賞月大會』，也就此結束，各位請回賓館，休息一晚，明日公冶拙當在江邊送客！」

蕭之羽聽得莫名其妙，只有他一人，不知道曾發生了什麼事，忙踏前一步，道：「公冶先生……」

但「三絕先生」公冶拙竟然雙眼無神，衣袖一拂，身形如飛，首先離了開去，眾人也紛紛而散，一時之間，廣場上孤零零地，只剩下了蕭之羽一個人！

蕭之羽只聽得遠遠又有悽愴欲絕的吟哦聲傳來，機伶伶地打了一個寒顫，也不敢再在廣場上逗留，回到了賓館中。

第二天，他起得遲了些，起來一看，其餘人早已在清晨離去。

蕭之羽欲向公冶拙辭行，但「三絕先生」公冶拙託病不見！

這就是兩年前所發生的事，「五湖龍王」蕭之羽，參加了「丹桂飄香賞月大會」，但是卻不知大會發生了什麼事情！

日頭漸漸正中，「五湖龍王」蕭之羽心頭的疑惑，依然未解。

他必須見到「三絕先生」公冶拙，因爲他在洞庭湖召開的那次大會，結果也是這樣的離奇，莫不是和上次「丹桂飄香賞月大會」，有什麼連帶的關係？事關妹妹的下落，他非要弄個明白不可！

九華山影，已越來越明顯，「大江一瀉三千里，翻山雲間九朵花」，詩仙李白所形容的景象，再貼切也沒有，蕭之羽卻是滿腹心事，無心欣賞這如畫風景！

驀地，櫓聲欸乃，一艘小船，破浪而至，船上一個衣衫破爛的落拓道士，手捧大紅葫蘆。那無篷小船，來得極快，一眨眼便掠過了大船！

「五湖龍王」蕭之羽向那無篷小船望了一眼，只見那落拓道士，也正向他望來，目光如電，蕭之羽心中一怔，只聽得那落拓道士擊舷高歌：「兩隻拳頭握古今，到頭來終需放手，一條扁擔肩天下，又豈能永久不休息？哈哈哈，勸君莫求名與利，且與我放棹中流，對酒高歌！」

歌聲悠揚，隨著江上輕風，四下飄散，入耳輕越，宛如龍吟！

「五湖龍王」蕭之羽心中一動，暗忖這個落拓道士，一定也是武林異人！吩咐船家，趕了上去，但只趕出一里許，便見對面一艘大船，放了下來，船頭上一個紫袍錦衣大漢，突向那艘無篷小船迎了上去，朗聲道：「公冶先生仍然閉門謝客，施前輩請回！」

蕭之羽心中，又是一動，暗忖原來那落拓道人，竟是江湖所傳的「窮家幫」的「酒丐」

施楠！

但不知他來找公冶拙做什麼？

只聽得落拓道人哈哈大笑，道：「孫二爺放心，區區在下，只求日日有酒，哪管什麼春夏秋冬、『天香三寶』！要求見公冶先生的不是我，孫二爺又弄錯人了！」

「哈哈」大笑之聲，傳了過來，又轉過頭來，似有意、似無意地向蕭之羽一望。

蕭之羽本就吩咐船家，追趕那無篷小船，此際，正當無篷小船在那大船一旁，疾擦而過之際，蕭之羽的船隻，也已向那艘大船迎去。

來得近了，「五湖龍王」蕭之羽已看出那錦衣大漢，正是兩年前在江上專司迎賓之責的孫正。

「五湖龍王」蕭之羽一向自恃身分，見了孫正這樣的人物，更是態度傲然，微微地「哼」了一聲，道：「公冶先生可在莊上？」

孫正正打發「酒丐」施楠，突然聽得有人問公冶先生，聲音洪亮，雖然在這遼闊的江面之上，也震得人耳鼓嗡嗡發響，一聽便知是內家高手。

抬頭看時，只見來船上一人，錦袍玉面，頰下略有微鬚，雙目神色閃閃，看來不怒而威，神態極其威嚴莊重的中年豪客，認得是水路上赫赫有名的高手，「五湖龍王」蕭之羽。

忙在船頭躬身道：「蕭龍王，公冶先生吩咐，謝客不見！」

蕭之羽此次前來，志在必得，豈是孫正那麼兩句話便能打發得去的？「哼」地一聲道：「公治先生不見他客，卻需見我！」

孫正又躬身道：「公治先生確是任何人也不接見！」

蕭之羽哈哈大笑，道：「難道有人來告知他『拈花玉手』的下落，他也不見麼？」

孫正一聽，怔了一怔，道：「孫某人不敢作主，只敢奉吩咐行事！」

蕭之羽的船，此時正好和孫正的大船，交擦而過，蕭之羽一撩錦袍，身形微擰，「嗖」地一聲，已然落到了孫正的船上，道：「姓孫的，見不見不在你，你責任只是通報，多廢話作甚？」

孫正猛地一怔，面上神色微變，道：「公治先生曾言，未得他應允者，敢帶人求見立即處死，閣下何必逼人太甚？」

蕭之羽一聲冷笑道：「我就直上九華山莊，看他如何說法！」

「蕭龍王，那我們卻有阻攔之責！」

「你敢！」

蕭之羽「哼」地一聲，雙掌一挫，手掌平翻，「呼呼」兩掌，已然向孫正拍出！

孫正側身讓過，蕭之羽足踏迷蹤，右手五指如鉤，向外一揮，揮到一半，突然改揮為推，狂飆陡生，當胸推到！

孫正剛才讓過他兩掌時，人已然到了船舷，眼看再避，人便要跌入江中，固然以他的水性而論，跌下江中，毫不要緊，但卻也不甘心，兩腳不丁不八站定，一掌迎了上去。

「啪」地一聲，雙掌相交，蕭之羽覺出對方內力不弱，立即一揮手，「騰」地一聲，竟將孫正揮出丈許，直向船艙之中跌去！

眼看跌進艙門，突然孫正像是被一堵無形的牆，擋住了去路，倏地停在艙門之旁，而艙門上所掛的門簾，也微微揚起。

蕭之羽是何等人物，一看這等情形，便知道艙中另有高手！哈哈一笑，道：「艙中朋友，何不到艙外來，阻止蕭某人到『丹桂山莊』？」

一言甫畢，只聽得船艙中傳來兩聲咳嗽，一人道：「蕭兄遠道來此，本當相迎，怎奈公冶拙已然下定決心，不再見外人，蕭兄請回吧！」

發話的正是武林中聞聲色變，黑道上第一奇人公冶拙！

蕭之羽再也想不到，「三絕先生」公冶拙，就會在船艙之中！呆了一呆，道：「公冶先生，蕭某此來，除奉告『拈花玉手』的下落以外，尚有一事請教！」

公冶拙靜了片刻，道：「公冶拙已對武林中事，不聞不問，蕭兄不必再多講了。」

「五湖龍王」蕭之羽見公冶拙一再謝客，眼眉一豎，身形微擰，帶起一股勁風，欺到艙前，手伸處已將孫正推開一邊，一撩艙簾，進了艙中，停睛一看，不禁大吃一驚！

船艙中坐著一個輕袍鵝冠、面容清癯、身形頎長、年逾知命的長髯老人，看來簡直是一個恂恂儒者，正是「三絕先生」公冶拙，但是在他身後，卻還站著一個怪人！

那怪人長髮披肩，一身黃衫，身軀卻宛如風中之竹，枯瘦無比，襯得那件黃衫，更顯肥大。但裝束打扮，雖是奇特，面容卻甚清秀，顧盼之間，雙眼神光閃閃，宛若利剪！

「五湖龍王」蕭之羽陡地一呆，因為那個怪人右手，持著一件奇形兵刃，乃是一把藍光隱隱的大鐵鉤，正好勾在「三絕」先生公冶拙的頸上！

「五湖龍王」蕭之羽想不到，以「三絕先生」公冶拙的神通，竟會受制於人，略呆一頓，身形微擰，「嗆啷啷」一聲，抖出了四長五短、變幻莫測的奇門兵刃九節棍來，「刷」地一聲，長足有七尺的「九節棍」，已然抖得筆也似直，直點那怪人右半身「氣門」、「曲澤」、「肩井」三穴，使的正是一招「三曲還珠」！

那怪人發出一聲比冰還冷的冷笑，左掌突發，發至一半，突然掌勢一圈，變掌為抓，五指箕張，反向「九節棍」抓到，變招之快，快如閃電！

蕭之羽那一招「三曲還珠」中含無數變化，但是對方一招使出，指影如山，已將九節棍的變化，完全封住！

蕭之羽心知遇到了絕頂高手，猛地想起一個人來，大吃一驚，真力一送，九節棍「呼」地一聲，曲了回來，總算那人因要制住公冶拙，未趕向前來，但蕭之羽已出了一身冷汗，道：「歐陽老怪？」

他口中的「歐陽老怪」，便是僻居「崑崙」絕頂，脾氣也怪到極點，武林中人，聞名色變，喜怒無常，善惡不容的「歐陽老怪」歐陽獨霸！

那怪人突然仰天長笑，道：「原來還認得老夫，當真叫老夫高興得很！」

「五湖龍王」蕭之羽心中念轉，這「三絕先生」公冶拙和「歐陽老怪」歐陽獨霸兩人，全是出了名的難惹，自己來求見公冶拙，還可以說是來告訴他「拈花玉手」的下落，再問他兩年之前，「賞月大會」的經過，但和這個歐陽獨霸，卻是絕不能有半分糾葛！

一想及此，身形微晃，已想退出艙去，但只聽「歐陽老怪」「桀」地一聲怪笑，語音極冷徹骨，幾乎不似發自人類，一字一字地說道：「蕭朋友此時若走，只怕洞庭湖中，血染湖水！」

「五湖龍王」蕭之羽吃了一驚，知道他說得出，做得到，腳步便不由自主地，停了下來。

歐陽獨霸道：「蕭朋友請坐，待我問完了『三絕先生』，還要向蕭朋友請教『拈花玉手』的下落！」

蕭之羽倒抽一口冷氣，心想原來歐陽獨霸早已在船艙之中，自己可以說得是「天堂有路不去走，地獄無門闖進來！」

此時，如果不聽他的吩咐，他要與公冶拙爲敵，暫時可以無礙，但只怕事後，自己在洞庭湖數十年經營的基業，便要毀於一旦！

而兩年前「飛鷹山莊」中的無頭慘案，「飛鷹」裘逸、「八臂二郎」等慘死一案，據說也有「歐陽老怪」的份兒！

蕭之羽想至此處，更是不敢離去，暗忖反正「拈花玉手」不在自己手上，武林中如許高手，也輪不到自己佔有，又何妨等上一等！

重將「九節鞭」圍在腰間，在離開兩人六、七尺處的一張椅子上，坐了下來！

歐陽獨霸冷冷一笑，道：「『三絕先生』，我們講到何處了？」

公冶拙長眉略轉，面上隱現怒容，但是他頸在歐陽獨霸餵有劇毒的「九毒鉤」之中，只要歐陽獨霸對「九毒鉤」略一移動，劃破些皮膚，三個時辰之內，若找不到千年雪參、萬載冬青這一類靈草仙藥，便魂歸西天，因此儘管他心中暴怒，面上卻還仍持平靜，冷冷地道：「講到賞月大會，月華高升，便已開始，獨不見了『五湖龍王』蕭之羽一人！」

「五湖龍王」蕭之羽一聽，原來「歐陽老怪」已是在逼「三絕先生」道出兩年前「丹桂飄香賞月大會」的經過，這時，便叫他走，他也不肯走了。

歐陽獨霸冷然道：「請說下去。」

「三絕先生」公冶拙「哼」地一聲，道：「當時也無人主張等他，我便取出了『拈花玉手』，置在正中八仙桌上，重將賞月大會，可在月下比試，誰武功高的，便可得『拈花玉手』道明，並還即席試演一遍，證明真而不僞，但是過了一個多時辰，大家卻還是高談闊論，沒有一個人肯出手取這『拈花玉手』！」

「歐陽老怪」嘿嘿冷笑道：「難道與會群豪，忽生禮讓之心？」

公冶拙冷笑一聲，道：「只怕『歐陽老怪』你在那時，也一定不會出手！」

「歐陽老怪」冷然道：「我向來不講禮讓，也不信『匹夫無罪，懷璧其罪』這一套！」

「三絕先生」公冶拙哈哈大笑，說道：「『歐陽老怪』，只怕你如果出手，也得不到那『拈花玉手』！」

歐陽獨霸秀眉一挺，道：「莫非除你之外，會上另有高手？」

「三絕先生」雖然已被他制住，但想必歐陽獨霸得占上風，純屬偶然，因爲他言語之中，對公冶拙仍是相當尊重，推許他爲唯一堪與自己爲敵的高手！

公冶拙冷笑道：「你先出手，武功雖高，也不能戰遍群雄，只怕到最後，『拈花玉手』也爲他人輕易取得！」

「歐陽老怪」冷笑道：「原來『丹桂飄香賞月大會』，這樣高雅的一個集會，與會者卻全是些工於心計、只求揀現成便宜的小人！」

其實，即使歐陽獨霸在那賞月大會上，他也像他人一樣，絕不會最先出手，但此時他卻樂得如此說法，以顯出高人一籌。

「三絕先生」公冶拙長笑一聲，說道：「說得好！」

「歐陽老怪」正欲啓唇，忽然聽得艙側一人接口道：「什麼人說得好啊，再講來聽聽，若當真說得好時，窮道士爲他浮三大白！」

語音清晰，宛若起自身側。

「歐陽老怪」面色微變，「哈哈」一笑道：「發話自稱窮道士的，莫非是『窮家幫』中人物麼？」

那聲音道：「正是！」

艙側的窗子，忽被打開，只見探進一個蓬首垢面的人頭來，嘴旁兀自滴酒，醉眼乜斜，向艙中一看，「啊呀」一聲，道：「咦？崑崙山上赫赫有名的『歐陽老怪』，什麼時候改行，做起剪徑的小賊來了？」

歐陽獨霸長眉軒動，道：「你這醉不死的化子，滿口胡謅什麼？」

探進頭來的，正是「酒丐」施楠！

施楠向他手中那柄「九毒鉤」一指，道：「從來只見剪徑的小賊，將刀擱在人頸上，要人拿出買路錢來，你如今行徑，豈不有五分相像？」

歐陽獨霸冷冷地道：「我七上『丹桂山莊』，『三絕先生』均不肯將兩年前賞月大會經過相告，不得已出此下策，豈是心願？」

施楠拍手道：「原來是請『三絕先生』講講兩年前賞月大會的經過，想當年窮道士也曾騙得一頓酒飯，只不過未曾有這等雅興，倒也不知道爲何那些人，一個個都變成鋸了嘴的葫蘆，也要來聽聽！」

竟從窗中爬了進來，來到蕭之羽身旁坐定，才一坐定，又搖其頭，道：「『歐陽老怪』，你這樣子，我看了總不順眼，快將『九毒鉤』拿開些！」

歐陽獨霸哈哈一笑，道：「這卻不成，『九毒鉤』一拿開，賞月大會的經過，便聽不到了！」

施楠笑道：「『歐陽老怪』，你未免有點以小人之心，度君子之腹！」

施楠一進來，便對「歐陽老怪」冷嘲熱諷，「歐陽老怪」已然心中大是不悅，但他卻知道施楠武功，有獨到的造詣，並不是易惹的人物，就在這船上，若是「三絕先生」公冶拙、「五湖龍王」蕭之羽，和「酒丐」施楠，三人一齊對付自己，自己便占不了便宜，因此才始終不發作。

施楠講完，捧起葫蘆「咕嘟」喝了一口酒，將朱紅葫蘆，轉向「歐陽老怪」，道：「今日有酒今日醉，莫使金樽空對月！來，『歐陽老怪』，你也喝上一口！」

內家真力一逼，「轟」地一聲，滿艙皆是酒香，從那朱紅葫蘆之中，射出一股酒箭，直向「歐陽老怪」射去！

那股酒箭，去勢如電，才一射出，便轟轟發發，宛若從朱紅葫蘆之中，飛出一條蛟龍！」

歐陽老怪想不到施楠會突然出手，那股酒箭，尖梢已化成萬千酒點，一起灑到，只得手向前一送，將「九毒鉤」鬆開了「三絕先生」的頭頸，「呼呼」兩掌，掌風如山，將那股酒箭逼住。

「三絕先生」公冶拙早已趁機逸出，那一股酒箭「轟轟」地爆散，滴滴穿艙而出，落在江面上，還激起尺許高的無數水柱！

「五湖龍王」蕭之羽見這兩人，功力之高，遠在自己之上，枉自洞庭稱王，但和他們一比，卻大大不如，心中不禁感慨萬千！

只聽得公冶拙一聲長笑，已和「歐陽老怪」四目相對。

兩人一動也不動地望了半晌，公冶拙朗聲大笑，道：「『歐陽老怪』，你若是嫌艙中大小，我們便去艙外，見個高下！」

歐陽獨霸爲了想探聽「天香三寶」——「拈花玉手」、「駐顏丹」和「奪命黃蜂」，曾七上「丹桂山莊」，找尋「三絕先生」公冶拙，但毫無結果。

這一日，歐陽獨霸在江中棹舟，無意中碰到那艘大船，卻聽出艙中有歎息之聲傳出，認出是公冶拙所發，這才悄沒聲息地掩進艙中。

本來，以公冶拙的武功而論，也不致於一上來便為「歐陽老怪」所制，但兩年來，公冶拙根本沒有在「丹桂山莊」居住，歐陽獨霸七上「丹桂山莊」尋不到公冶拙，也因為這個道理。

公冶拙在船中住了兩年，從無人知，根本未曾想到會被歐陽獨霸發現，正在假寐，待到覺出有人進入艙中，歐陽獨霸的「九毒鉤」，已然勾住了他的頭頸！

直到「酒丐」施楠，突發酒箭，公冶拙才立即脫困，要與「歐陽老怪」，見個高下。

「歐陽老怪」向「酒丐」施楠惡狠狠地瞪了一眼，施楠卻仍然自顧自地捧起葫蘆飲酒。

「歐陽老怪」也是哈哈一笑道：「便在這艙中見個高下如何？」

公冶拙道：「好！」

語音未畢，手中已然多了一柄長劍，手腕抖處，劍花朵朵，滿艙劍影，如山壓下！

歐陽獨霸心中一凜，心中暗叫：「好劍法！」

「九毒鉤」當胸一橫，迎了上去！

這兩人俱是當世之間，一流高手，一出手便見不凡，但見劍氣鉤影，剎那之間，「叮叮噹噹」七、八響，兩人才倏地由合而分，各自退後一步。

剛才，公冶拙一出手便是一招「大雪紛飛」。當年他在長白山上，一劍將四支巨燭，削成四七二十八段，用的便是這一招。

而「歐陽老怪」使的，乃是他「震天爍地九毒鉤法」中的一招「天搖地動」。

這兩招全是博大精奧，一流武術，是以鉤、劍相交之聲，宛若以輪指奏樂，連續不斷，驚心蕩魄！

兩人只交手一招，便已各知對方功力，與自己在伯仲之間，若欲求勝，切不可操之過急，因此只以神光炯炯的眼光，罩住對方，一時之間，倒靜到了極點。

十五 撲朔迷離

正在此際，只聽得「酒丐」施楠大聲道：「公治拙先生，這就是你的不是了！」

公治拙心無旁騖，只是順口答道：「老夫怎麼不是？倒要請教！」

施楠笑道：「公治先生，三絕冠天下，剛才『九毒鉤』加頸，一定是不小心著了『歐陽老怪』的道兒，窮道士好意將『歐陽老怪』弄開，原是爲了要公治拙先生詳細講述『賞月大會』的經過，卻不是要看你們兩人，各展神通！若是公治先生無意講述，只顧動手，窮道士只好仍請『歐陽老怪』將『九毒鉤』加在先生的頸上了！」

那一番話，施楠講時，搖頭擺腦，一如嬉戲。

但「三絕先生」公治拙不免心中尋思，剛才施楠那一度酒箭，力道之強，驚世駭俗，若是他和「歐陽老怪」合力，來與自己作對，只怕難討公道！

他名拙實巧，心思縝密，略想了一想，便哈哈一笑，道：「兩位既要聽兩年前『賞月大會』的經過，公治拙又何吝詳告？」

他眼向「歐陽老怪」一斜，又道：「歐陽老怪，我們這一場比試，暫且押後如何？」

「歐陽老怪」「哼」地一聲，道：「悉聽尊便！」

「酒丐」施楠拍拍掌笑道：「這才是啦！待公治拙先生講完之後，你們兩人儘管動手，窮道士與這位蕭龍王，只作壁上之觀，誰勝誰負，『窮家幫』兄弟遍天下，一定要爲勝者頌揚！」

「酒丐」施楠雖然是突梯滑稽，遊戲風塵，但是卻胸懷浩然正氣，明知公冶拙和「歐陽老怪」俱不是什麼好東西，還唯恐他們事後罷手不打，因此特以言語相譏，令他們不得不見個你死我活！

公冶拙和歐陽獨霸兩人，也明知施楠之意，但是卻只有「啞子吃黃蓮」，總不能服軟認輸？

兩人一齊「哼」了一聲，坐了下來。

施楠道：「便請公冶拙繼續講下去！」

公冶拙面色突趨嚴肅，道：「其時，老夫見無人出手，便道，『拈花玉手，乃天香三寶之一，老夫無意自珍，公諸天下同好，未料到各位如此謙讓，倒有失老夫原意了。』話剛講完，忽然聽得遠處傳來一陣悲吟之聲，令人毛骨悚然！」

「五湖龍王」蕭之羽聽到此處，心中猛地一動，想起當日黃昏，自己漫步山間，所聽到的那陣低吟聲來。

公冶拙面上像是猶有餘驚，道：「那低吟之聲，自遠而近，瞬息即至，疾逾閃電，眾人早覺耳際『嗡嗡』亂響，恰好此時烏雲遮月，只見一條人影，繞林而走，片刻之間，桂枝上所掛各燈，盡皆熄滅！」

船艙中施楠、蕭之羽、「歐陽老怪」三人，全都屏息靜氣，一言不發。

公冶拙續道：「那人將所有掛燈，盡皆弄熄後，突然一陣狂笑，立於『拈花玉手』之旁，黑暗中只見他長髮披肩，身材瘦長，雙手指甲，更是長得驚人，一探手，竟向『拈花玉手』抓去！」

他頓了一頓又道：「他一出手，立時有三、四人一起撲出，便被他雙臂一振，一股極大的內家罡氣，震了出去，跌倒在丈許開外！」

施楠點頭砸腦，突然插言道：「這三個人，可是賞月大會後不久，便內傷驟發的『江南三傑』，褚氏兄弟麼？」

公冶拙點了點頭，道：「不錯，當時褚氏兄弟，以為自己兄弟三人，練就『天、地、人』三才掌法，必可操勝券，將『拈花玉手』搶到，趁黑逃去，怎知他們尚未出手，便已被絕頂內家罡氣震成重傷，自己還全然不覺，回到家中，方傷重而亡！」

歐陽獨霸道：「公冶先生，這來者是誰？」

公冶拙並不理他，自顧自道：「非但褚氏兄弟被那股內家受罡氣擋出，所有與會之人，也俱感到一股大力湧來，身不由主，連人帶桌椅，一齊被擁出三尺！然而桌上酒水，卻又半滴不曾外濺！」

施楠「咦」地一聲，道：「此人武功之高，只怕天下無雙！」

公冶拙頓了一頓，又道：「我們方自錯愕間，那人已然冷冷地道：『拈花玉手，為拙荊遺物，豈容你等爭奪？』」

施楠、歐陽獨霸、蕭之羽三人，聽到此處，異口同聲道：「啊！來的竟是『幽靈谷』的那個『幽靈』，『天香娘子』之夫？」

公冶拙接著道：「正是這位傳說之中，日日在『幽靈谷』悲啼的『幽靈』，不知他何以突然來到了『丹桂山莊』！老夫忝爲主人，當時便道：『在下無意玷辱天香娘子遺物，不意閣下來到，自然物歸故主！』那幽靈『嘿嘿』兩聲怪笑，道：『尚有駐顏丹及奪命黃蜂何在？』一面說，一面頭部緩緩轉動。其時天雖已黑，但見他雙眼綠光閃閃，掩映於長髮之間，卻是令人股慄，眾人無一出聲，那『幽靈』突然一掌，『轟』地一聲，擊在桌上，道：『念在今天我重得亡妻遺寶，不予追究，在此之人，若敢將此次會中，我曾到來一事講出，定叫連聽到的人，一起死於我太陽神抓之下！』」

公冶拙講到此處，突然停了下來。

蕭之羽、施楠、「歐陽老怪」三人，不由得盡皆一怔，難怪那次「丹桂飄香賞月大會」，竟會成爲武林中大謎，原來「幽靈谷」那個「幽靈」，曾發下警告，無論說出或是聽到的，都難免死在他「太陽神抓」之下！

公冶拙冷笑一聲，道：「那『幽靈』說完之後，便如飛而去！全部經過，便是如此，我已將此事說出，你們三人，均已耳聞，哈哈，如今我們四人，已然同一命運了，哈哈！」

「歐陽老怪」和施楠、蕭之羽三人，不由得面面相覷，再也想不到，聽到「賞月大會」的秘密，便等於和那個武功通天的「幽靈」，結下了怨仇！

隔了半晌，蕭之羽才道：「公治先生，這其中怕有誤會。」

公治拙道：「倒要請教。」

蕭之羽道：「久聞『幽靈谷』中，那位『幽靈』自從愛妻『天香娘子』死後，便隱居大別山中，聲言此身已同死去，只是一身絕藝，未得傳人，故而忍痛偷生，所以才自號『幽靈』，在一身絕藝，得到傳人之後，便自殺而死，生前絕不可能出『幽靈谷』半步，然而當日突在會上出現的那人……」

公治拙道：「兄台的意思，可是以爲那人不是『幽靈谷』主人？」

「五湖龍王」蕭之羽頷首。

公治拙道：「但不知除了那『幽靈』以外，天下尚有何人，善『太陽神抓』之法，倒要請教！」

蕭之羽猛地一怔，想起兩年之前，自己躲在石筍之後，那通紅的手掌，威力無比的一抓來，不由得啞口無言！

公治拙歎了一口氣，道：「那位『幽靈』，可能是閉關日久，以致性情乖戾，是以才做出如此事來，他臨行之際，曾留下一句話，說誰敢不聽他的話，褚家三傑，便是榜樣！」

蕭之羽、「歐陽老怪」、施楠三人，更是機伶伶地打了一個寒顫。江南武林中，盛傳劍法超群、內功精湛的褚家三傑之名，三人也全是武林中一流高手，但是卻同一時地，重傷「丹桂山莊」之內，可見這位「幽靈」的武功，確是震古鑠今，無人能敵！

三人均感到背脊上起了一陣涼意，尤其是「五湖龍王」蕭之羽，更覺得那隻通紅的手掌，隨時隨地，可以向自己罩下來一樣！

公冶拙卻「哈哈」強笑，道：「『歐陽老怪』，你可算是遂了心意？」

歐陽獨霸「嘿」地一聲，不言不語，半晌方道：「蕭龍王，你適才說曾得『拈花玉手』的下落，乞道其詳！」

蕭之羽便將在洞庭湖開水路英雄大會，比武共推盟主一事，詳細說了。

公冶拙道：「如此說來，兩年間江湖盛傳，『幽靈谷』之『幽靈』已得傳人一事不虛，那青衫少年，不知是何人，又不知『幽靈』曾否依言自殺？」

只要那「幽靈」果然依言自殺的話，「三絕先生」公冶拙可說了無所懼了！

但「五湖龍王」卻道：「只怕不會！若是那位『幽靈』，已經自殺，何人有此能耐，盡滅湖上燈火，刹那之間，折了堅固無比的水上擂台？」

船艙中重又靜了半晌，「五湖龍王」蕭之羽只覺得如芒在背，深悔自己多此一舉，立即告辭，而「歐陽老怪」也無心與「三絕先生」公冶拙再鬥，也告別而去。

只有「酒丐」施楠強作鎮定，「哈哈」大笑，高歌道：「生死何所憂？但求日有酒！」

自窗中竄出，落在那無篷小船之上，逕自去了！

這幾人的事情，暫且擱下不表。

卻說時光易過，轉瞬之間，秋盡冬來，在長江下游，江蘇蕪湖境內，忽漂下了一隻小船。

小船之中，坐著兩個人，一個是神態威猛的中年人，另一則是一目已眇，一足已跛，看來神態甚是萎頓的老者。

那中年人望著來往客船，忽然長歎一聲，道：「胡四哥，兩年多來，我們東走西奔，到處逃避，但是卻未曾聽得那『幽靈』再次出現的消息！」

那眇目跛足的，正是「鐵扇賽諸葛」胡子玉，而那神態威猛的，便是「神鉤鐵掌」許狂夫了！

胡子玉歎道：「賢弟，那幽靈在搜尋『駐顏丹』與『奪命黃蜂』的下落，我們身懷……」講到這裏，突然四面一望。

許狂夫笑道：「胡四哥，常言道隔牆有耳，我們獨處江心所講的話，難道還怕被人聽去不成？」

胡子玉苦笑一下，續道：「我們身懷這兩件異寶，不得不到處走避，本來，算來兩年之期已滿，韋明遠習藝已該成功，那『幽靈』也該自殺，但是那『幽靈』卻又在江湖出現了！」

許狂夫面現訝色，道：「兩年多來，小弟與你不離左右，何以小弟不知那『幽靈』重在江湖上出現一事？」

胡子玉一笑道：「賢弟，你可還記得，半個月前，我們在高郵湖上，聽得易大舵主的兩個得力幫手，談起洞庭湖中，爭奪水路英雄盟主一事？」

「當然記得！」許狂夫點頭道。

胡子玉道：「賢弟，那次大會，不了了之，也和兩年多前，賞月大會一樣……」

許狂夫接口道：「胡四哥，你說滅燈折台，也是『幽靈』所爲？」

胡子玉沉吟道：「八成是他，但我尙有一些問題未明，因此不敢肯定。」

許狂夫道：「你向有『賽諸葛』之稱，難道還有什麼事可難得倒你？」

胡子玉笑道：「『賽諸葛』之稱，不過是江湖朋友的稱譽而已。你想，當年『拈花玉手』既被那『幽靈』取去，如今又出現在一個青衫少年手中，那青衫少年是誰？」

許狂夫略想了一想，道：「自然是『飛環鐵劍震中州』之子，也是你胡四哥教他進入『幽靈谷』的韋明遠了！」

胡子玉讚道：「賢弟猜得不錯，但問題就在這裏，既然那手持『拈花玉手』的少年是韋明遠，便也是『幽靈』的唯一傳人，那『幽靈』爲何又要突然出現，而韋明遠以及『雪海雙凶』等人，又何以突然沒有了蹤跡？難思難解之處，便在這裏！」

許狂夫想了片刻，搖頭道：「胡四哥你也想不出，小弟更是無能爲力了！」

兩人說話間，船已然靠了岸，那蕪湖久是江南第一大鎮，出名的魚米之鄉，人物薈萃之地。兩人棄舟登岸走了不遠，便來到了一所築得極是巍峨，畫簷飛棟的大宅面前。「鐵扇賽諸葛」胡子玉裝著毫不在意的神氣，但是卻在宅旁徘徊有頃，還著實仔細地打量了那大宅幾眼。只見那大宅門庭冷落，朱漆剝離，想是主人家境況不順，反顯得十分淒涼。

胡子玉在門口梭巡久久，才又和許狂夫向前走去，許狂夫不明所以，低聲道：「四哥，蕪湖地當要衝，三教九流的人物極多，就不怕被人看出我們的行蹤麼？」

胡子玉「哈哈」一笑，道：「賢弟，愚兄自有道理，這所大宅，晚上有好戲可看，咱們切莫輕易地放過了！」

許狂夫不知他何所據而云然，但知他這位胡四哥智高才豐，所說定有道理。

十六 故人作現

兩人一路來到一客店門口，剛跨了進去，忽然覺得眼前一亮。

只見一個全身粉紅色衣著的妙齡少女，正站在櫃檯面前，道：「掌櫃的，給我留一間上房！」

「噹」地一聲，抛了黃澄澄的一錠金子，便轉身走了出來，恰好和胡子玉、許狂夫兩人，打了一個照面，兩人一齊望去，只見那少女星眸流波，雲鬢高挽，青山為眉，瓊鼻貝齒，是一個絕色美麗少女！

兩人呆了一呆，只見那絕色少女出了客店，逕自去了，可是她那鶯鶯嚦嚦的語聲，還像是不斷在人耳際縈迴。

許狂夫想要說什麼，可是卻給胡子玉使眼色止住，兩人也笑到櫃檯旁邊，只見帳房先生，拈著那錠金子發怔，胡子玉正要開口，忽然聽得背後，有人發出極是冷峻，「哼」地一聲冷笑！

胡子玉斜眼看時，只見店堂中零零落落地坐著不少人，也不知笑聲是何人所發。

但「鐵扇賽諸葛」是何等樣人，剛才那一下冷笑，聲音雖低，但他也已將方向辨明，循聲望去，只見東北角上，坐著一個灰袍男子，面牆而坐，卻是看不清臉面！

胡子玉連忙回過頭來，道：「掌櫃的，我們兩人，要一間上房！」

帳房先生「噢」地一聲，收起了那錠金子，一疊連聲地道：「有！有！有！」

立即差店小二將兩人引到了院落中，進了一間佈置得居然甚爲雅緻的房間。

兩人一進了房，胡子玉便將門關上，側耳一聽，只聽得帳房先生道：「這兩位客官的隔壁一間，留給一位姑娘，千萬小心伺候！」

胡子玉面上略露笑容。

「神鉤鐵掌」許狂夫實在憋不住，低聲問道：「胡四哥，你錦囊之中，究竟賣的是什麼關子，小弟實在難明！」

胡子玉「哈哈」一笑，道：「賢弟，愚兄剛才停留的那所大宅，是什麼人的，你可知道？」

許狂夫道：「我若是知道，也不用費這多心思去猜想了！」

胡子玉道：「近年來江湖上傳說的一段佳話，『塞北雙龍』中的『玉龍』龍倚天，和『黔南一鳳』冷翠，在黃山比劍，竟結連理，你可知道？」

許狂夫道：「此事人人皆知——胡四哥，你可是說剛才那絕色女子，便是『黔南一鳳』冷翠？」

胡子玉笑道：「賢弟，剛才那少女，二十不到，冷翠卻已是少婦，怎會是她？」

許狂夫更如身處五里霧中，道：「然則那大宅主人又是誰？」

胡子玉歎了一口氣，道：「就是兩年多前，在『丹桂山莊』，中了那『幽靈』內家罡氣，歸來便死去的『褚家三傑』所有！」

許狂夫「噢」地一聲，道：「那宅主人早已死去，宅中還有什麼大事？」

胡子玉道：「賢弟你有所不知，我與『褚家三傑』是打出來的交情。早年，我在蕪湖做了一件大案，劫了蕪湖首富，李百萬家的兩樣傳家之寶。卻不知李百萬爲人甚是俠義，也結交了不少江湖豪俠，『褚家三傑』，既在蕪湖，李百萬立即請他們來商量，他們三人一見牆上所留鐵扇標誌，便知事情是我所爲！」

「鐵扇賽諸葛」胡子玉講到這裏，略停了一停，那是他眇目跛足之前的事，算來已將有二十年的時光了，因此他不免發出了輕輕的喟歎。

頓了一頓，才道：「不是愚兄自誇，誰見了愚兄這鐵扇標誌，怕也不敢強出頭。但一則李百萬不是心疼銀子，而所失的兩件，乃是傳家之寶，不願失去，寧願以銀子交換，只要追回原物。而『褚家三傑』在武林中嶄露頭角，也想鬥一鬥我這『鐵扇賽諸葛』胡子玉，以揚名天下！」

許狂夫不由聽得出神，他、胡子玉、裘逸三人，雖然結義，情同兄弟，但這位胡四哥早年的許多事，他卻並不知道！

胡子玉又道：「我們約定了在黃山腳下比試，到時，他們三人，展開『天地人三才劍法』，圍攻我一柄鐵扇，從晨到午，不分勝負。我也深服他們武功，出言諷刺，說他們年紀輕輕，武學上已有此造詣，但卻甘心爲富家護院！

「他們三人，立即停戰，三柄長劍，搭在一起，道出李百萬之意，並問我劫此傳家之寶何用。我本是爲了黃河決堤，災黎哀鴻，是以才爲那些嗷嗷待哺的災民做幾件大案，便開口要二十萬兩銀子，怎知他們三人竟代李百萬一口答應！

「從此我們便成了相識。賢弟，你可還記得他們三人，在『丹桂山莊』被那『幽靈』以內家罡氣震出之後，曾說什麼話來？」

許狂夫略想一想，道：「記得，當時群豪大嘩，褚老大叫道：『是好漢，兩年另五個月後，敢到蕪湖一行麼？』」

胡子玉道：「不錯，褚老大叫出這句話後，那『幽靈』便表露了自己的身分，從此便寂然無聲，事後，我們正與『褚家三傑』一齊離開『丹桂山莊』。『褚家三傑』已自知內傷甚重，性命難保，絕不能拖到兩年另五個月之後！」

許狂夫道：「是啊，那他們又約那『幽靈』，兩年另五個月後，到蕪湖來做什麼呢？」

胡子玉道：「他卻和我說了，原來隱居峨嵋山頂，向不問世事的『靜心老尼』，卻和『褚家三傑』家中有些瓜葛，至於什麼關係，我卻也未曾細問，不甚清楚。『靜心老尼』每隔五年，方下山一次，定要到蕪湖褚宅來走上一遭，探望他們。」

許狂夫道：「是了，他們想借靜心大師太之手，爲他們報仇？」

胡子玉道：「『褚家三傑』的意思，正是如此，算來事至今晚，正好是兩年另五個月！」

許狂夫道：「胡四哥，這便是你的不是了！」

「鐵扇賽諸葛」胡子玉一笑，道：「愚兄怎的不是，賢弟請說！」

「神鉤鐵掌」許狂夫道：「我們兩年多來四處飄蕩，為的就是要避開那『幽靈』，如今明知他可能會在蕪湖出現，避開去還來不及，為何反倒送上門來？」

胡子玉道：「賢弟有所不知，我們以前，四處隱避，為的是怕那……」說到此處，突然壓低了聲音：「為的是怕那『天香三寶』之中，倒有兩件在我們處，被那『幽靈』知道，但如今聽得江湖上說起，『拈花玉手』已然重現，『奪命黃蜂』和『駐顏丹』的下落，卻絕無人知，我們又何必再躲避？」

許狂夫仍是不以為然，道：「胡四哥，那也犯不上和『幽靈』見面。」

胡子玉道：「這便是了，裘二弟的仇人是誰，我們雖然未知，但此人武功之高，一定可想而知，合我們兩人之力，未必能勝，要為裘二弟報仇雪恨……」他拍了拍靴子，道：「全在這『奪命黃蜂』身上！」

許狂夫暗暗點頭，讚許胡子玉心思縝密。

胡子玉又道：「那『駐顏丹』，我們垂垂老矣，要來無用，但『奪命黃蜂』的威力，想來你也曾聽說過，『天香娘子』昔年曾言，不發則已，發而不取人命，絕不收回，但『奪命黃蜂』究竟是什麼東西，賢弟你可曾見過？」

許狂夫笑道：「胡四哥莫開玩笑，小弟若是見過『奪命黃蜂』，早已魂歸西天了，還能與你在這裏促膝長談麼？」

胡子玉道：「我們自從在『東川三惡』身上，得了那『奪命黃蜂』之後，為了怕露面，引人覬覦，因此輕易也不取出。你也見過，只是一枚黃銅圓筒，內有何物，如何用法，卻是不知，雖然身懷至寶，但卻如懷著廢物一樣？」

許狂夫道：「豈止廢物，若給人知道，還有無數麻煩哩！」

胡子玉接道：「所以我今日要到蕪湖來，見一見那位『幽靈』，一則，希望能夠弄清『奪命黃蜂』的黃圓筒之內，究竟有些什麼事物，如何用法；二則，還想弄清一件怪事！」

「神鉤鐵掌」許狂夫急問道：「什麼怪事？」

胡子玉沉吟片刻，道：「便是那兩年另五個月前，曾出現在九華山上的那位『幽靈』……」

許狂夫道：「那位『幽靈』又有何怪？」

胡子玉道：「他曾發誓一身絕藝，有了傳人之後，便追隨愛妻『天香娘子』於九泉之下，如今青衫少年手持『拈花玉手』，傳人已有，他卻重現江湖，未免與他為人不合！」

「神鉤鐵掌」許狂夫失色道：「胡四哥，你難道說，出現在『丹桂山莊』的那『幽靈』是假的？如此說來，害死裘二哥的，也必是他了？」

胡子玉面色神肅，道：「這事如今卻還難肯定，不過也有此可能。——噓，噤聲！」

只聽門外傳來帳房先生的聲音，道：「小姐，就是這間，請看看是否喜歡？」

一個嬌美已極的聲音道：「好，就這兒吧！」

胡子玉倏伸中指，在牆上一戳，整個中指，立時陷入牆內，這「金剛指」功夫，練至這般程度，武林中會者，確然不多。

胡子玉隨即將手抽出，那牆的厚度，自然不止一個手指，但是他這一戳，在自己房間這面牆上，出現了手指大小的一個孔，在鄰屋的牆上，卻出現了米粒大小的一個小孔！

在客店的牆上，有那麼一個小孔，可以說是誰也不會加以注意的事！

胡子玉湊過去看時，只見那絕色少女，進了房間，卻取出了一面粉紅色的旗子，平放在桌上，旗上繡著「洞庭蕭」三字。

胡子玉以指蘸茶，在桌上寫道：「那少女是洞庭湖『五湖龍女』，傳說她與那青衫少年相好，好戲正在後面！」

又見那絕色少女嘴唇掀動，像是講了幾句什麼話，可惜無法聽到。

胡子玉見了這等情形，心中不禁一動，暗忖難道鄰室已然早有人在？

一想及此，胡子玉不由得心中發寒，因為剛才他和許狂夫的一番話，若是隔牆有耳，被人聽了去，那還了得？

胡子玉一動也不動，更是用神細看，由於那孔眼甚小，望了過去，只能夠看到鄰室的一部份，只見「五湖龍女」蕭湄，軟語倩笑，分明是和人在講話說笑！

胡子玉忙又以耳湊在牆孔上一聽，只聽得蕭湄的聲音，道：「你已經來了很久了？蕪湖可真熱鬧，你看，這是我叫人趕工繡出來的，多精緻！」

胡子玉臉上驟然變色，心中暗叫：「不好！」

一拉許狂夫，低聲道：「快走！」

「神鉤鐵掌」許狂夫莫名其妙，道：「四哥，你看到了什麼？」

胡子玉附耳低聲道：「剛才一時不察，原來鄰室早已有人，我們剛才的話，若是被他們聽了去，只怕從此武林異人，將要對我們兩人，日日追蹤，雖然不怕，究竟防不勝防！」

許狂夫也是吃驚，補了一句，道：「而且還有那身分未明的『幽靈』！」

胡子玉本來已身形微擰，來到房門口，卻突然止步，一咬牙，低聲道：「賢弟，若是我們剛才的話，已被人聽到，只怕此時已然難以走脫，我們豈可驚惶失措，錯過了能探聽到『奪命黃蜂』用法的大好良機？」

許狂夫道：「四哥，我們與裘二哥昔年誓同生死，他雖死去，我們不能不為他報此深仇，自己雖死何妨！」

此語豪氣干雲，胡子玉不由得叫了一聲：「好！」

隨著一聲叫喚，肩頭微晃，手上已多了一柄通體烏黑、隱泛精光的奇形摺扇，這柄摺扇，正是十餘年前，江湖上無人不知的「七巧鐵扇」！

許狂夫也手在腰際一抹，只見精光一閃，他手中也多了一件奇形兵刃，乃是一條通體紅色、細如手指、半透明的蛟筋，長約四尺，末端帶著一個寒光閃閃，鐵錨也似，共有三個鐵鉤，鋒利無比的兵刃！

兩人相對一笑，心中俱都暗想，這兩件兵刃，俱都多年未用，今日若能遇上勁敵，倒可以一展所長！

胡子玉低聲道：「賢弟，你守住門窗，一有動靜，立即出手！」

「神鉤鐵掌」許狂夫答應一聲，雙目神光炯炯，全神貫注。

胡子玉又來到那小孔處，湊上眼去向鄰室一看，只見「五湖龍女」蕭湄，仍是在和人說話模樣，但是卻苦於那洞太小，無法看清她說話的對象是誰。

耐著性子，等了片刻，忽然見「五湖龍女」蕭湄，伸過手去，隔著一張桌子，接過一件物事來，胡子玉定睛一看，不由得大驚失色，饒是他智高才博，生平遇事，極是鎮靜，也不禁發出極是輕微的「噫」的一聲，只見蕭湄突然轉過頭來，想是已然聽到了胡子玉的聲音！

胡子玉立即後退，許狂夫看出情形不好，手腕一抖，「蛟筋神鉤」已然抖得筆也似直。

胡子玉身形微擰，道：「快走！」

「刷」地一聲，一溜灰煙，便從窗中竄了出去，他雖然一腿已跛，但行動之快，卻仍是驚世駭俗，快疾無倫！

許狂夫手腕一沉，「神鉤」在地上一點，就著那一點之勢，跟在後面，一先一後，出了窗戶，胡子玉伸手在許狂夫肩上一按，兩人便伏在窗下。

剛一蹲下，便聽得「砰」地一聲，房門已被人打開，同時傳來「咦」地一聲，道：「湄妹，剛才妳說房中有人聲，何以竟然空無一人，難道他們身法如此之快？」

講這話的，乃是一個年輕男子口音，胡子玉一聽，緊張的面色，便顯得緩和了許多。

接著，便聽得一個女子道：「我豈有聽錯之理，只怕人家也是老江湖，一發覺自己出了聲，便躲起來了！」

那年輕男子又道：「他們若是覬覦『拈花玉手』，豈非自討苦吃？」

胡子玉以肘一碰許狂夫，附耳道：「收起兵刃來！」

許狂夫依言做了，卻不知胡子玉葫蘆裏賣的是什麼藥？

原來胡子玉剛才在那牆孔之中，看到蕭湄伸手接過的，正是「拈花玉手」！

胡子玉早已知道「拈花玉手」，重現江湖，也不至於那麼吃驚，他大驚之故，而是爲了

「拈花玉手」之上，還附著幾枚暗器。

而那幾枚暗器，卻不是別的，正是「神鉤鐵掌」許狂夫的另一絕學，「無風燕尾針」！

那「無風燕尾針」打造得極是特別，乃是三菱形，長約兩寸，尖端作燕尾開岔的鋼針，發時不論用力多大，了無聲息。

胡子玉與許狂夫數十年交情，自然一看便認得，而且立即想起一件事來，所以才大驚失色！

如今，他伏在窗下，聽出那聲音，正是兩年多前，自己爲他紮燈，指點他進「幽靈谷」去的韋明遠，心中便放心了許多。

因爲韋明遠並不知道自己的真正身分，「五湖龍女」蕭湄年紀也輕，自己也是看到了「洞庭蕭」三個字後，才想起是她來的。「神鉤鐵掌」許狂夫，近來也不大在江湖上走動，因此他們兩人，可能根本不會知道究竟是何等樣人！

心念轉動，咳嗽一聲，竟然站了起來！

許狂夫大吃一驚，不知道他要做什麼？

但已然聽得胡子玉道：「韋老弟！韋老弟！想不到當年大別山一別，已有兩年多了！」

在屋中的一男一女，一起抬起頭來，那男的一領青衫，劍眉星目，丰神颯爽，瀟灑出眾，正是兩年多前，在「幽靈谷」中，愁容滿面的韋明遠！

十七 當年往事

韋明遠一見是當年引導他進入谷中的胡老四，也不禁滿心歡喜，道：「原來是你！」

胡子玉一拍許狂夫，許狂夫縱使聰明才智不如胡子玉，也知胡子玉碰到了熟人，站了起來，但是一見韋明遠手上那隻「拈花玉手」上面，附著三枚自己的成名暗器，「無風燕尾針」，心中也不禁爲之一凜！

只聽得胡子玉哈哈笑道：「韋老弟，兩年多不見，益發英姿颯爽了，不知韋老弟血海深仇，可曾報得？」

韋明遠劍眉一揚，沉著聲音道：「多謝老前輩關心，本來晚輩已可將仇報去，但如今卻還未能殺敵洩恨！」

胡子玉爬進了窗戶，裝得行動極是遲緩，道：「韋老弟，我給你介紹一個朋友，這位是我把弟，姓楊，排行第五！」

許狂夫聽得胡子玉說他名叫「楊五」，不由得奇怪，但卻並不分辯。

韋明遠只是淡淡地點了點頭，道：「老前輩，適才在鄰室的，便是你們兩人？」

胡子玉道：「不瞞韋老弟說，我們兩人，想作一宗買賣，卻看錯了人！」

「五湖龍女」蕭湄「咯」地一聲，笑了起來。

韋明遠劍眉略皺，道：「老前輩，黑道上生涯，總是不齒於人，在下對前輩昔年指引之德，萬不敢忘，才敢直言！」

胡子玉道：「韋老弟說得是！韋老弟手中，可便是傳說中的『拈花玉手』？」

韋明遠道：「不錯！」

胡子玉裝出伸手欲取的樣子，但又立即縮回手去，道：「韋老弟，不知可容在下一看麼？」

韋明遠道：「胡老前輩使我得遇明師，報仇有望，恩同再造，焉敢推辭！」

胡子玉將「拈花玉手」取在手中，對著這樣一件異寶，心中也不禁「怦怦」亂跳，加上現在在他處的「奪命黃蜂」和「駐顏丹」，「天香三寶」不是全了麼？

但是眼前這兩人，年紀雖輕，在武學修為上，卻全都有極高的造詣，尤其是韋明遠，既已得「幽靈」所傳，則「太陽神抓」，兩丈之內，抓人頭頂，一發必中，自己只要稍露不軌之意，只怕就難討公道！

因此只是略看一看，便還給了韋明遠，並還指著上面所附的那三枚「無風燕尾針」，用極不經意的口氣道：「這三枚暗器，韋老弟從何處而來，倒像是傳說中的燕尾針！」

韋明遠道：「老前輩見識果然高人一等，這是『無風燕尾針』，乃是『神鉤鐵掌』許狂夫的獨門暗器。」

胡子玉「噢」地一聲，望了許狂夫一眼，道：「此人名頭，我也曾經聽過，不知韋老弟和他有何瓜葛？」

韋明遠忽然長歎一聲，道：「他是什麼樣人，我也未曾見過，但是如果我遇上了他，卻非取他的性命不可！」

「神鉤鐵掌」許狂夫，一聽韋明遠要取他性命，濃眉一豎，便待發話，但是卻被胡子玉用極巧妙的一個眼色止住，問道：「聞聽說『神鉤鐵掌』許狂夫其人，一生行俠仗義，在江湖上名聲頗好，不知韋老弟何以要取他性命？莫非他竟是個浪得虛名之徒麼？」

韋明遠道：「我曾在各處打聽，這位許朋友，的確可以當得起一個『俠』字而無愧！」

胡子玉轉彎抹角，就是要套出爲什麼韋明遠的「拈花玉手」上，會有「無風燕尾針」，和爲什麼韋明遠要取許狂夫的性命！因此又道：「既然此人可稱俠義，韋老弟莫怪我多口，你就不該取他的性命！」

韋明遠面上現出了極是矛盾不決的神色，道：「但是師命難違！唉！師父呀師父，你老人家何以反而禁我下手將『雪海雙凶』除去，而要我切不可留下許大俠的性命？」

胡子玉心中的吃驚程度，真非言語所能形容，那「幽靈」不許韋明遠報父之仇，其中有什麼糾葛，胡子玉並不清楚，但許狂夫和「幽靈」卻絕無半點瓜葛，何以「幽靈」會吩咐韋明遠務必要取他的性命？

只聽得韋明遠又道：「老前輩，你可還記得，兩年多前，你教我手提紅燈，於風雨悽楚之夜，進『幽靈谷』去？我進谷不久，便見到了師父也懸起三盞紅燈，表示此谷已封，但那三盞紅燈，居然被人打熄，而打熄那三盞紅燈的，便是這『無風燕尾針』！」

「鐵扇賽諸葛」胡子玉心中叫了一聲：「果然！」

向許狂夫看了一眼，道：「卻不知是爲了什麼，但依我所見，令師胸懷寬闊，早年極得武林中人欽仰，似乎不應該小題大做。」

韋明遠道：「我也是如此意思……」

蕭湄在一旁打斷他的話頭，道：「你別說了，若是給他老人家聽到，只怕又要不高興。」

韋明遠道：「湄妹，我殺父深仇，不能不報，但叫我枉殺素有俠義名聲之人，我也下不了手！」

說話之間，神情顯得異常苦痛！

蕭湄雙眼水盈盈地望著他，道：「如今且不去說他，我們還有事呢！」

韋明遠像是倏地省起，道：「前輩請便，我有事在身！」

胡子玉忙道：「兩位請便！」

韋明遠向胡子玉微一頷首，便與蕭湄相偕離去，胡子玉望著兩人遠去的背影，不禁生出一種悵然若失的感覺！

兩人離去之後，胡子玉一拉許狂夫，兩人便出了客店，來到一家酒樓之上，看清了周圍並無武林中人，方揀了一副雅座，坐了下來，要了酒菜。

胡子玉舉箸道：「賢弟，聽了韋明遠那一番話，我更信我所疑不假！」

「神鉤鐵掌」許狂夫知道他說的「所疑」，乃是指「幽靈谷」中的這位「幽靈」而言，便道：「何以見得？」

胡子玉道：「其一，此人言出必行，他既然發誓要追隨『天香娘子』於九泉之下，定然不會半途變卦，此人胸懷寬大，絕不會因那三支燕尾針，便令徒弟取你死命！」

許狂夫道：「那也不見得，『幽靈谷』未封之前，每年死在『幽靈谷』中的武林中人，不分正邪，又有多少？他若不是行事殘忍，又何以致此？」

胡子玉道：「那是他在愛妻死後，深受刺激，進谷去的人，又不合他心意所致。雖已大悖情理，但他講過不再出谷，我總不信他會出來，我們在此等到夜晚，再去褚家大宅，一探究竟！」

許狂夫雖然覺得此行甚是凶險，但是只考慮了一下，便自答應！

兩人在酒樓上，等到了初更時分，便自會帳離開，也不再回客店，逕向褚家大宅而去。來到宅外，遠遠地一看，只見宅內黑沉沉地，像是一個人也沒有的模樣。

「鐵扇賽諸葛」胡子玉身形略擰，和許狂夫兩人，一起來到了宅後，各展輕功，「颼」地上了圍牆。

兩人剛一在圍牆上站起，便見大宅正中，燈火一亮，眼前現出了一團紅光。

兩人連忙屏住氣息，伏在圍牆上，只見亮起一團紅光之處，乃是一個大廳，那團紅光，乃是一只綵紮紅燈所發！

兩人互望一眼，那綵紮紅燈，給兩人的印象極深，在「飛鷹山莊」上，「飛鷹」裘逸以及江湖上一干好漢，慘遭殺害，也與綵紮紅燈有關，而「鐵扇賽諸葛」胡子玉更是深知，那「幽靈」最喜歡的，便是這樣的綵紮紅燈！

不一會兒，眼前又是一亮，大廳中又懸起了一盞綵紮紅燈，片刻之間，共是七盞紅燈高懸，然後，才聽得大廳之中，傳來了一陣陣幽幽的歎息！

那歎息聲輕微至極，聲如游絲，簡直不像是人所發出，而像是幽靈所發一樣！

胡子玉和許狂夫兩人，伏在牆頭，卻看不到大廳內的情形，只看得到那七盞微微搖擺的綵紮紅燈，當然也看不到那發出如此幽怨歎息的人。

兩人伏在牆上，好半晌不敢動彈，連氣息都屏注。除非是那「幽靈」不在屋中，否則，即使是極爲輕微的呼吸聲，也不免爲他發現！

過了片刻，忽然歎息聲大濃，眼前突然多了一條人影，正站在大廳之外。

那人是怎麼來的，以「鐵扇賽諸葛」胡子玉的眼光，居然未曾看清！

只見那人長髮披肩，在大廳門口站了一會兒，身形微擰，快得難以想像，竟然凌空飛起，直向丈許高的圍牆射去，一眨眼，已然出了圍牆！

胡子玉和許狂夫兩人，心中俱皆駭然，若不是「幽靈谷」中的那位「幽靈」，誰還有這份震世駭俗的絕頂輕功？

但胡子玉的心中，卻也產生了一個懷疑，因為在那人突然向圍牆之外，飛射而出的時候，也像是依稀聽得「叮」地一聲。

那一下聲音固然輕微至極，但是卻逃不過胡子玉的耳朵。

然而那一下聲響是為何而生的，胡子玉心機雖巧，卻也猜想不透！

那「幽靈」飛射而出不久，胡子玉和許狂夫兩人，立即躍下圍牆，兩人身形之快，也是迅疾無倫，一在大廳窗下隱定，便自窗戶中向內張望，只見七盞綵紮紅燈之下，韋明遠和蕭湄兩人，正在交談。

韋明遠道：「湄妹，師父出去了，看他樣子像是在等人，不知道是等誰？」

蕭湄秀眉微蹙，道：「明遠，你對你師父，是不是……很……」

講到此處，略頓了一頓，似在思索如何措詞。

韋明遠道：「很什麼？」

蕭湄向外探頭望一望，壓低了聲音道：「是不是很不滿意？」

韋明遠英俊的面色，倏地一變，道：「湄妹，妳，妳怎麼講這樣的話？」

韋明遠雖是否認，但不要說聽明絕頂的「五湖龍女」蕭湄，便是胡子玉和許狂夫兩人，也已經看出，蕭湄正道中了他的心事！

蕭湄也輕輕地歎了一口氣，向韋明遠走近一步，輕輕地握住了他的手，道：「明遠，我們本來處於天南地北，但是上天卻叫我們相識了。正像你第一次在洞庭湖上見到我時所說的，人生是如此的短暫，在這短暫的人生中，能夠有一個知己，豈不是値得最寶貴？」

蕭湄這一番話，講得極是誠懇。

韋明遠本是性情中人，聽了不禁大是感歎，低喟一聲，道：「人生得一知己，死而無憾。湄妹，妳講得不錯！」

蕭湄雙眼水盈盈地望著韋明遠，道：「那你爲什麼不肯對我講你的心事？」

韋明遠面色再變，低聲道：「湄妹，此處不是講話之所！」

蕭湄眼珠轉動，已自會意，笑道：「明遠，當年武林中不知多少人，爲了想學一身絕藝，於每年七月中旬，到『幽靈谷』去，但人人均死在『太陽神抓』之下，你是怎麼能得到他老人家青睞的，其中經過，你一直沒有和我說過，如今反正無事，你能不能和我說一說？」

韋明遠望著窗外，窗外黑沉沉地。

胡子玉和許狂夫知道，韋明遠年紀雖輕，但是他本來家學淵源，武功已不會弱，這兩年多來，又得「幽靈」傳授絕藝，自己只怕不是他的敵手！因此屏住了氣息，一聲不出。

韋明遠緩緩轉過頭來，又向那七盞綵紮紅燈，發了一會兒怔，才道：「兩年多前，我父親死在崑崙『歐陽老怪』與『雪海雙凶』之手，我悲痛欲絕，誓報父仇，但是又知道以仇人的武功之高，除非我能得到『幽靈谷』中那位異人的傳授，此生此世，只怕難報深仇！所以我才到了大別山的幽靈谷口！

「我在幽靈谷口中，等了三天，每天只見谷口出現屍身，唉！若不是得到日前相見的那位胡前輩的指點，只怕我也成了谷口遊魂！」

蕭湄奇道：「和日間所見那姓胡的，又有什麼關係？」

韋明遠道：「那時，他在幽靈谷口，設了一家小店，我便在他店中住宿，是他認出了我指上的『二相鋼環』，為我紮了一盞紅燈，我持燈進入谷中……」

韋明遠那晚手提「胡老四」為他所紮的紅燈，在風雨中，口中唱著哀豔的詞句，向谷中緩緩走去，四周圍又黑又迷漫著濃霧，一草一木，一石一花，皆如鬼怪所幻化，隨時可以復活，向人撲噬一般！

韋明遠身懷父親血海深仇，了然無懼，向谷內緩緩走去，仍是不斷翻來覆去地唱著那一首哀豔的詞句，越走越深。

幾年來，從來也沒人走到「幽靈谷」中去過，也沒有人知道「幽靈谷」內的景象。韋明遠此時的感覺，只感到自己已然不復身在人世，而是在幽冥之中！

人世間哪有這樣的淒迷？哪有這樣的幽靜？哪有這樣的陰沉？

韋明遠漸漸地感到「幽靈谷」主人的心情，也懂得了他爲什麼揀中這個地方！因爲這個地方，正是最適宜於「幽靈」居住，不類人世之處！

韋明遠的心情越來越向下沉，他口中的詞句，也更悱惻纏綿了，他不斷地吟哦著，終於自己的雙眼中，也滴下了真正傷心欲絕的眼淚！

他想起了父仇，也想起了自己這次進谷，連胡老四也只是說，只要谷中「幽靈」，能夠容他獻上「二相鋼環」，便可蒙他收留。但是歷來到「幽靈谷」來送了性命的人，只怕連一句話也未曾說出，便自死在幽谷中的「太陽神抓」之下！

自己能不能有機會獻上「二相鋼環」，蒙谷中「幽靈」收留，實是渺茫至極！

若是第二天自己橫屍幽靈谷口，血海深仇，也就此甘休了！

韋明遠的腳步，漸趨沉重，他自己也不知道，已然到了什麼地方。

正當準備停下腳步來，察看一下周圍的情形時，忽然聽得了一聲長歎。

韋明遠一顆心頓時跳了起來，那歎息聲，正起自他的耳際，以韋明遠的判斷力來判別，發出歎息聲的人，離他絕不會在三尺以外！

他竭力地裝著鎮靜，並不回頭去觀看。

只聽得歎息聲之後，又傳來一個幽怨欲絕的聲音，低聲吟哦道：「天長地久有時盡，此恨綿綿無絕期！」

兩種聲音，分明全是一個人所發，但是一近一遠，卻已相去數十丈！

韋明遠知道除了谷中「幽靈」之外，在這「幽靈谷」中，再也不會有人有這等身手！

成敗在此一舉，韋明遠高提紅燈，紅燈已然被細雨打得濕了，但燈光卻仍未熄滅，雙膝跪下，朗聲道：「弟子韋明遠，身負血海深仇，特來『幽靈谷』，懇求前輩收容！」

一言甫畢，只聽得約在里許開外，一個聲音，隨風飄到，道：「你姓韋麼？」

韋明遠聽得「幽靈」開口，心中一喜，道：「弟子姓韋，先父韋丹！」

那聲音靜默了好一會兒，韋明遠心中七上八落，不知是吉是凶。

然而那聲音並沒有沉寂多久，便道：「好！」

接著又長歎了一聲，倏忽之間，空中突然出現了一盞紅燈，和韋明遠手中的那一盞，一模一樣！

韋明遠的心幾乎在那一剎間停止跳動，他實在太興奮了！

紅燈升起，便表示「幽靈谷」已得傳人，「幽靈谷」從此已封，妄入者有死無生！

韋明遠正呆呆地在等待指示，突然那盞紅燈，又倏地熄滅！

韋明遠錯愕不已，此時，他只當是谷中「幽靈」，忽而反悔，卻不知道那燈之熄，是谷外許狂夫和胡子玉兩人，爲了要使「東川三惡」前去送死，而以「無風燕尾針」射熄的！

正當韋明遠不知所措之際，黑暗中只見一人，如飛向谷口撲去，身法之快，簡直如一隻蒼鷹，在這風雨迷漫之中，貼地掠過！

韋明遠仍是站在當地，不敢動彈。

不一會兒，那黑影又如箭射至，在韋明遠身旁掠過，但是卻並不停留，筆直地向前投了過去！

黑影隱沒不見之後，韋明遠才又聽得聲音隨風飄到：「你一直向前走，切莫轉彎，便可以與我相見了，手中紅燈，勿令熄去！」

韋明遠聽出他口氣甚善，又放心了些，一直向前走去。

約走了半個時辰，只見迎面一塊方方整整的大石，石上一人，盤腿而坐。

韋明遠尚未說話，那人已歎了一聲，道：「我在谷中，與世隔絕已久，你剛才說韋丹大俠已死，是死在何人手下？」

韋明遠提到了父仇，又熱血沸騰，道：「崑崙『歐陽老怪』，以及『雪海雙凶』圍攻家父，家父中了『玄冰神芒』而死！」

那人長歎一聲，道：「當世大俠，天不永年！你自稱是韋丹之子，有何證明？」

韋明遠忙從手上，除下「二相鋼環」，道：「家父『二相鋼環』，現在此處！」

那人略一欠身，袍袖一拂，韋明遠只覺得一股柔軟已極、熱烘烘的，像是五月薰風一樣的大力，已然將自己凌空托起，平平穩穩，托到了那人存身的那塊大石上面，穩然站定！

韋明遠心中，又驚又喜。大石離地，少說也有一丈高下，那人竟能一托將自己托起，武功如此之高，簡直已到了不可思議的地步，自己若能拜他爲師，何愁大仇不報？

一到石上，連忙跪下，將「二相鋼環」遞了上去，一面打量那人時，只見他面色蒼白瘦削，長髮披肩，若不是雙眼之中，神光蘊然，只當他是一個體弱多愁的書生，再也想不到武林之中，聞名喪膽的「幽靈」，竟會是這個樣子！

那「幽靈」將「二相鋼環」把玩一會兒，歎道：「我自愛妻死後，立即隱入此谷，令尊本是我生平唯一好友，似乎我們皆先後要入幽泉了！」

韋明遠想起父親正在壯年，便自慘死，咬牙切齒之餘，也不禁心中惻然！

那人又道：「以你年齡，可能只知我是谷中『幽靈』，還不知我姓甚名誰，因爲自我隱居谷中之後，武林中人，大都不敢提起我的名頭。本來，你已是我的傳人，理應知道才是，但我偷生十年，並非爲了怕死，我本來的姓名，早已與愛妻同死，你只叫我師父好了，也不要問我的往事！」

十八 太陽神抓

韋明遠諾諾以應，他此時對谷中「幽靈」的心情，實是瞭解得極其透徹！

「幽靈」講罷，又歎息了幾聲，伸出手來，韋明遠只見他手指甲老長，掌心紅潤至極。

幽靈道：「令尊所習武功，與我不同，但天下武學，殊途同歸，你受我傳授『太陽神功』及『太陽神抓』之後，再以你本身智慧，與你父所授，會合一起，不難從此身兼兩家之長，練成絕世武功，報仇一事，更不在話下！」

韋明遠心中狂喜，重又叩謝。

「幽靈」緩緩地站了起來，手掌平伸，向外緩緩揚去，突然反手一抓，「轟」地一聲，丈許開外，一株碗口粗細的大樹，突然凌空斷折！

韋明遠失聲道：「師父，『太陽神抓』功夫，竟然如此神奇！」

「幽靈」點頭道：「我住在谷中多年，武功仍是與日俱進，兩丈以外，已全在我『太陽神抓』威力籠罩之內，但你卻要在兩年之中，至少練到一丈之內，『太陽神抓』威力能達到三尺以外的程度，因爲我至多再待兩年，便要與愛妻在地下相會！」

韋明遠想起這樣身具絕世武功之人，兩年之後，便要自殺，心中不知會是什麼滋味！

人生在世，究竟是爲了什麼?韋明遠不由得心中自己發問！

「幽靈」將手慢慢地縮了回來，歎道：「只可惜我愛妻三件寶物，因愛妻死後，我痛苦異常，只感到天地之間，再也沒有什麼值得留戀，因此只抱了愛妻的屍體，來到此谷，那三件異寶，卻流落江湖，不知所蹤，不然，只以其中一件『駐顏丹』，給你服上兩顆，不但容顏長駐，且能平添六年功力！」

韋明遠道：「徒兒也不敢奢求，只盼兩年之內，能將恩師一身武功習成大概，也不負恩師收容之德，可令恩師死而無憾！」

「幽靈」連聲讚道：「好！好！說得痛快淋漓至極，人生在世，孰無一死？只要死得心中安樂，便可以無憾了！」

言下竟對韋明遠大表同情！

韋明遠也長歎一聲，想起父親之死，卻是死而有憾！

「幽靈」頓了一頓，又道：「五天之後，我開始授你武功，這幾天之內，你可以隨意遊玩，不必以我為意！」

韋明遠答應，當晚兩人便在大石上露天而臥。

韋明遠在谷中玩了五天，第六天開始，便由「幽靈」傳授，學那驚世駭俗，天下無雙的「太陽神功」，以及威力無匹的「太陽神抓」功夫。

秋去冬來，冬近春至，時間易過，一晃眼間，便已是兩年了！

在這兩年之中，「幽靈」已將「太陽神功」和「太陽神抓」的精髓，全都傳給了韋明遠。

韋明遠雖功力未逮，不能和「幽靈」相比，但他身兼兩家之長，也已然登堂入室，武功之高，絕不在任何一流高手之下！

又是七月中旬了。

從七月初十起，「幽靈」便在那塊大石附近，掛起一盞一盞的紅燈。

兩年來，韋明遠每見「幽靈」在大石附近，長吁短歎，泫然流淚，已然知道那是「幽靈」的愛妻，「天香娘子」的埋骨之所。

這時，他見「幽靈」在大石附近，掛起了紅燈，便已知道「幽靈」自殺之期已近。

七月十一，七月十二……一連四天，「幽靈」都一步不離，守在大石之旁。

韋明遠也守在恩師身旁，一步不離。

到了七月十五的夜晚，烏雲四合，牛毛細雨，陣陣淒風，正和兩年前，韋明遠得到「胡老四」的指點，提紅燈進入「幽靈谷」那時，一樣的天氣！

天色一黑，「幽靈」便低聲吟哦，吟的全是傾訴相思、哀豔欲絕的詞句。

韋明遠也忍不住潸然淚下。

「幽靈」將他叫了過來，道：「明遠，你追隨我兩年，已盡得我所傳，只要悉心苦練，二十年之內，便可和我今日相若！」

韋明遠聽了，心中又是高興，又是淒涼，久已藏在心中的一句話，脫口而出，道：「師父，師母死已多年，師父你又何必悲愴太甚？」

他並不敢勸「幽靈」不要自殺，追隨「天香娘子」於九泉之下。

他只是以這樣的話，試圖打開勸解「幽靈」之門！

「幽靈」長歎一聲，道：「明遠，你年紀還輕，又未曾知道情……愛一詞，對人的重要，自然難以明瞭我此時的心情！」

略停一停，又長歎一聲，道：「自愛妻死後，我已然性情大變，多年來，在『幽靈谷』中，死在我『太陽神抓』下的，不分正邪，不知有多少人，他們之死，全是因爲他們手提的燈，不合我意！」

這個疑問，韋明遠存在心中也已多時，趁機問道：「師父，何以你獨獨喜歡這樣的紅燈？」

「幽靈」長歎一聲，道：「『天香娘子』突生奇病，病發之際，正值中元將至，爲恐她病中寂寞，我日夜守候在她的病榻之側。愛妻扶病，紮了這樣的一盞紅燈，懸於榻前，唉！唉！燈在人亡，夫復何言！」

講到最後兩句，語言淒厲已極！

韋明遠本來還想問他，何以他的心意，武林中人人不知，一一前去送命，但是谷口那個「胡老四」，卻能知道？一想到胡老四，他又摸了摸懷中那三封密柬，如今復仇有望，只是不知胡老四那三封密柬，要自己做的，是些什麼事情！

「幽靈」講完之後，厲聲道：「明遠，你遠遠離去，切不可近我，子時之後，方可進來，只要將兩株小柏，植於大石之前，便可以了！」

韋明遠與他師徒兩年，在這「幽靈谷」中，朝夕相處，如今卻眼看他要自殺而死，心中大是惻然，但知他萌死志已有多年，絕非自己所能勸解，目中含淚，道：「師父再造之德，徒兒沒世不忘，不知師父還有什麼吩咐，徒兒一定做到！」

「幽靈」側頭想了一想，從懷中取出三枚「無風燕尾針」來，道：「此針主人，人稱『神鉤鐵掌』許狂夫，你見他之後，可將這三枚針，還了給他。」

韋明遠接過針來，「幽靈」一拂衣袖，勁風驟生，將韋明遠送出兩丈，道：「去吧！」

韋明遠一連幾個起伏，已然逸出了里許開外，癡癡地站立。

起先還聽得歎息之聲，陣陣傳來，但不久便沒有了聲息。

待到過了子時，韋明遠急回到大石旁邊時，陡地一呆，眼前發現的怪事，簡直使他不敢相信自己的眼睛！

原來那大石仍然兀立，但是他師父卻並未死去，仍然負手站在石上，昂首向天，韋明遠一走近，便回過了頭來，雙目神光炯然！但是面上，卻已然多了一重面紗！

韋明遠大是錯愕之餘，不知說什麼才好，呆了半晌，道：「師父，你怎麼……」

但那句話卻是問不下去，因爲韋明遠天生至情至性，當「幽靈」決定追隨「天香娘子」於九泉之下的時候，他心中已極是難過，但是卻無從勸止。

當下見到子夜已過，師父未死，心中半是奇怪，半是高興，那句話若是問了下去，便是「師父，你怎麼未曾死？」

但他心中卻是不想師父死去的，所以問了一半，便改口道：「師父，你……決定不死？」

一言甫畢，只見「幽靈」眼中，像是露出了一股極是凶惡的神色，但轉眼即逝，「嗯」地一聲，道：「你且走開些，別來理我！」

韋明遠心中極是奇怪，但是卻不敢違命，只得唯唯以應，走了開去。

他心中只覺得師父的情形有異，但是卻想不出在自己剛才離開之後，到午夜的這一段時間內，曾有什麼事發生。因爲他在這「幽靈谷」中兩年，除了他和「幽靈」之外，根本沒有第三個人出現過！

韋明遠走開之後不久，一個人在林子之中發怔，過了一會兒，忽又聽得一聲長嘯，接著，便又聽得「幽靈」叫道：「你過來！」

韋明遠在「幽靈谷」中苦練兩年，已得了「幽靈」一半真傳，武功之佳，已然登堂入室，入於第一流高手境界，一聽得師父叫喚，連忙展開輕功，三、四個起伏過去，已然來到了那塊大石附近。

此時，已然雨過天晴，月色皎潔，韋明遠只見「幽靈」手中，拿著一隻玉光閃閃的玉手，韋明遠一見，心中更是一驚。

當他身懷血仇，冒險來到幽靈谷口，只待到時進入谷中，向谷中「幽靈」學成本領，去報父仇之際，也曾聽得武林中人說起，昔年「天香娘子」所遺三件異寶，已然相繼出世。而「天香三寶」之中，最令人矚目的，正是「拈花玉手」！

如今看「幽靈」手中所持的那隻玉手，正像是「拈花玉手」，因此心中驚異。

韋明遠這兩年來，只是在「幽靈谷」中勤學苦練，對於世上所發生的事，一點也不知道，當然也不知道，「三絕先生」公冶拙，曾爲這隻「拈花玉手」，在他「丹桂山莊」上，召開過別開生面的「丹桂飄香賞月大會」一事，只當「幽靈」既然是「天香娘子」的丈夫，則「拈花玉手」在他手中出現，自然也不是什麼奇事。

所以他心中的驚異，已是一閃而過，道：「師父呼喚徒兒，有何吩咐？」

「幽靈」半晌不語，才一揚手中玉手，道：「此是何物，你可認得？」

韋明遠道：「莫非昔年『天香三寶』之一的『拈花玉手』？」

「幽靈」點了點頭道：「不錯！」

手一揚，那隻「拈花玉手」，竟然向韋明遠飛了過來！

韋明遠連忙接住「拈花玉手」，尚未待發問，「幽靈」突然道：「這隻『拈花玉手』，分水辟火，暗器不侵，我賜與你，你卻要善自保存！」

韋明遠聽出師父的口氣，像是玉手一賜，師徒便要緣盡今宵！在他之意，卻是寧願不要這隻人人夢寐以求的武林至寶，而維持師徒的關係，因此急忙道：「師父，你以後……」

「幽靈」不等他講完，便仰天一陣怪笑，道：「你倒真是聰明絕頂之人，我剛才忽轉心意，已決定再多活十年，在這十年之中，依你的武功修為，不難達到和我一樣的程度，我只怕人心難料，到時你反而以我為忌，倒不如我們師徒緣份，至此為止的好……」

韋明遠聽了這一番話，當真如同五雷轟頂，呆住了說不出話來。

一時之間，也未及細想，兩年多來，師父雖然對人冷漠，但是待人卻極是至誠，從來也不曾這樣對人猜疑過，何以忽反常態，惶急之餘，「撲」地一聲，跪倒在地，叫道：「師父！」

「幽靈」衣袖微拂，雖然兩人一上一下，相隔丈許，但韋明遠已然覺得出，有一股大力湧到，只聽得「幽靈」道：「你且起身！」

韋明遠仍然跪在地上，道：「師父，徒兒若不是兩年之前，蒙恩師收留，如今只怕已被仇人尋到，斬草除根，屍化飛灰，何有今日？師父如果疑慮徒兒將來會叛變恩師，徒兒寧願罰下重誓！」

「幽靈」冷冷地道：「也好，你罰什麼誓？」

韋明遠想了一想，毅然道：「徒兒若是有違師命，不但不能報父親的血海深仇，兼且身死仇人之手！」

韋明遠當年不顧危險深入「幽靈谷」，便是爲了要報「雪海雙凶」與「歐陽老怪」的殺父之仇，這個誓言，可以說罰得極重。

而韋明遠在罰此毒誓之時，的確是誠心誠意，因爲他雖然知道，當「天香娘子」未死之際，「幽靈」是介乎正邪之間的武林第一異人，但是卻正多邪少，他也永遠不曾想到過，自己會對師父有所背叛之動機！

「幽靈」又是冷笑一聲，道：「既然如此，則我們師徒情份尚在。今晚你且先出谷去，自去行事，我們在江湖上，另有見面之日！」

韋明遠站了起來，兩年多來，朝夕相處，一旦分手，韋明遠心中，不免惻然，但是師命難違，只得拜了幾拜，黯然而別！

韋明遠離了「幽靈谷」之後，仍是做少年書生打扮，輕易不露武功。人家也只當他是一個讀書士子，卻不知他身懷絕技，是谷中「幽靈」唯一傳人！

他一面打探殺父仇人，「雪海雙凶」與「歐陽老怪」的下落，一面又尋訪昔年自己父親的至交，大俠「金鐧銀尺」嚴靈峰的蹤跡。

直費了兩年多的時光，他才找到了「金鐧銀尺」嚴靈峰，但是嚴靈峰卻已然一身武功，盡皆失去，並且雙目已盲！

但是「金鐧銀尺」嚴靈峰，卻還將韋明遠兩年前托他保管的那柄古鐵劍，小心地保存著。

韋明遠問出了「金鐧銀尺」嚴靈峰之所以會受傷，以致一身驚人武功，全都失去，竟也是爲「雪海雙凶」所害。「雪海雙凶」爲了怕嚴靈峰爲好友韋丹報仇，所以黃夜來犯，出其不意，「金鐧銀尺」嚴靈峰苦戰脫身，但也僅以身免！

韋明遠聽嚴靈峰講完了經過，心中對「雪海雙凶」的仇恨，又增加了幾分！

他別了嚴靈峰之後，便浪跡江湖，在八月十五日之夜，泛舟洞庭湖上，卻巧遇「五湖龍女」蕭湄，並還參加「五湖龍王」蕭之羽所主持的水路英雄爭奪盟主大會。那個「天雨上人」一上場，他便覺得情形有異，是以前去會他一會。

哪知狹路相逢，「天雨上人」竟正是「雪海雙凶」的大凶「玄冰怪叟」司徒永樂！

緊接著，二凶「雪花龍婆」華青瓊也已趕到，韋明遠正待施展兩年所學絕技，替父親和嚴靈峰報仇之際，整個洞庭湖上，卻在刹那之間，變得漆也似黑，伸手不見五指！

那時候，「五湖龍女」蕭湄，也已然到了「水上擂台」，欲與韋明遠雙戰「雪海雙凶」。蕭湄武功雖高，但是卻極少在江湖上行走，眼前突變漆黑，眼前敵人又是兩個手段狠辣，武功絕頂，出了名的邪派中人，心中不免有點發慌。

怔了一怔，立即低聲道：「喂！你在哪裏？」

其時蕭湄尚不知韋明遠的來歷，是以只好如此稱呼。

話剛講完，突感到自己一隻纖手，已然被人握住！此時半尺之內，不辨物事，是敵是友，全然不知。蕭湄一覺出手被人握住，心中一驚，用力一掙，竟然未曾掙脫，更是大驚，左手反手一掌，向外拍出，但那一掌只拍到一半，便聽得一人低聲道：「蕭姑娘，是我！」

蕭湄一聽，便認出是青衫少年的聲音，趕緊收掌，想起自己柔荑，在對方掌中，俏臉飛霞，心頭小鹿亂撞，竟講不出話來！

正在發怔中，忽然又聽到另外有一個人的聲音，低聲道：「你們兩人，還不快走，更待何時？」

同時聽得青衫少年道：「師父，這兩人……」

但他話未講完，那聲音便道：「這兩人與我昔年，略有淵源，你不可傷他們！」

韋明遠一見滿湖燈火，倏地熄滅，便知道普天之下，除了自己的師父「幽靈」之外，再也沒有人能有這樣的手段。
而師父之所以能令得滿湖燈火，一齊熄滅，也一定是以絕頂內家罡氣，拂起湖水，化成萬千水滴，所以才能在片刻之間，將滿湖燈火，盡皆打熄！
但是韋明遠卻萬萬料不到，師父出現之後，竟會不准他傷害「雪海雙凶」！
當下他還想爭執，但是「幽靈」已然再次出聲，道：「你快跟我離了此地！」
韋明遠只得答應道：「是！」放開了蕭湄的纖手，待要離去。
蕭湄的芳心之中，對這個青衫少年，已然有了極深刻的印象，一覺出他要離去，心想從此天涯海角，人海茫茫，不知何日方得相逢？
因此急道：「你……你要上哪裏去？」
韋明遠心中，也有點不捨得就這樣便和蕭湄分手，道：「我也不知道。」
蕭湄道：「我與你一起，你到哪裏，我也到哪裏！」
韋明遠心中，自然是千情萬願，但是卻又怕師父不同意，正待出聲，「幽靈」已然道：「你們兩人，快去湖邊等我。」
韋明遠心中一喜，重又握住了蕭湄的纖手，順手一掌，砍下一段木頭來，手一揚，便將那段木頭，飛出丈許，落於水中。
雖然此時湖面之上漆黑，但韋明遠和蕭湄兩人，武功全都極佳，一聽得那段木頭落水之聲，便飛身躍至，絲毫不差，立在木上，遂以「登萍渡水」絕技，向湖邊而去。

不一會兒，便已然上了岸，烏雲散去，明月重現，兩人四目相對，半晌無話，蕭湄才低下頭去，「嗤」地一笑，道：「剛才我還以爲你只是個迂書生，一點武功也不會的哩！」

韋明遠也笑道：「蕭姑娘，妳不將我逐出洞庭湖，我心中感激萬分！」

蕭湄抬起頭來，明如秋水的眸子，望了韋明遠半晌，道：「你，你就是近兩年來，武林中傳說，『幽靈谷』中那位『幽靈』的傳人麼？」

韋明遠道：「蕭姑娘猜得是。」

蕭湄秀眉略軒，奇道：「那位『幽靈』，不是說有了傳人之後，便追隨愛妻於九泉之下，何以又突在洞庭湖上現身？」

韋明遠其時以未深知蕭湄爲人，只得含糊應之。蕭湄是何等聰明伶俐的姑娘，自然明白其中另有曲折，也就不再問下去。

兩人在湖邊互道姓名，款款深談，韋明遠想起師父不准自己傷害「雪海雙凶」，也等於是難報父仇，心中極是鬱悶，背負雙手，在湖邊蹬了幾步，望著浩浩湖水，曼聲低吟道：「亂山如浪未曾流，靜水無波不暫留，湖上借秋秋欲暮，胸愁寄在一帆舟！」

吟聲甫畢，只見湖面之上，一艘小船，飛也似疾，掠向岸邊，離岸三丈，一條黑影，已然倏地飛起，落在岸上。

韋明遠連忙迎了上去，叫道：「師父！」

蕭湄知道是那位名震武林，雖然近十年來，他身在「幽靈谷」中，但一提起他的名字，仍不免令人色變的「幽靈」到了，忙行了一禮，道：「今日得遇前輩，實是三生之幸！」抬起頭來，卻見「幽靈」面上，蒙著一層黑紗，心中便是一呆。

只聽得「幽靈」道：「明遠，你可是心中對我，有所不滿？」

韋明遠道：「師父，那『雪海雙凶』，乃是家父大仇人，徒兒拜師之際，曾……」

「幽靈」卻打斷他的話頭，冷笑一聲，道：「除非你不認我這師父，否則卻非聽我的話不可！」

韋明遠怔了一怔，想起自己在「幽靈谷」中，所罰毒誓，不由得長歎一聲，再無言語。但是韋明遠卻絕不甘心就此便不報父仇，只是他想著如何才能說服師父，容自己下手！

當下「幽靈」又向蕭湄打量了一陣，道：「你們兩人，若是不願分開，可於日後到蕪湖褚家大宅之中等我，到時我自然回來！」

話才講完，已然如飛馳去！

韋明遠怔了半晌，遙見湖上燈火復明，便道：「蕭姑娘，令兄必以妳失蹤爲念，妳還是回湖上去吧！」

蕭湄眼中略現幽怨之色，道：「剛才你不是答應我的麼？」

韋明遠知道她指的，乃是燈火乍熄之際，所說「你到哪裏，我也到哪裏」一語，心中一陣激動，眼中深情流露，道：「好！」

兩人竟不再赴湖上，以致「五湖龍王」蕭之羽，爲了尋覓蕭湄的下落，走訪「丹桂山莊」，聽得了兩年之前，「丹桂飄香大會」的秘密！

卻說兩人一路遨遊，到了約定的時間，便來到了蕪湖。

那「幽靈」果然出現，吩咐他們夜間在「褚家大宅」中相會。

但到了大宅不久，「幽靈」卻又走了出去。這些日子來，韋明遠和蕭湄兩人之間的情感，已然大增。蕭湄見韋明遠望著那七盞絲紮紅燈，長吁短歎，因此才問起他投師學藝的經過來。

而韋明遠也就一字不留地，講給了蕭湄聽，卻未料到隔牆有耳，他所說的一番話，也被胡子玉和許狂夫兩人，聽在耳中！

十九 意外之變

許狂夫雖然不如胡子玉那樣，心思靈巧，但究竟也在武林中奔走多年，也已然聽出了韋明遠的敘述中，有不少蹊蹺之處。

因此忍不住附耳低聲問道：「胡四哥，韋明遠所說的，不知是真是假？」

胡子玉也附耳答應道：「他對『五湖龍女』敘述過去，料不到我們會在旁偷聽，自然不會假的。他武功已然在你我之上，我們還是盡量不要交談的好！」

許狂夫心中剛在想，胡子玉實在是顧慮過份，但韋明遠已然轉過頭來。

許狂夫雙眼和韋明遠精光四射的眼睛一接獨，便嚇了一跳。

只聽得韋明遠問道：「是師父回來了麼？」

胡子玉向許狂夫望了一眼，那意思是說：「你看我所料如何？」

許狂夫這才知道，自己雖是附耳低語，聲音低到了極點，但是卻仍不免被韋明遠覺察到了情形有異，心中方自駭然，只見韋明遠已向自己匿身之處走來！

許狂夫不禁大是沉不住氣，想要向旁逸出，但是卻被胡子玉一伸手，用力按住。

眼看韋明遠將要來到窗前，只要他探頭一看，定然可以發現匿在窗外的胡子玉和許狂夫兩人，但就在此際，忽然聽得宅外，傳來「篤篤篤」三下，清脆已極，異樣刺耳的木魚聲！

接著，便聽得一個老婦人的口音，高宣佛號：「阿——彌——陀——佛——」

四個字每字之間，均拖上長長的尾音，末一個「佛」字的尾音，幾自在空中搖曳不定，大廳中人影一晃，已然多了一個人。

那人身法之快，雖不如那「幽靈」剛才自大廳中向宅外射去之時，但是優遊瀟灑，卻一望便知，是內功極爲精湛的好手！

大廳內外，四人一起定睛看時，只見來人乃是一個年紀甚老的比丘尼。身穿一襲灰色袈裟，隱隱生光，左手托著一個老大的木魚，作深紫色，寶光隱泛，右手拿著一支木魚槌，長得出奇，約有二尺，桿處碧光油綠，宛若新竹，槌和木魚一樣，亦作深紫。

那比丘尼進來之後，又輕輕地敲了三下木魚，目光如電，向韋明遠和蕭湄兩人，望了一眼。

韋明遠剛才確是聽得窗外似有人聲，本來想去看個究竟，但轉眼之間，那比丘尼已然進來，便也放過，問道：「師太何來？」

那比丘尼語音極低，但是卻講得很清晰，反問道：「你們是誰，在此作甚？」

韋明遠一怔，暗忖自己只知道此處叫作褚家大宅，也不知原主人是誰，一來這裏，便是空宅，正在不知如何作答間，忽見那比丘尼抬頭一看，望見那七盞紅燈，面色陡變，道：「姬子洛姬先生，也在此處？爲何不見？」

韋明遠聽她忽然問起「姬子洛」其人來，更是莫名其妙。

但是在窗外的「鐵扇賽諸葛」胡子玉，卻是猛地一怔，因爲他知道，那「姬子洛」正是

「幽靈」的姓名，數十年前，「天龍」姬子洛、「天香娘子」魏四娘兩人，名震武林，無人能敵。

這個比丘老尼，一見綵紮紅燈，便能叫出如今更名「幽靈」的姬子洛的姓名，則除了聞名已久，素未謀面，一向不問世事的佛門高人，峨嵋金頂，清心老尼之外，尚有何人？

「褚家三傑」在「丹桂山莊」上，被「幽靈」姬子洛以內家重手法震傷，又約了「幽靈」來此，也正是希望清心老尼，能爲他們報仇！

胡子玉和許狂夫對望一眼，兩人皆知道有一場好戲可看！

清心老尼一言甫畢，只聽得大廳之外「桀桀」怪笑，令人毛髮悚然，已經踱進一個人來，面蒙黑紗，正是「幽靈」！

清心老尼一個轉身，喝道：「你又是誰？」

「幽靈」仰天大笑不已說道：「剛才妳一見紅燈，便知我是何人，爲何如今見面了，反倒不識得？」

清心老尼面上飄過詫異的神色，道：「姬檀越，多年不見，你爲何突然間蒙起面來了？」

「幽靈」冷笑一聲，道：「我等心胸，豈是妳所能知！」

這話對佛門高人來說，已然不敬至極，但清心老尼一向與世無爭，本來根本不下峨嵋山來，三年一度下山，也只到蕪湖來轉上一轉，便自算數。因爲「褚家三傑」，本是她俗家親人。

她雖然身入佛門，但卻還是不免對親人有所關懷，是以每隔三年，一定要來探視一次。

當下只是淡然一笑，道：「姬檀越，聞得你自『天香娘子』逝世之後，痛不欲生，當時貧尼便有度你入佛門之願，不知姬檀越意下如何？」「幽靈」仰天大笑，道：「賊尼，妳還在大夢未醒哩！」

清心老尼猛地一怔，「天龍」姬子洛，爲人雖是介乎正邪之間，但是文武兼修，情操極高，絕無開口罵人「賊尼」之理！

怔了一怔之後，口宣佛號，道：「善哉！本宅主人，難道不在？」

想將話頭岔了開去，見到了「褚家三傑」，便自離去，不再多管閒事。「幽靈」道：「不錯，他們三人，俱都出了遠門。」

清心老尼心中更是奇怪，因爲「褚家三傑」，明知自己三年一次，來到蕪湖，絕不會外出，若真是外出，只怕便有什麼不尋常的事！因此便問道：「他們三人到何處去了，不知姬檀越可知道？」

「幽靈」語音冰冷，道：「自然知道，他們已然在枉死城中，等候尊駕！」

清心老尼面色微變，道：「善哉，姬檀越休得取笑！」

「幽靈」又是「桀」地一聲冷笑，說道：「姬某人向不說謊，你也該知道，兩年之前，他們妄想爭奪『拈花玉手』，是被我以內家重手法，震成重傷的，我念他們在武林中多少有些名聲，又和妳有些淵源，是以手下留情，未曾令他們立時喪命，使他們回家才死，妳可要為他們報仇麼？」一面說，一面冷笑不已。

一旁韋明遠見了師父這等態度，心中極是難過，早在他入「幽靈谷」投師習藝之際，卻已然知道峨嵋金頂清心老尼，是佛門高人，早年更曾行俠江湖，有「仁心俠尼」之稱。只當師父和她見了面，一定如逢故交，怎知師父的體態言語，竟全然不似世外高人，只如黑道上的邪派人物一樣！

當下只見清心老尼面色一沉，「篤篤篤」地敲了三下木魚。那三下木魚聲，清脆響亮，絕非剛才在門外的那三下可比，只震得人耳鼓嗡嗡發響，木魚聲好半晌不絕。

接著，便聽得清心老尼沉住了聲音道：「姬檀越既知他們與貧尼有淵源，應當手下留情，為何出手便置人於死地，毫不容情？」

「幽靈」哈哈一笑，道：「非但我對他們出手毫不容情，便是對妳，也是一樣！」清心老尼身上袈裟，無風自動，如為狂風所拂一樣，簌簌抖之不已，顯見她全身真氣鼓蕩，心中激怒，已然要為「褚家三傑」報仇！

「幽靈」更是大笑不已，道：「久聞得清心老尼，一十三式降魔掌，和左手木魚、右手木魚槌，那一手神妙無方、陰陽並施的點穴手法，舉世無匹，我既然復出，卻由不得妳稱豪，倒要向妳領教領教！」

清心老尼心中雖怒，卻不失風度，略略退後一步，道：「貧尼降魔掌及這兩件法物，自然比不上姬檀越的『太陽神抓』，請姬檀越賜教！」

「幽靈」嘿地一聲冷笑，道：「憑妳這類人，何勞我出手？明遠！」

韋明遠在一旁，突然聽得師父叫喚，忙道：「師父有何吩咐？」

「幽靈」道：「這位清心師太，武功卓絕，成名多年，你隨我學藝兩年，只知武功精進，卻未知已到何種程度，清心師太在此，你可以『古鐵劍』及『太陽神抓』功夫，與之對敵！」

韋明遠一聽師父要自己和佛門高人清心師太對敵，心中不禁大是愕然。

當「幽靈」將三枚「無風燕尾針」交給他，要他將針主人殺死，而他調查出針主人「神鉤鐵掌」許狂夫，在武林中頗有俠名之際，韋明遠的心中，已然有意違抗師命！

如今叫他和清心老尼對敵，他更是不願！

倒不是他心中以爲自己必定可以勝得過清心師太，而是「太陽神抓」，威力無窮，自己雖然只學得五、六成功夫，但是一發之後，卻是殺傷之力，大得出奇，而且即使當場不死，只要受了傷，七日七夜之內，一定死去，無藥可治！

韋明遠的父親，更是俠名遠播，他自小深受薰陶，怎肯行此不義之事？

因此答道：「師父……」

頓了一頓，想要設法，如何措詞，但「幽靈」已然盛怒，語音如鐵，冷冷地道：「明遠，你可是不能從命？」

韋明遠道：「師父，徒兒確是難以應命，清心師太佛門高人，我們何必與之成仇！」

「幽靈」突然「嘿嘿」一聲冷笑，道：「好一個曾罰毒誓，誓從師命的徒弟！」

韋明遠一聽此言，心中苦痛至極！叫道：「師父，你老人家……」

「幽靈」立即道：「不必多言，你不動手，我也會親自出手！」

韋明遠不知道師父的性格，何以一變若是，暗忖以師父的武功而論，他若出手，清心老尼更是處境危急，而且自己也要應了毒誓，倒不如自己和清心老尼動手，還來得好些。

想了一想，便應道：「徒兒遵命。」

「幽靈」「哼」了一聲，韋明遠「嗖」地一聲，便已然掣了「古鐵劍」在手，劍尖向下，略略擺動，劍尖不斷地劃著小圓圈。內家眼中，一望便知，那起勢雖然是隨隨便便，但實則上，內中已然蘊有極大的變化，如不是博大精奧的劍法，絕不可能有這樣的起勢！

但清心老尼雖然看出眼前這個青衫少年，年紀雖輕，功力已然不凡。但是她成名數十年，怎願和他動手？沉聲道：「姬檀越，你將貧尼當做何等樣人？若不親自出手，莫怪老尼無禮！」

「幽靈」冷笑不答，目視韋明遠。

韋明遠手腕一沉，突然抖起了「古鐵劍」！

只見大廳之中，突然生出數十朵黑黝黝的劍花，宛若滿天星雨，已然向清心老尼，當頭撒下！

「幽靈」則在一旁，冷冷地笑道：「賊尼，妳敵得過我徒兒，再來找我動手不遲！」

清心老尼一見韋明遠出手，便是昔年大俠，「飛環鐵劍震中州」，韋丹「流星劍法」中的一招「星雨蔽天」，而且已然將那一招使得了無聲息，境界之高，竟在韋丹本人之上！

心中不免一怔，左手木魚向上托，蕩起一道紫微微的光華。已然將那一招「星雨蔽天」化開，道：「且慢，你是韋丹何人？」

韋明遠一聽清心老尼問及父親名字，連忙收住了劍勢，道：「那是家父！」

清心老尼道：「令尊聽說已被『雪海雙凶』、『歐陽老怪』害死，你如今既具這等身手，可曾爲父報了大仇？」

韋明遠心中一陣內疚，向「幽靈」望了一望，道：「尚未曾！」

清心老尼道：「殺父之仇，不共戴天，這二人又是武林之毒，切不可因循！」

這幾句話，直說到韋明遠的心坎之中，恭恭敬敬地答道：「晚輩省得！」

話才講完，「幽靈」一聲冷笑，道：「韋明遠，你持了『拈花玉手』，帶了蕭湄，速速遠去，從此莫再叫我遇上！」

韋明遠見師父忽然舊事重提，心中痛苦已極，若是照「幽靈」近日來的行事而論，他真願意依他之言，從此離去，但是他身受「幽靈」大恩，一日爲師，終生爲父，卻又絕無離去之理，道：「師父，徒兒聽命便是！」

「幽靈」面露不愉之色，叱道：「還不動手，多廢話作甚？」

韋明遠無奈，腳踩迷蹤，重又抖起「古鐵劍」，劍勢斜走，「星劃長空」，一道黑虹，直點清心老尼左肩！

清心老尼仍是左手木魚，向上一托，身子向後一縮，就是剛才一托，將那招「星劃長空」略阻了一阻之機，右手木魚槌，輕輕一擺，只聽得「錚」地一聲，已然與「古鐵劍」相交。

韋明遠倏地退身，他雖然心中極不願意和清心老尼動手，但是卻逼於師命，無可奈何，一退之後，連環三劍，疾刺而出，劍勢如虹，劍氣繚繞，宛若三條黑龍，盤旋飛舞而出！

清心老尼脫口讚道：「好劍法！」

卻並不退避，踏步進身，木魚激蕩起勁風，也在剎那之間，向韋明遠連點三點！用的是一招「三佛升天」，木魚槌的尖端，本作紫色，而柄卻碧也似綠。這一招「三佛升天」一使，碧、紫兩色光華，竟然交相纏結，看來那柄木魚槌，竟像是一件軟兵刃一樣。由此可見清心老尼，盛名之下，必無虛傳！

韋明遠一連三劍，本就攻守咸宜，清心師太攻勢陡盛，韋明遠便回劍以守，就在此際，只聽得「幽靈」斥道：「速用『太陽神抓』！」

韋明遠心中，著實不願使用威力無比的「太陽神抓」，可是師父既已吩咐，若是不用，只怕更要身受重責！

韋明遠心中，實是委決不下，當下並不理會師父的責斥，仍以古鐵劍與清心老尼，周旋了七、八招，誰都看出，韋明遠武功雖高，但如果要憑一柄「古鐵劍」，便勝過清心老尼的話，那幾乎是沒有可能之事！

在大廳之外，許狂夫和胡子玉兩人，兩眼一眨也不眨地注視著廳內的動靜，「神鉤鐵掌」許狂夫看了許久，又附耳低聲道：「胡四哥，看情形今晚不能得到什麼信息，咱們走吧！」

胡子玉卻搖了搖頭，也低聲答道：「且等他使出了『太陽神抓』再走！」

許狂夫心中一怔，道：「胡四哥，你說他會使『太陽神抓』？」

胡子玉略一側頭，目露嘉許之色，道：「賢弟，你也看出韋明遠心中，實是不願使『太陽神抓』了?但是我看他卻是非使不可!」

正說話間，只見「幽靈」姬子洛踏前一步，反手一掌，擊在一張紫檀木桌子上，「啪」地一聲響，那張桌子，立被擊坍，木屑四飛，呼嘯有聲，厲聲叱道：「逆徒，我傳授你的功夫，你難道都忘了麼？」

韋明遠聽師父稱他爲「逆徒」，心中難過至極，回頭一看，師父已然目中精光四射，雖然他面上蒙著面紗，看不出臉色來，但也可以從他的目光中，看出他心中已然怒到了極點！

但是韋明遠仍然不願對清心老尼這樣的正派中人，驟使「太陽神抓」！

他「刷刷刷」連環三劍，疾削而出，足尖一點，身子便倒竄了出來，一轉身，叫道：「師父，我……我實在……不能！」

「幽靈」嘿嘿冷笑，突然之間，由冷笑聲，變成了淒厲已極的大笑聲，直震得窗欞廊椽，統統發響！

韋明遠面色如灰，佇立不動，「幽靈」笑聲未畢，突然踏前兩步，倏地一伸手，左手已然搭到了「五湖龍女」蕭湄的肩上。

蕭湄驟出不意，也是俏臉色變，但是「幽靈」的那一隻手，卻有千百斤重，壓得蕭湄根本無法掙扎，而且蕭湄即使有力掙扎，也是不敢，因爲「幽靈」姬子洛，誰都知道是天下第一高手，若是與之相抗，激得他性發，何異送死？

韋明遠一見師父出手，已將蕭湄制住，不由得大驚失色，失聲道：「師父，湄妹並無過犯，你老人家何必對她出氣？」

「幽靈」「桀」地一聲怪笑，道：「我怕你將所學的『太陽神抓』功夫忘了，是以想使一遍給你看看。」

他這話，分明是說，要以「太陽神抓」功夫，來對付蕭湄！不但蕭湄聽了，一身冷汗，便是韋明遠聽了，也是額上汗珠，滾滾而下！他和蕭湄相處日久，兩人已然日久情生。

韋明遠本是多情之人，若是蕭湄驟然死去，他也決難以一個人在世上偷生！

一時之間，大廳之內，靜到了極點。

在大廳之外偷窺的胡子玉心中猛地一動，暗忖「幽靈」姬子洛，在未入「幽靈谷」之前，已然是武林中第一人，行事有時雖不免邪狂，但是卻處處不失一代宗師身分，像這種要脅手段，只怕是刀加頸上，他也絕不肯爲！但如今竟然做了出來，他心中的思疑，不禁又加深了一層！

正在想著，只聽得清心老尼高聲道：「姬檀越，想不到多年未晤，你性情居然一變若是，可歎，可歎，韋小檀越，『太陽神抓』固然威力蓋世，但貧尼自信尚可抵敵，你儘管使吧！」

韋明遠轉過身來，面對清心老尼，只見清心老尼左手木魚當胸，右手木魚槌微微向上，站在那裏，淵停嶽峙，氣勢非凡，道：「前輩，我……」

清心老尼不等他講完，便道：「師命難違，你只管施展好了！」

韋明遠心中又是一陣難過，若不是清心老尼促他施展「太陽神抓」，只怕他仍然不肯使，如今他聽得清心老尼如此說法，心想或者她能夠抵擋得住，也未可知，後退一步，道：「如此說，後輩有僭了！」

緩緩地揚起手掌來，揚至平胸，手掌突然向外一翻！

這時候，胡子玉與許狂夫兩人，雖然匿在牆外，但是卻正好和韋明遠相對，韋明遠手掌一翻，也等於是掌心對住著兩人。

許狂夫和胡子玉兩人，只見眼前突然現出一圈精光，幾乎連眼都睜不開，不由得一齊大吃一驚。許狂夫正待出聲相問，但已然被胡子玉握住了手，向外扯去。

兩人身形如煙，繞牆一轉，已然轉到了大廳的另一面。胡子玉做了一個手勢，不令許狂夫出聲，兩人再一齊向廳中看去。

只見韋明遠仍是站立不動，雖然已經到了他的側面，但是韋明遠掌心的那股異樣精光，仍然極是眩目。清心老尼面色森嚴。「幽靈」雙睛更是一眨不眨，停在韋明遠的身上。

雙方僵持了一會兒，只聽得韋明遠道：「前輩小心！」

清心老尼高宣佛號，左手木魚，蕩起一股其強無比的勁風，「呼」地向前推出！

但也就在此際，韋明遠手臂一揚，五指如鉤，也已然一抓抓出！

只聽得倏忽之間，「轟」地一聲巨響，驚天動地，兩條人影，電也似疾，由分而合又由合而分，一圈紫影，直向上飛出，「嘩啦」一聲，撞穿了屋頂，向外飛去，另有一條人影，電射而出，撞在牆上，又是一聲巨響，竟然將牆撞坍！

電光石火之間，胡子玉和許狂夫兩人，根本沒有看出，發生了什麼變故！

只見磚石紛飛間，清心老尼在破牆洞旁站定，面色慘白，左手木魚，已然失去，右手木魚槌，也已然齊腰斷折！

只聽她厲聲道：「『太陽神抓』之威力，果然名不虛傳，姬檀越，貧尼自度不敵，後會有期！」

一言甫畢，身形一晃，便自牆洞之中，疾竄而出，如飛馳去。

但「幽靈」卻大叫一聲：「賊尼別走！『太陽神抓』既發，豈容生還？」

如流星瀉地，一縷黑影，跟蹤追出！

二十 疑竇重重

大廳中，只餘韋明遠呆呆地站著，好一會兒，才翻過手掌來，掌心仍有精芒流轉未隱，慘聲道：「想不到我學了絕頂武功，未能爲父報仇，卻先傷了正派中人！這……這……絕頂武功，要來何用？」

面現痛苦之色，話講完，才猛地向後一摔手，距他手掌，約有丈許的一張椅子，應聲破裂！

蕭湄連忙迎了上去，道：「遠哥哥，你別難過了，他老人家只怕是一時想不過來，清心師太剛才自己叫你動手，只怕你不動手，她也是難逃此劫，你又何必自責太甚？」

韋明遠仰天長歎一聲，不再言語。

胡子玉看到此處，向許狂夫一使眼色，道：「咱們走！」

許狂夫道：「我們到何處去？」

「鐵扇賽諸葛」胡子玉道：「去追清心老尼，和那個蒙面人！」

許狂夫一怔，道：「哪一個蒙面人？」

隨即醒悟道：「你是說那個『幽靈』？」

胡子玉點了點頭。許狂夫心中，暗暗奇怪，何以胡子玉不稱他爲「幽靈」，而稱之爲「蒙面人」？但此時卻不容得他多問，兩人展開輕功，向清心老尼和「幽靈」逸出的方向，直追了下去。

跑出了里許光景，已然出了鎮外，胡子玉才道：「賢弟，你剛才未曾看出什麼破綻來麼？」

許狂夫心中茫然，不知胡子玉所指何事，道：「什麼破綻？」

胡子玉道：「賢弟，兩年多前，你在『丹桂山莊』上，見那『幽靈』一掌，將放『拈花玉手』的桌子，拍出了一個大洞，當時你心中，如何想法？」

「神鉤鐵掌」許狂夫想了一想，道：「當時我心想，『太陽神抓』功夫，名不虛傳！」

胡子玉道：「只怕當時在場的高手，全是這樣想法，但我們卻全都上了他的當！」

許狂夫奇道：「咱們上了誰的當？」

胡子玉道：「那人是誰，我們如今還不知道，但只怕『飛鷹山莊』上的慘案，裘二哥的血仇，也大有關係！只等事情弄清，便有分曉！」

許狂夫心中，仍是莫名其妙，不知道這位有「賽諸葛」之稱的胡四哥，心中突然想到了些什麼，忙問道：「胡四哥，你快將你所想的，和我說說，不然，要悶煞小弟了！」

胡子玉笑道：「你不要心急，等追上了清心老尼他們兩人再講！」

兩人輕功造詣，在武林中已允稱一流，話說之間，已然馳出了十餘里，只見月色之下，江水隱泛銀光，已然來到了長江邊上。

抬頭望去，只見兩條人影，一前一後，正在沿江飛馳，前面一人，袈裟飄飄，正是峨嵋金頂，清心老尼，後面一人，不問可知，正是「幽靈」！

看兩人奔馳情形，清心老尼已然將被「幽靈」追上！胡子玉忙道：「咱們快去，遲則來不及了！」

許狂夫知道自己這位義兄，足智多謀，既然如此說法，定有計較。兩人各提一口真氣，四、五個起伏間，已然竄入一叢竹林之中。

兩人一入竹林，便聽得清心老尼一聲慘笑，道：「姬檀越，當真要趕盡殺絕麼？」

胡子玉連忙止步，和許狂夫兩人，隱身在濃密的竹林之內，向外看去。

只見清心老尼單掌當胸，卻用的是左掌，右臂下垂，看情形剛才韋明遠的「太陽神抓」，不僅將她的那支紫金木魚槌震飛，而且還令她的右臂，受了重創，以致不能動彈！

「幽靈」站在離清心老尼丈許遠近處，好整以暇，背負雙手，哈哈一笑，道：「妳也成名多年，自應明白，『太陽神抓』威力無窮，既然已經發出，便不能有人生還，是以多年以來，從來也沒有人知道『太陽神抓』使出之時，具有何等威力，這樣人人皆知的事，妳難道還不知道麼？」

清心老尼慘笑三聲，道：「好！好！『太陽神抓』本來只是對付奸邪之徒，如今卻想不到竟會用來對付老尼！姬檀越，常言道水滿則溢，貧尼既已身心歸佛，死何足惜？只盼你行事多加小心，莫要令得一世英名，付諸東流！」

「幽靈」冷冷地道：「多謝妳關照！」

踏步進身，雙手齊出，漫天掌影，直向清心老尼全身罩下！

清心老尼右臂確已受傷，不能多動，但左臂仍能揮動如意，勉力還了三掌，兩人兔起鶻落，鬥在一起，以快打快，晃眼之間，已然鬥了七、八招，只見清心老尼步履不穩，顯然已落下風。

「神鉤鐵掌」許狂夫義憤塡膺，目射怒火，好幾次待要衝了出去，助清心老尼一臂之力，但俱被胡子玉死命止住。

片刻之間，兩人又各發了三招，只覺得「砰」地一聲，清心老尼被震退幾步，身子晃了幾晃，才得站穩，但已然「哇」地一聲，噴出一口鮮血來！

「幽靈」哈哈大笑，身形一擰，趕向前去，但清心老尼在重傷之餘，卻用力一躍，逕向江中躍去，眼看要跌入江中，突然身形向上一浮，接著，江邊冒起兩條人影，已將清心老尼接住。

那兩人一將清心老尼接住，便已然躍上岸來，異口同聲「咦」地一聲，道：「清心師太，何以身受重傷？」

那兩人身形長大，月色之下看來，俱屆中年，氣度昂然，一望而知，是武林豪客！

清心老尼一聲長歎，道：「兩位莫管閒事，趁早快走！」

那兩人「哈哈」一笑，道：「什麼人暗算師太，金某人既知，絕無放過之理！」

抬頭一看，見「幽靈」挺然而立，「颼颼」兩聲，自腰際拔出兩柄長劍，兩劍相交，如同十字，動作一致，一齊踏前三步，道：「閣下是誰？崆峒『七絕劍』、『七修劍』，要向閣下領教！」

原來那兩人不是別人，正是「崆峒三劍」中的「七絕劍」金振宇，「七修劍」金振南！「崆峒三劍」，本是弟兄三人，但老三已然身死，早兩年，他們曾上長白山，要爲老三報仇，是被「三絕先生」公冶拙逼走。

逼走之後，兩人深感技不如人，立即回到崆峒，精研前數代崆峒掌門人所留下的劍法。

崆峒派本以劍術著稱，自從創派祖師以來，十餘代掌門中，不乏劍術超群之士。

兩人苦心鑽研尋找，終於給他們在崆峒山勒奇峰頂，發現了一塊石碑，碑上刻著第七代掌門人，石翠英所創的一套，博大精奧，無可比擬的劍法，名曰「天星劍法」，那石翠英原是一個女子，在創出這套劍法之後，便不知所蹤，是以近二百年來，崆峒弟子，也不知本派之中，有這樣奇妙無窮的一套劍術。

金振宇、金振南兩人，發現了這套劍法之後，喜出望外，就在勒奇峰頂，結廬而居，足足費了兩年光陰，才將劍法學會！

他們自覺學會了這套「天星劍法」之後，已足可與「三絕先生」公冶拙一較長短，是以才聯袂下山，到「丹桂山莊」去尋「三絕先生」。

但是闖上「丹桂山莊」，公冶拙卻已然不知去向，兩人乃順江而下，本是在江邊欣賞夜色，恰好遇上清心老尼和「幽靈」爭鬥，兩人只見一人向江心躍來，是以飛身托住，一看是峨嵋金頂，清心老尼，傷得如此狼狽，心中便是一怔，但總仗著自己這一套「天星劍法」，已然到了出神入化的地步，而且，一路南下，在湖南瑤山之中，還得了兩口好劍，若是能將清心老尼的仇敵退去，不難立即名揚天下！是以長劍出鞘，立即挑戰！

「幽靈」一見兩人，像是突然間怔了一怔，可是隨即迸出一陣狂笑聲來，笑聲是如此高亢憤恨，倒像他和那兩人，有不共戴天的深仇大恨一樣！

金振宇、金振南兩人，也不禁一凜，道：「閣下是誰？」

「幽靈」尚未答話，清心老尼已然長歎一聲，道：「兩位，我勸你們莫管閒事，你們不肯聽。這位便是江湖夜雨，十年紅燈，隱居『幽靈谷』中，近又復出，昔稱『天龍』、今號『幽靈』的姬子洛！」

金振宇、金振南兩人，一聽得清心師太如此說法，明知她佛門高人，不會說謊，不由得面如死灰，剛才的豪氣，立時消失！

只聽得「幽靈」冷冷地道：「賊尼既已代報了我的名頭，你兩人意欲何為？」

金振宇、金振南兩人對望一眼，心想本來欲待尋事揚名，卻料不到反而惹禍上身，自己「天星劍法」固然玄妙，但「幽靈」姬子洛的「太陽神抓」，豈是自己所能抵擋？

兩人俱是一般心思，後退了一步，金振宇道：「原來是姬前輩！」

「幽靈」冷冷地道：「不必客氣！」

兩人聽出口氣不善，心中又是一陣吃驚，金振宇又硬著頭皮道：「姬先生，我們兩人偶然路過，不知先生在此，多有得罪，就此告辭！」

「鏗鏗」兩聲，將劍收起，竟欲就此離去！

「幽靈」陡地大喝一聲，道：「別走！」

金振宇回過頭來，道：「姬前輩不知尙有何事吩咐？」

「幽靈」道：「你們若要保住性命，可自揮利劍，斷去雙腿！」

兩人面色，立即大變，金振南怒吼一聲，道：「姬前輩請莫逼人太甚！」

「幽靈」哈哈笑道：「我逼你太甚，你又準備怎樣？」

兩人並肩站定，手按劍柄，「幽靈」道：「不斷雙腿，便難免一死！」

金振宇道：「姬先生，我們崆峒派與你，向無糾葛，爲何如此相逼？」

「幽靈」怪笑數聲，道：「好一個向無糾葛，虧你們講得出！」一言未完，飛身撲上！

金振宇、金振南兩人，長劍立即出鞘，蕩起兩片光幕，將身子護住。

但「幽靈」在撲向前去之際，手中卻扣了兩枚暗器在內，兩人長劍光幕雖密，可是「幽靈」那兩枚暗器，去勢更疾！

只聽得「錚錚」兩聲，光幕已然露出隙縫，「幽靈」飛身自隙縫之中穿進，雙臂一振，便向金振宇、金振南兩人肩頭抓到！

兩人心中，本就發虛，再加長劍被暗器彈中之際，虎口隱隱發麻，可見對方內力之深，實非本身所能抵敵，連忙撤劍回招，總算仗著劍法神妙，由「天雨如花」，化爲「星光流落」，將「幽靈」的那一抓，勉強避了過去。

「幽靈」一抓不中，一聲長嘯，重又踏中宮，走洪門，撲了上去，反手倒扣金振宇脈門，左腳飛出，卻向金振南踢去。

這兩招一招用手，一招用腳，招式怪異絕倫，兩招一齊使出之際，整個人幾乎已然凌空。金振宇只當有機可趁，反手一劍，向「幽靈」手腕削出，但「幽靈」在電光石火之間，已然改抓爲拍，「啪」地一掌，正拍在劍脊之上，只聽得「嗡」地一聲，金振宇一柄長劍，已然脫手飛出老遠！

同時，金振南見「幽靈」一腳踢到，後退一步，一劍向「幽靈」小腿斜削而出。劍鋒如虹，正是「天星劍法」中的一招「流星飛渡」，「幽靈」此時單足支地，這一劍看來萬萬避不過去，而且看他情形也絕不躲避。金振南心中暗喜，剛在想自己「天星劍法」

神妙，竟連「幽靈」姬子洛，也難免傷在自己劍下！

手腕一加勁，劍去如電，已然削中了「幽靈」的小腿！但是這一劍，卻不但未將「幽靈」的小腿削斷，反而劍鋒向下，陡地一滑！

金振南、金振宇那兩口新得寶劍，雖然未到削金斷玉的地步，但也是鋒利無比，堅韌至極的野豬皮，也是一削便入，如今用足了九成勁力的一劍，竟然不能傷「幽靈」分毫，心中這一驚，當真是非同小可，略呆了一呆，「幽靈」一腳，已然已踴中心窩，五臟翻騰，大叫一聲，向後便倒！

「幽靈」趁機一探手，將他手中寶劍，劈手奪過，反手一劍，正好和金振宇一劍相迎，「錚」地一聲，冒出一串火花，兩柄寶劍，雖然是一樣質地，但是「幽靈」的內勁無比，順劍而發，金振宇的那柄劍，「啪」地斷成兩截。

「幽靈」手中長劍一搖，擊向斷落的劍尖，一溜黑虹，電射而出，直穿過金振宇的咽喉，金振宇連聲都未出，便自氣絕！

金振南身受重傷，一見自己哥哥，死得如此慘法，大叫一聲，鮮血狂噴，亦自身亡！

「崆峒三劍」，本來縱橫江湖，頗有名聲，自習得「天星劍法」之後，正想再度揚威江湖，卻不料就此死在長江邊上！

「幽靈」將兩人齊皆了結之後，再回過頭來看清心老尼時，只見清心老尼，面上神光湛然，正待出聲，已聽得清心老尼長吟一聲，道：「武林大劫重臨，武林大劫重臨！」連叫兩聲，語音悠悠不絕，足可傳出三、五里開外！叫畢，便自音響絕然，竟然自斷經脈而亡。

「幽靈」順手一掌，將她屍體，直向江心揮去，「撲通」一聲，跌入江中，順波而去！

這一幕驚心動魄的爭鬥，竹林中的胡子玉和許狂夫兩人，看得清清楚楚，兩人雖然一身武功，但是三個名冠一時的武林高手，剎那之間，俱都命喪江邊，也不禁感到了陣陣涼意！

只聽得「幽靈」長歎一聲，接著又「哈哈」大笑，道：「想不到十載深仇，一旦在此得以報去！」

舉起手中長劍，在金振宇、金振南兩人身上，一陣亂砍，手腕一抖，又將手中長劍，震成兩截，在兩人身旁，一陣盤旋，便如飛離去！

胡子玉和許狂夫兩人，看著他跑遠了，才鬆了一口氣。

許狂夫埋怨道：「胡四哥，你說追上了他們兩人，事情便有分曉。如今眼看『崆峒雙劍』、清心師太，命喪江邊，我們卻袖手旁觀，若是給江湖豪傑知道，卻是見不得人！」

「鐵扇賽諸葛」胡子玉苦笑一下，道：「賢弟，愚兄豈是願意如此，但是為了揭露這一個武林中的大秘密，卻不得不如此。」

許狂夫道：「胡四哥，你說了半天，究竟是什麼大秘密？」

胡子玉道：「就是這位『幽靈』！」

許狂夫道：「胡四哥，你是懷疑這位『幽靈』，並不是昔年『天香娘子』之夫，『天龍』姬子洛？」

胡子玉得意的一笑，道：「豈止懷疑，簡直已可肯定！」

許狂夫神色嚴肅，道：「胡四哥，茲事體大，我們卻是不能亂來！」

胡子玉道：「賢弟放心，愚兄一生行事小心，斷腿眇目之後，隱居多年，更是小心翼翼，豈能有錯，更不會亂來！」

許狂夫道：「胡四哥，那你是何所據而云？小弟倒願一聞。」

胡子玉抬頭向天，道：「我問你，十年之前，『天龍』姬子洛何在？」

許狂夫苦笑道：「武林中人人皆知，十年之前，姬子洛已隱居大別山，『幽靈谷』中……」

胡子玉道：「這便是了，剛才他臨走之際，指著金振南、金振宇兩人說：『想不到十載深仇，今日得報』。試想，『天龍』姬子洛昔年誰人敢與他有仇，既與他有仇，又何必等十年之後才報？」

一番話說得「神鉤鐵掌」許狂夫啞口無言。

胡子玉又道：「剛才在褚家大宅之中，『幽靈』一定要叫韋明遠以『太陽神抓』，對付清心師太，那是他知道清心師太，一身佛門內功，非同小可，若不以『太陽神抓』對付，萬難取勝！」

許狂夫仍是不懂，道：「這又和他硬迫韋明遠出手，有何關連？」

胡子玉道：「你難道未曾看出來，那『幽靈』根本不會使『太陽神抓』？」

許狂夫吃了一驚，道：「竟有此事？」

胡子玉道：「自然，韋明遠的『太陽神抓』功夫，至多不過五成火候，但是一使出來，掌心精芒流動，以目對之，如對烈日，但是在『丹桂山莊』上，那『幽靈』可曾露過這一手？」

許狂夫固然覺得胡子玉所說甚有道理，但是這件事情，實是非同小可，如果胡子玉所料屬實，則是武林中最大的隱秘！

因此又猶豫道：「或是他輕易不施展『太陽神抓』功夫，也說不定，否則韋明遠怎肯叫他做師父，而又有什麼人有這樣高的武功？」

胡子玉沉吟道：「這也是我最弄不明白的兩件事。此人武功之高，幾乎已經到了不可思議的地步，『崆峒雙劍』用的那兩柄寶劍，一出手便墨光隱隱，顯非凡品，但是金振南一劍削在他腿上，卻反向下滑去，他當真練成了金剛不壞身法？」

許狂夫道：「就算真有金剛不壞身法，血肉之軀，也定無不畏利劍之理！」

胡子玉想了一想，道：「斷劍尚在，我們何妨去拾起來，看上一看？」說著，兩人便步出竹林去。

才一出竹林，兩人還未及俯身拾劍，已然各自怒吼一聲，一躍丈許，來到了金振南、金振宇兩人的屍體之旁，呆了一呆，一齊叫道：「裘二弟！」聲音之中，充滿了悲憤！

這時候，江邊上靜悄悄地，除了他們兩人以外，便是「崆峒二劍」的屍身，何以他們突然會叫起「飛鷹」裘逸的名字來？

原來就在「崆峒二劍」屍身的空地上，寫著四個方圓尺許的大字：「害人者死！」

那四個字雖是寫出，但除了「害」不同以外，其餘「人者死」，一望而知，和「飛鷹山莊」上，以人頭排出的「欺人者死」那幾個字，是出於一個人之手，絕不是第二個人所爲！

許狂夫和胡子玉兩人，自從在「飛鷹山莊」上，埋了裘逸等一干高手之後，無時無刻，不在尋覓兇手，要爲裘逸報仇。

但是兩年多來，音訊全無。武林中一干邪派中人，如「雪海雙凶」、「歐陽老怪」、「三絕先生」等，均不是真正的兇手。兩人只當此世，「飛鷹」裘逸只好冤沉海底，卻萬萬料不到會在此處，發現了線索！

兩人一齊呆了半晌，「神鉤鐵掌」許狂夫一聲怒吼，「瑲瑲」兩聲，抖出腰際鐵鉤，怒吼道：「胡四哥，咱們不趕到蕪湖城中，去爲裘二哥報仇，更待何時？」

胡子玉語音沉痛，道：「賢弟，我們仍不能操之過急！」

許狂夫雙眼如似噴出火來，道：「胡四哥，什麼事我俱都唯你馬首是瞻，然而這一件事，我卻不能聽你的主意行事！」

身形一擰，突然疾躍出三丈開外！

胡子玉肩頭一側，竟將摺扇握在手中，足尖一點，跟蹤而至。

許狂夫知道胡子玉一定要出手阻攔，反手便是一鉤，但胡子玉武功在他之上，鐵扇到處，「叮」地一聲，竟然將鐵鉤蕩開，兩人一齊落到了地下。

胡子玉厲聲喝道：「賢弟，你如今向城中去，爲袁二弟報仇雪恨，是也不是？」

許狂夫道：「咱們既知仇人蹤跡，自然不能放過！」

胡子玉冷笑一聲，道：「我們就算衝進了褚家大宅，你自認可是仇人敵手？」

許狂夫猛地一怔，胡子玉又道：「你我兩人，死在蕪湖之後，還有誰能再爲袁二弟報仇？」

許狂夫半晌作聲不得，才虎吼一聲，道：「難道血海深仇，就此作罷？」

胡子玉長歎一聲，道：「賢弟，我們與袁二弟，誓同生死，我想代他報仇之念，絕不在你之下，但如果莽然行事，卻只是送死。眼下愚兄已然想到，只有三條對策可行！」

許狂夫急問道：「是哪三條對策？」

胡子玉卻並不回答，又細細看了一看那「害人者死」四個字。踏開兩步，拾起了一截斷劍，輕輕一拋，「啪」地一聲，那斷劍便深深陷入樹幹中。

許狂夫見他只是不說話，急道：「胡四哥，你快說，有哪三條對策，即使赴湯蹈火，小弟若皺一皺眉頭，便不是英雄好漢！」

胡子玉面色神肅，抬起頭來，剛待說話，忽然瞥見了遠處七點紅星螢火也似，向前移動，快疾無比，正向江邊而來！

胡子玉心中一驚，沉聲喝道：「賢弟，咱們快到竹林中避上一避，有人來了！」

許狂夫固然不願，但也知事關重大，兩人閃入竹林之中時，也已看清，那七點紅星，是有人提著七盞綵紮紅燈，疾向此處馳來！

胡子玉和許狂夫兩人，立即再隱入竹林之中，定睛看去，只見那七點紅星，移動得快疾無倫，晃眼之間，便已到了眼前。

兩人也已同時看清，那七點紅星，竟是七盞綵紮紅燈！每一盞燈下面，繫著一根長長的竹竿，而持燈的不是別人，正是「幽靈」！

胡子玉只是眥睚欲裂，知道此際一衝出去，萬不是「幽靈」之敵，除了江邊多兩具屍首之外，於事無補益！

因此用力握住了許狂夫的手臂，不令他妄動。

只見「幽靈」一來到近前，身形如飛地繞著金振宇、金振南兩人屍體，旋風也似，轉了一轉。

一轉轉畢，那七盞紅燈，已然繞著兩人屍體插成了一個圓圈，接著，「幽靈」倏地退後三丈，「哈哈」一笑，手掌揚處，已然將七盞紅燈，一齊擊熄，燈也被掌風擊得支離破碎！

「幽靈」將燈擊碎之後，重又走向前去，順手在地上，拾起一截斷劍來。

胡子玉在竹林之中，一見「幽靈」拾起了斷劍，心中不禁嚇得「怦怦」亂跳！

因爲他剛才曾將一截斷劍，射入樹幹之中，如果「幽靈」稍微細心一點的話，便可以發現，兩柄斷劍，只剩了三截。

也等於說，在他去而復回的那一段時間中，另有人來過，而來人也不會走得太遠！只要他略事搜尋的話，自己便會無所遁形，非和他對敵不可！

胡子玉向許狂夫使了一個眼色，已將鐵扇拿在手中。許狂夫會意，手在懷中一探，早已抓了一把「無風燕尾針」在手。

只見那「幽靈」仰天一笑，將斷劍托在手中，左手中指一彈，「錚」地一聲，將那截斷劍幻成一溜墨虹，直向江心射去，跌入江中！

接著，又發出一陣淒厲無比的笑聲，一轉身，便疾馳而去！

廿一 恨海情天

兩人見他離去，才鬆了一口氣，許狂夫跨出竹林，慘吼一聲，道：「四哥，你看，此情此景，和『飛鷹山莊』上慘象，有何分別？」

胡子玉抬頭看去，只見月色黯淡，紅燈破碎，又襯著「害人者死」四字，確是和「飛鷹山莊」上的悲慘氣氛，一模一樣！

許狂夫呆了半晌，悶聲道：「四哥，裘二哥的血海深仇，難道就此算了？」

「鐵扇賽諸葛」胡子玉苦笑道：「賢弟，你也太將愚兄看小了！」

許狂夫道：「四哥，你剛才說我們有三條路，可為裘二哥復仇，是哪三條，你且說說，赴湯蹈火，我絕不皺眉頭！」

胡子玉歎了一口氣，道：「賢弟，我對殺害裘二弟仇人的痛恨，絕不在你之下。我想，『奪命黃蜂』和『駐顏丹』二寶，既是『東川三惡』，自五台山，明鏡崖，七寶寺中偷來，七寶寺方丈，木肩大師，乃是當今佛門之中，數一數二的高手，他既保有二寶，便極可能也早已知道那『奪命黃蜂』的用法。第一條路，便是我們上七寶寺去，向木肩大師詢明『奪命黃蜂』的用法，別看那『奪命黃蜂』只是一個黃銅圓管，既然名列『天香三寶』之一，當然有神妙之處！」

許狂夫沉吟片刻，道：「木肩大師當年失寶之後，便興師動眾，去尋『長白劍派』的晦氣，只怕我們向他詢及『奪命黃蜂』的用法，他疑心到我們身上，非但得不到結果，還徒自結一強敵！」

「鐵扇賽諸葛」胡子玉點頭道：「賢弟，你料得不錯。」

許狂夫道：「第二條路呢？」

胡子玉歎道：「第二條路，更是渺茫。聽『三絕先生』公冶拙說，當年裘二弟和『白鷹』白沖天議定，取得了『拈花玉手』之後，便向須彌境瑯琊洞去尋訪一個『無名老人』，以『拈花玉手』，去換一瓶『再造靈癸』，爲白沖天治傷。想那『無名老人』和『再造靈癸』，我們全都聞所未聞，如果我們也能找到他，寧願獻上『奪命黃蜂』和『駐顏丹』，請那『無名老人』出世，也許可以代我們爲裘二弟報仇雪恨！」

許狂夫歎道：「胡四哥，你可知道『須彌境，瑯琊洞』，是在什麼地方？」

胡子玉皺緊雙眉，道：「我們弟兄兩人，闖蕩江湖，名山大川，無所不至，但的確未曾聽說過有這樣兩個地方，但此事不難，只要上長白山去，向『白鷹』白沖天一問，便可明白！」

許狂夫道：「倒也不失可行之道，但是那『無名老人』，第一未必肯下山出世，第二，也不知他是否是那『幽靈』之敵！胡四哥，你且說一說第三條路，我們又該如何行事？」

「鐵扇賽諸葛」胡子玉雙眼突射精芒，道：「賢弟，你我兩人，俱是鐵血男子，賢弟，你說愚兄說得是也不是？」

許狂夫一怔，不知胡子玉何以突然發出這樣奇異的問話來。

點了點頭，道：「當然是！爲朋友，斷頸瀝血，在所不惜！」

胡子玉道：「這就是了，最後一個辦法，便是我們要使得韋明遠這小子相信，如今的那個『幽靈』，已然不是他的師父！」

許狂夫吃了一驚，因爲這個計畫，實在是大膽到了極點！

胡子玉顯得異常興奮，道：「據我在褚家大宅中所見，那『幽靈』一開始，不敢自己對清心師太動手，必是他自知武功雖高，但是要戰勝清心師太的話，實無把握，所以要借重韋明遠的『太陽神抓』功夫，先將清心師太震傷，然後再追趕出來，在江邊將清心師太結束。

「由此可知，韋明遠的『太陽神抓』功夫，連『幽靈』也必忌憚三分，若然他知道，『幽靈』並不是他的師父，我們便有機可趁，借韋明遠之手，報仇雪恨！」

「神鉤鐵掌」許狂夫喜道：「好計策！胡四哥，你真不愧是『賽諸葛』之稱！」

胡子玉苦笑一下，道：「賢弟，我們全是自己人了，還何必捧愚兄的場！」

許狂夫道：「小弟確是由衷之言，但不知四哥將如何說服韋明遠？」

胡子玉雙目直視許狂夫，道：「賢弟，這便要你出頭行事了！」

許狂夫愕然道：「我？」

胡子玉道：「不錯！」

附耳過去，低聲說了一番話，許狂夫面色嚴肅，不住點頭。

胡子玉說畢，兩人身形擰動，仍向蕪湖城中，疾撲而去！

第二天，江邊的「崆峒雙劍」，金振宇、金振南兩人的屍體，便為人發現，立時在武林之中，傳了開來。自然人人立即想到兩年多前，「飛鷹山莊」上的凶案，但是卻沒人知道是誰下手的。

只有幾盞殘破的紅燈上，推測到事情可能和「幽靈谷」中那位「幽靈」有關，但是卻誰也不能肯定，是他所為。

「崆峒雙劍」和「飛鷹」裘逸、「八臂二郎」等人一樣，也全是武林中的高手，竟會同時死去，人人皆感到自危，尤其是曾在九華山下，船艙之中，聽「三絕先生」公冶拙，講起「賞月大會」經過的西崑崙「歐陽老怪」、「五湖龍王」蕭之羽，「酒丐」施楠等人！

武林之中，籠罩著一種極是不安的氣氛！

半個月後，清心老尼的屍體，又在長江下游，為「長江幫」幫主，「翻江蛟」童人威發現，這層不安的氣氛，又濃密了許多！

知道一連串令人不安的事，是誰做的，除了「幽靈」之外，只許狂夫、胡子玉和韋明遠、蕭湄等幾個人。韋明遠自從以「太陽神抓」擊傷了清心師太之後，心中實是內疚至極！

當他聽到了清心師太的死訊，更是難過。這時候，他正和蕭湄在黃山腳下，奉「幽靈」之命，要在黃山諸峰絕頂，尋找一種黰黃的異果。連韋明遠也不知道那種異果叫什麼名稱，有什麼用途，是師父之命，當然不能違抗！

他想到了自己雖然已經練成了一身武功，但是父親的血海深仇，依然未能得報。「雪海雙凶」，已然遇到，又被師父制止，西崑崙「歐陽老怪」，則音訊全無，去向不明，難以尋找！

他摸了摸懷中的三封密柬，想起幽靈谷口，眇目跛足的胡子玉，曾要他每殺一個仇人，便開一封密柬，但是不知何年何月，方能應願！

又想到自己非但未能為父報仇，反倒以「太陽神抓」功夫，傷了峨嵋清心老尼！面對如血殘陽，心中感慨萬千，長歎一聲，道：「湄妹，我們人生，是如此短暫，照理應如流星劃空，一閃即過，怎知就在如此短暫的人生過程中，也會有如許煩惱！」

蕭湄在這幾日來，已然習慣了心上人的長吁短歎，她芳心如結，可是又無法勸慰韋郎，只得也跟著輕歎一聲道：「遠哥，你一定又想到父親深仇了，是也不是？常言道，君子報仇，十年不晚，你師父只說再偷生十年，十年之後，我們要設法報仇，也不算太遲，哥，你說是不？」

韋明遠歎道：「湄妹，事情若只是父仇，也就好了，我只是怕，在這十年之中，不知道要在師父的嚴命之下，做出多少我不願意做的事來！」

蕭湄完全可以領略到韋明遠的心意，纖手搭在他肩上，香腮微仰，吐氣如蘭地輕聲道：「遠哥哥，你身受他老人家大恩，只要不太過份，就聽他的話，又怕什麼？他老人家心中實在十分疼愛你，否則，何以肯將『拈花玉手』這樣的異寶給你使用？」

韋明遠眼望夕陽，眼神憂鬱，並不回答。

蕭湄又道：「遠哥哥，我們實在也必須要體諒他老人家，你想，若是你我兩人之中，突然間有一個，忽然去逝，剩下的一個，難道能不大受刺激，因而行動類如瘋狂麼？」

韋明遠緊緊地握住了蕭湄的手，道：「湄妹，千萬別這樣說！」

他們兩人，兩心相印，實已到了寸步難離的程度，是以韋明遠一聽蕭湄如此說法，大是不吉，才立即制止，不讓她再說下去。

本來，韋明遠和蕭湄，全是俠義兒女，自然不會效愚夫村婦，求什麼吉祥的話頭，但正因爲他們兩人，相愛至深，感到自己絕難失去對方，而獨自生存，所以才會產生了這樣的感覺。

兩人一面說話，一面走入了黃山境中。

黃山勝境自古聞名，遙望天都、始信、蓮花諸峰，譎異光怪，在晚霞之中，更顯得出奇的美麗。

兩人正擬覓地休息，忽然聽得「吱」地一聲，從道旁草叢之中，飛也似地竄出一隻野兔子來。

同時，又聽得一聲暴喝，道：「小畜牲，看你再往何處逃！」

「颼」地一聲，一絲黑線，閃了一閃，那野兔一個打滾，便不再動彈。

韋明遠和蕭湄兩人，一看這情形，便知道有武林高手，以暗器射中了那隻野兔。看那枚暗器的來勢，發射暗器之人，還絕不是泛泛之輩！

「五湖龍女」蕭湄首先嬌軀一擰，越前兩丈，一俯身，將那隻野兔提了起來，只見那枚暗器，正射在野兔的背脊之上。

蕭湄一見那暗器形式，甚是奇特，而且又極是熟悉，心中便是一動，順手拔出一看，立即叫道：「遠哥哥，你快來看！」

韋明遠不知發生了什麼事，趕過去一看，不由得心中一怔！

原來蕭湄拈在手中的一枚暗器，正是那「無風燕尾針」！

韋明遠猛地一抬頭，只見林中竄出一個大漢來，見了兩人，像是一怔。

韋明遠定睛一看，認得是曾在蕪湖客店中，見過一面，和跛足的「胡老四」在一起的那人，不由得問道：「閣下尊姓大名，何以會使這種暗器？」

那叢林中竄出的大漢，正是「神鉤鐵掌」許狂夫，一笑道：「這暗器名喚『無風燕尾針』，是在下二大絕學之一，在兩位高人面前，自然不足多言，尚祈兩位，多加指教！」
韋明遠吃了一怔，道：「閣下莫非便是武林中人，稱做『神鉤鐵掌』的麼？」
「神鉤鐵掌」許狂夫道：「賤名何足掛齒，在下正是許狂夫！」
韋明遠道：「你……可是曾在兩年多前，以三枚這樣的無風燕尾針，射穿了『幽靈谷』中的一盞綵紮紅燈？」
許狂夫假做記不起，側頭想了一想，道：「不知韋小俠如何知道，當年確然有這樣一件事！」
韋明遠苦笑一下，道：「你就為這一件事，惹下了殺身大禍了！」
許狂夫愕然道：「韋小俠何出此言，卻是令在下莫名其妙！」
韋明遠手在懷中一探，取出那三枚「無風燕尾針」來，道：「我便是『幽靈谷』傳人，奉師父之命，要取此針主人的性命！」
許狂夫「哈哈」大笑道：「幽靈谷『太陽神抓』，舉世無匹，許某人自然不是敵手，韋小俠既奉師命，在下豈能令韋小俠為難！」
向前踏出幾步，「瑲」地一聲，撤出腰際鐵鉤，順手一揮，「啪」地一聲，嵌入一塊大石上，昂然而立，豪氣凌雲！
韋明遠的心中，本就打聽出「神鉤鐵掌」許狂夫其人，在武林之中，頗具俠名，在未遇到他之前，奉師父的命令，已然不滿。此時見許狂夫，果然是條好漢，而且行事如此之爽快，簡直置生死於度外，他更是下不了手！

呆了半晌，長歎一聲，道：「閣下請去，不必多言了！」

許狂夫突然在此出現，本非偶然，而是胡子玉半月之前，在江邊議定的妙計。

胡子玉的這條計策，實在極是危險，只要韋明遠心中，略作小人之想，許狂夫便必然死在韋明遠的手下！但胡子玉博的便是韋明遠是一個十足的俠義之士，而果然給他估中！

當下許狂夫哪肯便行，仰天一陣大笑，道：「韋小俠此言差矣，令師乃天下第一異人，他命你來取我性命，許某雖自思並無取死之道，但令師或則自有道理，韋小俠豈可違命？」

他越是要韋明遠下手，韋明遠越是下不了手，長歎一聲，低頭不語。

許狂夫大聲道：「韋小俠，以你爲人而言，令師既收你爲徒，成爲『幽靈谷』唯一傳人，自然應該意味相投，何以你們師徒兩人，行事大相逕庭，迴然不同，許某實是心中難明。」

這幾句話，句句如刺，直說進韋明遠的心坎之中。以「神鉤鐵掌」許狂夫爲人，本也說不出這樣的話來，但這是胡子玉早已教好了的，他侃侃而談，流利氣壯，聽得韋明遠發了半晌呆，作聲不得。

「五湖龍女」蕭湄唯恐韋明遠性子執拗，因這一番話而生出事來，忙道：「許鐵掌，這就是你的不對了，爲何挑撥遠哥哥師徒感情？」

「神鉤鐵掌」許狂夫訝道：「蕭姑娘此言何意？許某人只是照事論事，試想，『崆峒雙劍』，心地窄小，或許尚有取死之由，『飛鷹山莊』上一干人，難道都非死不可？清心師太，一向與世無爭，許某人只以針射燈……」

才講到此處，韋明遠實在忍不住，大聲道：「你……你別說了！」

頓了一頓，才道：「閣下所言，只怕是江湖上傳言有誤。自從我兩年多前，進入『幽靈谷』後，我師父從來未離開過『幽靈谷』半步，『飛鷹山莊』慘事，如何扯得到我恩師的頭上？」

「神鉤鐵掌」許狂夫不由得猛地一怔，在他和胡子玉商量好的對話中，絕未防到韋明遠會有這樣的一句話，許狂夫不由得瞠目不知所對。

許狂夫雖然怔住了說不出話來，但是匿身林中的「鐵扇賽諸葛」胡子玉，卻是一陣狂喜！

因爲韋明遠意外的對話，證明了他所揣想的，正是事實！「飛鷹山莊」上的血案，是誰造成的！因爲「飛鷹山莊」上所有人，盡皆死去，只有裘逸的一個小女兒，未發現屍體，但是也死活難料，所以已成了一個謎。胡子玉雖然肯定是「幽靈」所爲，但是總沒有事實，可以證明是他所做的。

但是，「丹桂山莊」上，出手傷了「褚家三傑」，並奪走了「拈花玉手」的人，卻是人人皆見，是那個「幽靈」親自出手而爲的！

如果依照韋明遠所說，他師父從來也未曾離開過「幽靈谷」的話，則在「丹桂山莊」，自稱「天香娘子之夫」的人是誰？

可惜當時人人均被他「天香娘子之夫」一言鎮住，否則當時高手如雲，只怕那假「幽靈」也不能那樣順利，便將「拈花玉手」搶去！

此事的關鍵，只在於韋明遠的話是真是假。如果韋明遠的話是真，則如今的「幽靈」，一定是假的。如果韋明遠說的不是真實的話，則情形就還可以斟酌，未能絕對肯定！

可是韋明遠即使在嚴命之下，也不肯傷害清心師太，此時，更不肯加害許狂夫，可知其人實在是一個一絲不苟的正人君子，當然也沒有對著許狂夫來撒謊之理！

胡子玉一想到此處，再也忍耐不住，趁許狂夫無言以對之際，一躍而出，道：「韋小俠，令師既然一步也未曾離開過『幽靈谷』，現在你身上的『拈花玉手』，是從何而來的？」

韋明遠見林中倏地又竄出一人，定睛一看，正是當年指點自己進入「幽靈谷」的「胡老四」。

韋明遠本來不知「胡老四」的身分，只知他也是武林中的異人，此時一見他飛身掠出之際，身形快疾異常，哪像是一個跛腳之人，又見他和「神鉤鐵掌」許狂夫並肩而立，心中一亮，道：「胡前輩真人不露相，後輩今日方知，前輩原來便是號稱『鐵扇賽諸葛』的胡子玉，胡四俠！」

「鐵扇賽諸葛」知道，韋明遠此時身懷「太陽神抓」絕技，武功已在自己之上，但是對自己仍是極爲謙恭有禮，心中不禁好生欽佩，苦笑一下，道：「韋小俠英姿勃發，前途無量，我們已成老朽，又何值一提。」

韋明遠歎道：「胡四俠，我當年蒙你指點，進入『幽靈谷』，滿懷技成之後，爲父報仇，並代你完成三件事，如今只怕……唉！」

講到此處，一陣歎息，欲語又止！

胡子玉正色道：「韋小俠，如今有一件極大的大事，關係著整個武林的命運，已經落在你的身上，你自己可知道？」

韋明遠一怔，見胡子玉講得嚴重，也正色道：「晚輩不知，要請胡四俠指教。」

胡子玉道：「你先說，那『拈花玉手』，令師是從何處得來的，你可知道？」

韋明遠道：「這……我倒不知道，但『拈花玉手』，既是『天香娘子』遺物，在我師父手中出現，想也不是什麼奇事。」

「鐵扇賽諸葛」胡子玉道：「韋小俠，我說的話，你信不信？」

韋明遠極為誠懇地道：「胡四俠在武林中，俠名遠播，晚輩焉有不信胡四俠所說之理？」

胡子玉道：「好！」

頓了一頓，又道：「令師現在何處？」

韋明遠道：「我們蕪湖分手，他吩咐我遍尋黃山諸峰，尋找一種黃色異果，但卻沒有說他去何處！」

胡子玉知道那「幽靈」不可能在此突然出現，便道：「說來話長，韋小俠、蕭女俠，我們坐下再詳細說上一說如何？」

蕭湄此際，也已看出事情有異，便點頭答應。

四人一齊來到林子之中，找了一塊平整的大青石，坐了下來，韋明遠道：「胡四俠請說！」

胡子玉歎一口氣，道：「說來話長，還得從兩年多前，『三絕先生』公冶拙召開『丹桂飄香賞月大會』一事說起。」

「五湖龍女」蕭湄「啊」地一聲，道：「和那次大會，又有什麼關係？我哥哥也曾參加過那次大會，只是他不肯和我說會中情形！」

胡子玉道：「本來與會之人，皆曾受過極是嚴重的警告，不論說出會中情形，或是聽到會中所發生情形的人，皆難免一死！」

胡子玉一面說，一面注視著韋明遠面部的變化。

只見韋明遠秀眉略軒，道：「竟然有這等事？不知發出警告之人是誰？」

胡子玉雙目精芒四射，直視韋明遠道：「韋小俠，就是令師，不然與會之人，連我胡老四在內，豈有一個隨便受人恐嚇之人在內？」

韋明遠一怔，隨即笑道：「胡四俠說笑了，兩年之前的八月中秋，我師父正在『幽靈谷』中，對月浩歎，我記得清清楚楚！」

胡子玉道：「韋小俠，事情癥結，便在此處。兩年前的『丹桂飄香賞月大會』上，確然出現了一個自稱為『天香娘子之夫』的人，將『三絕先生』公冶拙的『拈花玉手』搶走，並還以絕頂內功，將蕪湖的『褚家三傑』，震成重傷，從容而去！」

接著，便將會上的情形，向韋明遠和蕭湄兩人詳細講了一遍。

兩人聽胡子玉講完，詫異得張大了嘴，合不攏來！

好半晌，韋明遠才道：「胡四俠，如此說來，難道……難道……」

他一連講了兩個「難道」，也無法將那一句話講完，因為事情實在太出乎他的意料之外！

胡子玉見韋明遠已被自己說動，心中一喜，道：「韋小俠，令師昔年號稱『天龍』，為人如天神下凡，光風霽月，一言既出，言重如山。當年他入『幽靈谷』之際，公然聲稱，一有傳人，便追隨『天香娘子』於九泉之下，絕無到時再偷生之理，其中曲折經過，除韋小俠外，無人能知，尙祈韋小俠三思！」

韋明遠聳然動容，道：「我師父與我約在一月之後，在黃山始信峰上相見，到時，我一定要將這件事弄個明白！」

韋明遠講這兩句話時，正氣凜然，但「五湖龍女」蕭湄，卻秀目斜視，顯見她心中並不同意。

胡子玉和許狂夫兩人，站了起來，道：「韋小俠，若是有人假扮令師，其人武功之高，亦必驚世駭俗，韋小俠一切小心！祝你順利報得父仇，並勿忘我當年所付的三封密柬！」

韋明遠也站了起來，道：「後輩省得！」

胡子玉一拉許狂夫，道：「咱們走吧！」兩人飛身下了青石，便自離去！

林中只剩下韋明遠和蕭湄兩人，兩人俱都心事重重，半晌不語，蕭湄才道：「遠哥哥，你當真相信這姓胡的話？」

韋明遠劍眉緊蹙，道：「不可不信，但又不可全信！」

蕭湄急道：「遠哥哥，我說全不可信！」

韋明遠道：「他說得活靈活現，而且師父不准我傷害『雪海雙凶』，行徑怪誕，怎說全不可信？」

蕭湄道：「遠哥哥，你秉性耿直，哪知人心險惡？這姓胡的在江湖上雖然略具俠名，但他號稱『賽諸葛』，卻也是個鬼計多端之人！」

韋明遠道：「就算他鬼計多端，我胸懷坦然，他也算不到我的頭上！」

蕭湄道：「遠哥哥，你不知道，當年為了『拈花玉手』，武林中多少人出力爭奪？如今那件武林異寶，落入了你的手中，你又是『幽靈』的唯一傳人，什麼人不想算計你？若你和姬前輩翻臉，正是他們求之不得的事，焉可聽他瞎說？」

韋明遠聽蕭湄講得有理，道：「湄妹，虧妳提醒我，但……但是……」

蕭湄心中，只怕生出事故來，其實，她對胡子玉所說的，也有七分相信。但是她知道，若是韋明遠聽信了胡子玉的話，勢必掀起一場軒然大波！弄得不好的話，韋明遠可能和她永別！

所以她才要竭力說服韋明遠，如今眼看韋明遠已相信自己所說，忽然又生變卦，急道：「但是什麼？」

韋明遠道：「但是胡四俠當年指點我，如何進入『幽靈谷』，卻是一片好意！」

蕭湄「哼」地一聲，道：「此一時，彼一時，安知他如今動的是什麼腦筋？」

韋明遠道：「如今爭辯也沒有用，且等一個月後，在始信峰頂，與師父見面之後，再見機行事不遲！」

蕭湄見他仍未死心，心中又急又恨，暗忖反正還有一個月的時間，只要自己日日進以說詞，不怕他不聽自己的話！

是以暫時也不再提起，兩人就在青石上並頭而臥，只等明日一早，便尋遍黃山諸峰，去找那豔黃色的異果，以待一個月後覆命。

如今且擱下韋明遠和蕭湄兩人，次日在黃山之中，又有極奇的奇遇一事不提。卻說胡子玉和許狂夫兩人，當夜直馳出了黃山，到了青陽鎮上，才停了下來。

許狂夫豎起拇指，道：「四哥，小弟當真是服了你了，因爲你這一番話，只怕一個月後，黃山始信峰上，便要發生驚天動地的大事！」

但是胡子玉卻是面有憂色，道：「賢弟，只怕事情未必如你我所料！」

許狂夫奇道：「何以見得？」

胡子玉道：「你剛才難道未曾注意，『五湖龍女』蕭湄，臉色大是異樣，我們走後，她必然勸韋明遠不要信我們之言！」

胡子玉料事如神，此時他離韋明遠和蕭湄兩人，已有三十餘里，可是蕭湄的言行，卻被他料中，絲毫不差！

許狂夫急道：「四哥，那我們如何是好？」

胡子玉像是胸有成竹，道：「我們不妨雙管齊下，一個月後，我們勢必到黃山始信峰頂，觀看情形，要到長白山去時間不夠，但是到五台山明鏡崖七寶寺一行，時間卻還綽綽有餘！」

許狂夫道：「四哥說得是，咱們這就動身！」

胡子玉道：「事不宜遲，但我們寧可夜晚多趕點路，日間卻不可露出倉皇之色，以免引起武林中人的注意！」

兩人計議停當，立即向北而去。

廿二 七寶古寺

路上行了七、八天，並無什麼意外發生，已然來到了河北境內，再向西去，便是山西境界，那五台山在山西五台鄉境，已然只有兩、三天的路程。

兩人仍然是趁夜趕路，又走了一夜，第二天，算計路程，天明時分，便可趕到明鏡崖前。

這一晚，兩人更是各展絕技，向前飛馳，行到午夜，正擬稍事休息，忽然看見前面，有數十點紅光掩映林間！

兩人心中一驚，立時停止了腳步。

許狂夫驚問道：「四哥，那是什麼？」

胡子玉極目望去，辨出前面，乃是一個密密的松林，相隔還遠，卻辨不清那紅光是何物事，但是兩人心頭，皆有一個感覺，那便是綵紮紅燈！

呆了半晌，胡子玉低聲道：「我們再走向前去看看！」

此時，兩人已然身在五台山中，山路險峻，罕有人至，沿著一條小徑，又向前馳出了里許，只見一塊高可及人的石碑，豎在小徑中心，碑上赫然刻著八個字：「此徑已封，妄入者死！」

當下胡子玉、許狂夫兩人一見「此徑已封，妄入者死」八個字，不由得齊皆抽了一口冷氣！「鐵扇賽諸葛」胡子玉，在大別山幽靈谷口，隱居多年，當年韋明遠進入「幽靈谷」後不久，谷口大石之上，便出現了八個字，乃是「此谷已封，妄入者死」，和如今這八個字，口氣一模一樣！

而且，小徑前面的林子中，紅燈掩映，難道「幽靈」也來到了此處？

兩人心中不禁大是猶豫，胡子玉雖然足智多謀，但一時之間，卻也委決不下，究竟應該如何？若是前進，則可能與「幽靈」相遇。但是如果那「幽靈」也在此間的話，則不問可知，他也是來尋木肩大師的。「幽靈」來尋木肩大師，毫無疑問，當然是爲了「天香三寶」中的「奪命黃蜂」與「駐顏丹」。

而這兩件寶物如今在胡子玉的身上，被他秘密地藏在靴底之中。胡子玉和許狂夫兩人此來，便是爲了要探明「奪命黃蜂」的用途！所以說，如果冒險前進的話，只要不被人發現，卻又是一個極佳的機會！

許狂夫本是有勇無謀之人，更是想不出主意來，雙眼望住胡子玉。

胡子玉背負雙手，在那塊大石碑面前，徘徊片刻，心內仍是委決不下。

正在此時，忽然聽得明鏡崖上，「噹噹噹噹」，一連傳來了十七、八下極是急驟的鐘聲。

那鐘聲使人一聽到便可料到，七寶寺中，發生了極是緊急的大事！

此時，天色已黑，暮色蒼茫，陣陣急驟的鐘聲，更令人覺得驚心動魄。

胡子玉心中猛地一動，低聲道：「賢弟，七寶寺中，鐘聲亂傳，必是警號，恐怕那『幽靈』已然到了寺中，我們不妨效褚家大宅中的故智，隱身一旁，偷窺經過！」

許狂夫道：「四哥，小弟唯你言是從！」

胡子玉道：「好！只要小心從事，怕不會有什麼意外發生的！」

兩人身形，一齊疾掠而起，落地無聲，地上更是不留絲毫痕跡，已然越過了那塊鐫有「此徑已封，妄入者死」的石碑，直向前撲去！

兩人身法，何等快疾，不消一盞茶時，已然來到了那條小徑的盡頭，就星月微光，抬頭看時，只見眼前一座峭壁，鏡也似滑，隱隱發光。

兩人一望，便知那峭壁，一定便是「明鏡崖」了。

再抬頭向上望去，只見峭壁頂上，燈光掩映，鐘聲連連，正是「七寶寺」。

兩人輕功雖好，但是對如此陡峭滑溜的「明鏡崖」，卻也是無法可施。

許狂夫急道：「四哥，咱們冒險來到了明鏡崖下，若是上不了崖，豈非多此一舉？」

胡子玉沉吟道：「七寶寺住持木肩大師，固然內外功造詣，已臻絕頂，但未必寺中僧人，個個皆和木肩大師一樣，一定另有通道，我們只要細心尋找一遍，便不難發現！」

說著，身子一轉，便向崖側轉去，剛一轉過，兩人又是一愣！

原來在峭壁之側，從崖頂上，直掛下一副繩梯來。那副繩梯，少說也有數丈之長，順風飄蕩，雖然有梯，但如果不是輕功有了相當造詣，只怕爬到一半，便頭暈目眩，難以支持。

但既有繩梯，自然難不倒許狂夫和胡子玉兩人。兩人之所以發怔，是在那繩梯上，每隔丈許，便接著一盞綵紮紅燈！

一路向上看去，數百盞紅燈，直上直下，蔚爲奇觀，但是也陰森可怖，譎異詭怪，到了極點！

胡子玉一怔之後，低聲道：「好厲害的手段，賢弟，只怕我們遲到一天，便不能見此奇景，而只見紅燈殘破。上得崖去，也只見滿寺死僧而已！」

許狂夫也是心中駭然，道：「四哥，如今那『幽靈』正在崖上，似已無疑問，但是七寶寺中，住持木肩大師，武功已屬驚人，而且聽說木肩大師，還有一位師叔，早已閉關不出，若論年歲，至少已在百歲開外，內功精湛，更是不可思議，未必見得滿寺僧人，都會一一死在『幽靈』之手吧？」

胡子玉苦笑一聲，道：「木肩大師本身武功，和我們差不許多，寺中僧人雖多，但亦無濟於事，他那位師叔，江湖上影影綽綽，已傳了四、五十年之久，但是誰也未曾見過。我想『東川三惡』，固然輕功獨步，但能在七寶寺中，從容盜寶留字而去，以致令得木肩大師連是誰盜寶，也不知道，是否真有那麼一位高僧，還是木肩大師故作神秘，還真是令人可疑。」

許狂夫半晌不語，良久方道：「四哥，我們難道就此退縮不成！」

胡子玉冷然一笑，道：「既然來到，當然沒有退縮之理。」

許狂夫伸手一探，已然抓住了繩梯，「刷」地便竄高丈許，胡子玉跟在後面，兩人身形，疾如猿猴，迅速向上攀去。

轉眼之間，已然攀上了一大半，忽然一陣風過，許狂夫身形一個不穩，向側轉了一轉，急忙雙手緊握繩梯，卻已然碰到了一盞紅燈！

紙紮紅燈，自然一碰即破，燈中燭火，向上冒起，轉眼之間，已然將燈燒毀，而且火舌也已然舐到了那道繩梯上面！

那繩梯自七寶寺建寺以來，每五十年一換，自從上次更換至今，已有二十餘年，乾燥易燃，火舌才一舐便能熊熊著火！

這一切，全是電光石火之間，晃眼間所立即發生的事！

兩人雖然各具一身武功，但是倉皇之間，也不禁手慌足亂，無法應付。

胡子玉在許狂夫的下面，只來得及在百忙之中，一提真氣，硬生生地將身形拔起六尺，和許狂夫一起抓住了一格繩梯。

接著，兩人雙掌風過處，將火頭壓熄，但就在那一剎間，火也已將繩梯燒焦，火焰雖熄，但是已然被火頭燒焦的繩梯，被兩人的掌力一逼，卻也在齊焦處斷了開來！

百千丈的一截繩梯，便直向下，掉了下去！

胡子玉和許狂夫兩人，不由得面面相覷，作聲不得。因爲這樣一來，不但「幽靈」下山之際，可以猜到曾有人上明鏡崖來過。而且，那道繩梯，看來是上下明鏡崖的唯一通道，如今一大半已然燒斷跌落，自己也是一樣地下不了山！

眼前的情勢，可謂凶險到了極點！

許狂夫爲人正直，一想到造成目前這樣的困境，全是自己不小心的結果，心中大恨，反手一掌，「啪」地向自己臉上打去。

胡子玉攔阻，已然不及，忙低聲喝道：「賢弟，你這是作甚？」

許狂夫恨恨地道：「我自己死不足惜，咎由自取，但害得四哥你也和我一樣，小弟心中，實是痛如油煎，難以言喻！」

胡子玉心中苦笑一下，正色道：「賢弟，你我結交多年，爲何你還會講出這樣不夠交情的話來？別說如今我們未死，就算真的將到死境，愚兄豈會有絲毫責怪你的意思？」

許狂夫歎了一口氣，道：「四哥，我自然知道你的心意，但仍不能滅我心中內疚之念！」

胡子玉「哈哈」一笑，道：「人生千古孰無死，賢弟也太婆婆媽媽了，如今我們，後退無路，只有上了明鏡崖再說了！」

許狂夫心中感激至極，道：「四哥，你無論智謀武學，皆在小弟之上，若是有什麼危急情形發生，小弟拚掉性命不要，也要護你脫險，好爲裘二哥復仇！」

胡子玉笑道：「賢弟，你將愚兄當做何等樣人了？別多耽擱了，快走吧！」

兩人向下面望了望，只覺黑沉沉地，那千丈長的大半截繩梯，早已跌到崖底，紅燈也全都熄滅。兩人知道在繩梯上久留，只有更加危險，真氣連提，身形如飛，不一會兒，便已然攀到了繩梯盡頭，一式「細翻巧雲」，已然腳踏實地！

兩人一上了明鏡崖，立即身形晃動，隱身在一塊大石之後。

身形快絕，就像有人對住了他們注視，只覺眼前一花，像是有兩個人也隨後上了崖頂，一閃便自不見而已！

兩人在大石後面藏定，再探頭出來看時，只聽得寺中鐘聲，仍是響個不停，但每一下之間，已然隔了不少時間，在崖頂上聽來，更是覺得鐘聲沉重洪亮，震得人耳際「嗡嗡」作響。

首先觸入眼瞼的，乃是一座亭子，但是卻已然傾坍。那亭子四根石柱，每根皆有一抱粗細，皆是當中折斷，而一塊匾額，跌在地上，猶可看出上面寫著，瘦硬挺拔的三個瘦金體字：「迎客亭」。

兩人見了亭子傾圮的情形，心中也是駭然，心想那石柱斷折之處，參差不齊，分明是被掌力生生震斷，而其人掌力之強，也實是不可思議！

匿了片刻，未見有人前來，站起身來，打量四周圍的情形。

只見崖頂平整光滑，竟是一個數十畝大的石坪，在三、四丈開外，一溜廟牆，正門上面，寫著四個擘窠大字：「七寶古剎」。

大門緊掩，而寺中除了鐘聲之外，似乎也已然靜到了極點。

兩人心知，既然來到了明鏡崖上，而且繩梯已斷，有進無退，身形晃動，只一閃，已然閃到了廟牆旁邊。

胡子玉伸手在廟牆上一按，真力疾吐，倏地揚起手臂，提開了手掌，只見一蓬磚灰，隨手飄揚，牆上已然出現了一個巴掌大小的洞眼。

兩人一齊向洞中望去，只見牆內，乃是一個老大的天井，大雄寶殿之中，燈燭輝煌映得三寶佛像，莊嚴生輝，但是卻靜悄悄地，一個人也沒有。

胡子玉心中不禁大是詫異，心中想著封徑掛燈、寺中鐘聲連鳴。這一切，都表示有人來犯，而來犯者除了那「幽靈」以外，似又再無他人。但為什麼大雄寶殿之中，卻又顯得如此清靜？

他為人極是仔細，未有絕對把握之前，絕不妄動。依著許狂夫的心意，只怕要越過大雄寶殿，衝到後殿看個究竟。

但胡子玉卻只是耐心等待，返身折下了一叢枝葉茂密的灌木，放在牆旁，遮住了兩人的身子。

廟牆之旁，這一類矮樹甚多，也根本不容易惹人起疑。

等了好一會兒，只聽得鐘聲又由慢而快，突然一聲磐響，大雄寶殿的大門，無風自開，兩行僧人，雁翅也似，緩緩地走了出來。

那兩行僧人，年紀均已中年，面上滿是憂慮之色，約有二十餘個。

眾僧人來到大殿，一齊盤腿坐在蒲團之上，然後才見一個滿面皺紋，苦口苦面，雙眉倒垂，面色如敗木，雙肩垂削的老僧，緩緩走出，來到三寶佛前，雙掌合十，一字一頓，道：「聞得知客來報，寺有貴客臨門，如何尚不見現身相見？」

胡子玉和許狂夫兩人，本來已是當「幽靈」和木肩大師，已然在七寶寺中，展開了驚天動地的大戰，而今聽得木肩大師如此說法，才知道「幽靈」雖然已上了明鏡崖，但是卻尚未和木肩大師相見。

兩人心中，皆不免一驚。因為「幽靈」尚未現身，說不定匿於何處，將自己兩人的行動，也看在眼中！兩人對望一眼，一齊忍住了不出聲。

只見木肩大師垂眉略軒，又道：「貴客既來敝寺，而匿不現身，莫非是鼠竊狗盜之輩？」

一言甫畢，只聽得一陣狂笑之聲，突然從大殿之中，傳了出來！這一陣笑聲，可以說突如其來，到了極點，因爲大殿之中，本無一人！

木肩大師心中一凜，循笑聲看去，更是吃驚！

原來在大殿四角，粗可兩人合抱的柱子中，東面的那根，離地丈許，一個人正嵌在柱子之中！

那柱子色作灰黑色，那人的衣服，也是灰黑色，而他全身，卻陷在木柱之中，所以若不是他出聲，根本不知敵人已在大殿中。

在圍牆之外偷窺的胡子玉與許狂夫兩人，也是吃了一驚，因爲他們也沒有發現，大柱之上，早已有人！

那大柱雖是木製，但這樣的巨木，木質緊密，何等堅實，那人竟能以內力硬生生地將身子嵌入，功力之高，當真是匪夷所思。

定睛一看，那人面蒙黑紗，正是在褚家大宅中見到過，「崆峒雙劍」、清心大師，盡皆命喪在他手的那個「幽靈」！

只見他笑聲未畢，人已飄然而下，柱上便留下了一個玲瓏畢肖的凹軀，正好是一個人！

木肩大師眼中精芒四射，道：「聞得知客來報，閣下自稱是『幽靈谷』中『幽靈』，一上崖來，便毀了迎客石亭，確是幸會！」
「幽靈」冷冷地道：「木肩大師，在下此來，原是為了貴寺所藏，『天香三寶』之二，『駐顏丹』與『奪命黃蜂』，不知大師可知？」
胡子玉心中一喜，暗忖自己所料，果然不差，「幽靈」確是為這兩件異寶而來。
木肩大師道：「可惜閣下來遲了數年，那兩件異寶，早已失盜了！」
「幽靈」「嘿」地一笑，道：「七寶寺失寶之說，早已傳遍武林，但是騙得別人，卻難以騙得過我！尙望七寶寺勿因此二寶而毀！」
詞鋒咄咄逼人，講得兇狠至極。
木肩大師面上仍是木然，只是雙肩向上揚起，道：「閣下此言大謬，若非真正失盜，七寶寺焉有自損威名之理？」
「幽靈」道：「然則，貴寺藏寶閣上，可能容我看上一看？」
木肩大師雙掌合十，道：「閣下此言，未免過甚，七寶寺中，縱無能人，但寺中藏寶閣，卻也不能讓人隨便觀看！」
「幽靈」哈哈大笑，聲震屋宇，道：「木肩大師，我既然來此，只怕不容得你不給！」
木肩大師倏地踏前一步，道：「閣下威名，久震武林，貧僧明知難敵，也要請閣下賜教一、二！」

「幽靈」怪嘯一聲，道：「木肩大師，七寶寺百餘年基業，難道真要因此毀於一旦麼？」

木肩大師雙目微閉，像是若無其事一樣，道：「悉聽尊意！」

胡子玉和許狂夫，看到此處，已然知道木肩大師和「幽靈」，已經非要動手不可！更是屏氣靜息，只當可以像在蕪湖「褚家大宅」外一樣，袖手旁觀。

怎知大雄寶殿之內，劍拔弩張，情勢緊張至極的時候，兩人忽然覺得身後一輕。他們身後，本有胡子玉拔來的兩叢灌木，將身子完全遮住，陡地一輕，兩人盡皆一驚，但不等他們回過身來，耳際已然響起了個極細極細，聽來像是不知在多少里外，隨風飄到，但是卻又極爲清楚，一字不漏的聲音，道：「兩位施主，既來敝寺，爲何只在牆外偷窺，不入寺去一遊？」

胡子玉和許狂夫兩人，也不是無名之輩，雖然心中吃驚，但也不至於臨陣慌亂，兩人各自反手一掌，向身後拍出。

那兩掌，兩人皆用了七成力道，分明已然擊中了一件物事，但是卻一點聲音也沒有，觸手軟柔，像是一掌擊在棉花上一樣！

急忙回頭看時，只見星月微光之下，一個身材高大，面色紅潤，身披灰色袈裟的老僧，正站在自己身後，宛若閒雲野鶴，超脫已極！

胡子玉的見識，在許狂夫之上，立即知道，剛才自己一掌，擊在那老僧身上，能開山裂石的大力，於倏忽之間，便消逝無蹤，純是因爲那老僧佛門氣功，已臻登峰造極之故！

心中禁不住微微吃驚，可是一抬頭，和那老僧打了一個照面，只見那老僧面色，慈和至極，像是籠罩著一層極是聖潔的銀輝，令人一望，俗念頓消，更無一點怒色，知道對方是不世高僧，早已沒有了嗔怒之念，這才放下心來。

只見那老僧雙手略伸，已然輕輕握住了兩人的手腕，道：「大殿之中，尚有貴客，兩位何妨進殿去，共作一聚？」

一面說，一面便向寺中走去。

許狂夫和胡子玉兩人，只覺得身不由主地便跟著他走了進去，一身武功，竟然無從施展，晃眼之間，便已進了大殿！

這時候，大殿之中，木肩大師和「幽靈」的人，已然相距丈許，各以一雙精光湛然的眸子，注定了對方，已是箭在弦上，一觸即發。

但老僧帶著兩人一進來，情勢便立即有了改觀，木肩大師木然的面上，突然現出了無比驚訝之色，道：「師叔，你老人家何必出關？」

那老僧微微一笑，道：「我聽得鐘聲惶急，寺僧奔告，道是『天龍』姬子洛來到。昔年我與姬檀越有一面之緣，因而靜極思動，可知佛門不聞不問那一關，實是難以勘破的哩！」

娓娓道來，竟然絲毫不以爲大敵當前！

胡子玉和許狂夫兩人，本來被那老僧帶進了大殿，心中實是異常驚恐，但這時候聽了老僧和木肩大師的對答，心中卻大爲高興！因爲他們已然弄清了那個老僧的身分，正是武林中傳說了數十年，木肩大師的師叔，而且，那老僧武功之高，也已然到了不可思議的地步。

若然眼前這個「幽靈」，當真是昔年「天龍」姬子洛的話，只怕「太陽神抓」，如此威力，那老僧也未必是敵手。

但是兩人已然可以肯定，那「幽靈」絕非「天龍」姬子洛，則老僧可能勝過他，便在這七寶寺中，揭穿他的面目，非但爲「飛鷹」裘逸，報了深仇，而且還可以爲武林之中，除一大害！

只見那僧講完，手一鬆，已然將胡子玉和許狂夫兩人放開，兩人立即後退丈許，並肩倚柱而立。

老僧則緩緩轉過身來，向「幽靈」望了片刻，道：「姬檀越，我們五十年前一會，到如今大家全是隔世之人，不知貧僧法名，姬檀越還記得否？」

「幽靈」「哼」地一聲，並不回答。

胡子玉看在眼中，心內暗暗好笑，心想這假「幽靈」，只怕連七寶寺中，有這樣一位世外高人都未必知道，否則怕也不會上明鏡崖來出醜露乖了，叫他怎叫得出那老僧的法名來？

老僧又道：「貧僧雖在此處閉關，但武林中事，卻也不致隔膜，聞得姬檀越自愛妻死後，已然痛不欲生，爲何又在武林走動？」

語意雖是柔和，但是詞鋒卻咄咄逼人。

「幽靈」冷笑一聲，道：「我來此只爲拙荆所留，『駐顏丹』及『奪命黃蜂』二寶，你們出家人，要來無用，若然不給，多說何益？」

老僧歎了一口氣，道：「貧僧已數十年未與人交手，更不願與姬檀越動手！」

「幽靈」目中精芒流轉，道：「既是不願動手，速將二寶交出！」

老僧道：「適才木肩已言明，那二寶早已被人盜去，不在敝寺！」

「幽靈」怪笑連聲，突然反手一掌，向木肩大師，疾襲而出！

這一掌，不但突如其來，而且掌勢飄忽，不可捉摸，掌力如山，半個大殿之中，均可感到有一股無形的大力，驟然而出！

木肩大師身形一擰，退出丈許，才敢還了一拳，但是掌力相交，不免被「幽靈」震退幾步！

老僧銀眉略軒，奇道：「姬檀越，你一向不習外門功夫，莫非數十年不見，已然易了當年的宗旨了麼？」

老僧這兩句話使得胡子玉心中一動，連忙道：「他雖然自稱是『天香娘子』之夫，實則並不是昔年『天龍』姬子洛，在武林之中，作惡多端，大師切不可輕易將他放過！」

此言一出，木肩大師、邢老僧，盡皆爲之一怔。

老僧雙眼，一直半閉，這時候也突然睜開來，眼中射出一股難以形容的光輝，望住了那個假「幽靈」，一字一頓地說道：「姬檀越，當真如是？」

「幽靈」全身也是爲之一震。

胡子玉料事如神，根據種種的情形來揣測，已然可以肯定他絕不是真的「天龍」姬子洛。

這種揣測，當然是事實，但是對假「幽靈」來說，他卻絕想不到，自己佈置得如此周詳的一切，竟然會被人揭穿秘密！

只聽得他「哈哈」一笑，道：「老和尚，你信還是不信？」

老僧並不言語，假「幽靈」目光如電，向胡子玉、許狂夫兩人，掃了一掃。

胡子玉心頭一震，知道若不是那假「幽靈」在此敗北，只怕以後，隨便自己躲向何處，皆不免遭到他的毒手！

老僧幽幽長歎一聲，說道：「貧僧信也罷、不信也罷，已然絕不會與任何人動手，檀越且下山去吧！」

他在「檀越」之上，已不再加上一個「姬」字，可見他心中已信胡子玉之言！

假「幽靈」一聲冷笑，道：「要我下山，那除非合寺僧人，連這兩人，一齊屍橫大雄寶殿之上，才有可能！」

「神鉤鐵掌」許狂夫，早已目射怒火，望住了假「幽靈」，恨不得食其肉、寢其皮，一聽得他如此說法，知道若是局面不大亂，只怕老僧仍是不肯出手，因此不等假「幽靈」說完，暴喝一聲：「大膽狗賊！」

手揚處，三枚「無風燕尾針」已然墨光一閃，電射而出！

他在那獨門暗器「無風燕尾針」上，已下了三十餘年苦功，三十丈之中，百發百中，一閃即至，了無聲息，厲害至極。

那三枚「無風燕尾針」，更是暗蓄全力以發，大雄寶殿再大，也絕不會有三十丈見方，照理說，應該一發即至，但針才發出，只見那老僧衣袖略揚，三枚「無風燕尾針」，便立如泥牛入海，無影無蹤。

而就在此際，假「幽靈」也已然發動，黑影如電，直向那老僧撲到。只見他手中，倏地飛起了一團玉光，像是手臂突翻之際，長出了一截。原來眨眼之間，他已然掣了「拈花玉手」在手中，向老僧當胸抓到！

老僧身形，仍然兀立不動，但是紅潤的面色，卻倏地一變。

胡子玉和許狂夫、木肩大師三人，一見那假「幽靈」，一出手便是武林至寶「拈花玉手」，都知道那「拈花玉手」分水辟火，厲害至極，專破內家氣功，看老僧的情形，閉關數十年，已然絕對不肯和人動手，只怕被他一招襲中，也難免吃虧！

三人俱是一樣心思，胡子玉肩頭一晃，鐵扇採在手中，一招「清風徐來」，竄向前去，並自右側疾點假「幽靈」的「缺盆」、「氣戶」兩穴。

而許狂夫則鐵鉤橫掃，「狂風拂柳」，向假「幽靈」的下三路攻到。

木肩大師更奇，身形微晃，雙肘齊出，和身向假「幽靈」撞了上去！

這三人，也全是武林中一等一的高手，三人齊攻，勢子何等急驟！

可是假「幽靈」既然敢冒充「天龍」姬子洛，自然有超凡入聖的功夫，只倏忽之間，身子一縮，三人的一招，已然一齊落空。

同時假「幽靈」，退出丈許之後，突然之間，又向前撲到，舞起團團玉光，木肩大師首先驚呼一聲，踉嗆後退，肩頭血跡殷然，已被「拈花玉手」抓傷。

本來，木肩大師之名，是由他真氣聚於雙肩，再厲害的掌力，若是擊在他的雙肩之上，也如中木一樣而已。

但此時，他肩頭被專破內家氣功的「拈花玉手」一抓，真氣盡散，即使不死，也成廢人！

在木肩大師重創退出的同時，許狂夫也怪叫一聲，倒縱出去。

他退避略慢，胸口已被假「幽靈」的掌風，掃及一下，胸內立即熱血翻騰，已受內傷！

只有胡子玉最是見機，一見兩人相繼受傷，團團玉影，向自己罩下，哪敢戀戰？硬生生地向旁一移，移出丈許！

而假「幽靈」之「拈花玉手」，向胡子玉一擊不中，立即改招，向那老僧擊到。

那「拈花玉手」，雙指微翹，看來真像一隻美人的纖手一樣，可是實則上，卻無異是催命無常的鬼手，三招之間，已將三個高手，一齊逼退！

只聽得那老僧高宣佛號，身形微側，已然向後退去，衣袖拂出，將假「幽靈」的來勢，阻了一阻，但是假「幽靈」突然足尖一點，凌空拔起，任何人都當他一起之後，一定重向老僧發招。

怎知事情卻大大地出乎意料之外，他一躍起之後，在半空中身形一擰，突然落在丈許間外，身形如電，在那二十來個打坐的僧人面前疾掠，晃眼之間，那二十餘個僧人，紛紛倒地，全死在他「拈花玉手」之下！

那些僧人，本來也是七寶寺中，武功頗高的一輩，但是在假「幽靈」的面前，卻連還手的機會都沒有，便自死於非命！

「鐵扇賽諸葛」胡子玉見那老僧，仍然是兀立不動，大聲叫道：「長老，再不出手，滿寺生靈，盡皆塗炭！」

老僧面現苦痛之色，胡子玉知道他心中，實是不願意和人動手，心中一動，又道：「長老，你數十年苦修，再不出手，只怕便毀於一旦！」

這一句話，確然將老僧的心打動，長歎一聲，道：「閣下且退後！」

胡子玉知道老僧已然決定出手，心中不禁驚喜參半！

因為他起先不知道那「拈花玉手」，只當那老僧穩可勝過那假「幽靈」，但如今「拈花玉手」在他手中，則老僧能否取勝，實未可料！

而老僧如果再敗在他手中的話，自己的命運，不堪設想！武林中的噩運，更是不堪設想！

因此，一聽得老僧叫自己讓開，心知這兩人動起手來，一定是驚天動地，自己站得近了，只怕也不免禁受不住。

因此連忙閃開，將木肩大師、許狂夫兩人，一齊扶起，退到大殿一角。

只聽得假「幽靈」「哼哼」冷笑不已，「拈花玉手」閃出團團玉光，道：「老和尚，世傳你已在百歲開外，修佛一世，也該歸天了！」

老僧道：「善哉，施主行事若此，只怕老僧雖然歸天，施主亦必不久於世！」

假「幽靈」哈哈大笑，突然「拈花玉手」揚起，凌空一抓，向老僧劈頭抓到。

此時，他和老僧相隔，尚有丈許，以老僧的功力而言，他凌空發招，應該是一點用處也沒有。

可是在一旁的「鐵扇賽諸葛」胡子玉，一見他凌空發招，猛地想起一件事來，不由得全身皆震，大吃一驚，面如死灰！

請續看《江湖夜雨十年燈》中冊

諸葛青雲武俠經典復刻版 7

江湖夜雨十年燈（上）

作者：諸葛青雲
發行人：陳曉林
出版所：風雲時代出版股份有限公司
地址：10576台北市民生東路五段178號7樓之3
電話：(02) 2756-0949　　傳真：(02) 2765-3799
執行主編：劉宇青
美術設計：許惠芳
業務總監：張瑋鳳
出版日期：2025年5月 復刻版一刷
版權授權：張文慧
ISBN：978-626-7510-47-6
風雲書網：http://www.eastbooks.com.tw
官方部落格：http://eastbooks.pixnet.net/blog
Facebook：http://www.facebook.com/h7560949
E-mail：h7560949@ms15.hinet.net
劃撥帳號：12043291
戶名：風雲時代出版股份有限公司

風雲發行所：33373桃園市龜山區公西村2鄰復興街304巷96號
電話：(03) 318-1378
傳真：(03) 318-1378
法律顧問：永然法律事務所 李永然律師
　　　　　北辰著作權事務所 蕭雄淋律師

行政院新聞局局版台業字第3595號 營利事業統一編號22759935

定價：340元

國家圖書館出版品預行編目資料

江湖夜雨十年燈 / 諸葛青雲著. -- 二版. -- 臺北市：
風雲時代出版股份有限公司, 2025.05　冊；　公分

諸葛青雲武俠經典復刻版
ISBN 978-626-7510-47-6 (上冊：平裝). --
ISBN 978-626-7510-48-3 (中冊：平裝). --
ISBN 978-626-7510-49-0 (下冊：平裝). --

863.57　　　　　　　　113017017